KB023880

3시에 멈춘 8개의 시계

틴 하드 2
3시에 멈춘 8개의 시계

크레이그 라이스

목차

주요 인물 소개
말론 3인방

존 J. 말론

살집이 두둑한 몸에 짧은 다리, 땀을 뻘뻘 흘리는 붉은 얼굴과 칠칠치 못한 옷매무새. 매일 단골 바에서 곤드레만드레 취해있는 데다 재판 관련 문서를 보관해두는 사무실 서랍에 '기밀(Confidential)'과 '비상(Emergency)'이라고 써 붙인 위스키병을 숨겨두고 몰래 마시는, 겉으로 보기엔 어느 하나 믿음 가는 구석이 없는 주정뱅이 변호사 탐정. 그러나 겉보기와 달리 명민하고 예리한 추리력에 타고난 직감과 집요함까지 겸비했다. 발견한 사실을 토대로 여러 가설을 겹쳐 쌓아서 사건의 본질을 꿰뚫고 진상을 밝혀내는 능력이 탁월하다. 평소 행실이야 어떻든, 적어도 법정에 선 말론은 빈틈이 없다. 제이크 말마따나 '의뢰인이 대학살을 저지르고 경찰관 17명이 실시간으로 그 현장을 목격했다 하더라도 의뢰인의 무죄 선고를 받아낼 수 있을' 정도로 유능하다. 프로 중의 프로, 자타공인 시카고 최고의 변호사이다.

제이크 저스투스

전직은 기자, 현직은 밴드 홍보 담당자. 막역한 친구 딕 데이턴의 밴드 홍보 일을 맡기 전에는 ‹이그재미너›등의 언론 매체에 몸담으며 산전수전 다 겪었다. 선천적으로 감이 좋고 사람의 속마음을 잘 파악한다. 재치와 순발력에 붙임성까지 갖춰서 발이 굉장히 넓다. 보안관, 경찰서장, 지방 검사, 뒷골목 사람들까지, 시카고 땅 안에서만큼은 제이크를 모르는 이가 없고 기본적으로 의리가 있어 신망도 두터운 편이다. 딕이 곤경에 처하자 전화 한 통으로 말론을 사건에 착수하게 할 만큼 말론과도 꽤 친분이 있는 사이로, 이성에 기초한 수사를 하는 말론의 손발이 되어 몸을 사리지 않고 현장을 뛰어다닌다. 물론, 말론 못지않은 주정뱅이다.

헬렌 브랜드

시카고 북부 블레이크 카운티 지역 명문 브랜드 가문의 상속녀. 희고 고운 얼굴과 물결치는 금발, 가녀린 몸에 파랗고 깊은 눈동자를 가진 청순가련형이지만, 겉모습만으로 헬렌을 속단하면 큰코다친다. 아주 화통하고 당찬 여성이다. 다만 다혈질이라 입이 험한 편. 아침 식사로 맥주를 마실 만큼 술을 사랑하며 남들 눈을 신경 쓰지 않는다. 그러나 의외로 제이크보다도 ‘사회생활 만렙’이라, 필요한 경우라면 상냥한 말투와 영혼을 담은 (듯한) 맞장구로 사람들을 어르고 구슬려 원하는 바를 얻어내고는 한다. 엉뚱하지만 영민한 계략을 곧잘 꾸미고 곧바로 실행하는 행동파로, 제이크와 콤비처럼 붙어 다닌다. 잉글하트 남매와는 어릴 적부터 소꿉친구 사이여서 친구 홀리를 구하기 위해 가진 모든 것을 총동원한다.

1장

그녀는 찌뿌둥한 기분으로 느리게 눈을 떴다. 입이 바짝 말라 있었고, 머리에서는 열 기운과 부기가 느껴졌다. 몸속의 낯설고 아득한 감정이 당장이라도 생생한 불쾌감으로 나타날 것만 같았다.

몇 시쯤일까? 그녀는 더듬거려 침대 옆 램프를 켜고, 졸린 눈을 끔뻑이며 탁자 위에 놓인 작은 대리석 시계를 보았다.

3시.

그녀가 눈을 비비며 한숨과 함께 하품을 내뱉었다. 당연히 3시가 넘었을 것이다. 족히 네다섯 시간은 잤을 테니까. 꿈도 꿨는데…….

빠르게 묻히고 지워져 어느새 희미해진 꿈이었으나 불쾌한 잔상이 남아 있었다. 그녀는 꿈속에서 무슨 일이 있었는지 기억해내고자 열심히 곱씹었다. 어둠. 어둠과 관련한 꿈이었다. 그리고 밧줄.

밧줄. 목매단 사람. 바로 그거였다. 꿈속에서 그녀는 목이 매달려 있었다. 그런데 밧줄이 조금씩 풀렸다. 헐거워진 밧줄이 어깨까지 내려와 양팔을 꽉 죄었다. 아니, 더 아래였던가.

그녀는 불편해져서 몸을 뒤척였다. 신기하기도 하지. 겨드랑이가 아팠다. 꿈이 이렇게까지 생생할 수 있다고? 그건 불가능한데. 하지만 살갗이 정말로 화끈거렸다.

그녀는 기지개를 켜고, 하품하고, 얼굴을 찡그리며 담뱃불을 붙인 다음, 누워서 담배를 피우며 천장을 물끄러미 보았다. 목매단 게 다가 아니었다. 꿈속은 온통 어두웠고, 그녀는 공기가 통하지 않는 비좁고 컴컴한 공간에 똑바로 선 채로, 숨 막히게 하는 천에 칭칭 감겨 있었다. 말하자면 관에 갇힌 것처럼. 아니, 관이라고 할 수는 없어. 누운 게 아니라 서 있었으니까. 그럼 수직으로 세워진 관이라고 해야 할까.

그녀가 눈을 질끈 감고서 몸서리쳤다. 고작 꿈 때문에 이렇게나 기분을 잡치다니 바보 같고 기가 막혔다. 이제 다 끝난 일이다. 그녀는 꿈에서 깨어났고, 주변은 어둡지 않았다.

하지만 지끈거리는 머리와 바짝 마른 입은 무슨 수로 설명한담? 온종일 멀쩡히 지내다 잠자리에 들었었다. 평소보다 이른 시각에. 술은 한 잔도 마시지 않았다. 또 창문은…….

그녀는 창문을 보았다. 닫혀 있었다. 이상하네. 자기 전에 분명 열어 놓았는데. 지금은 닫혀 있다니. 넬리가 들어와 닫고 간 걸까. 창밖에 눈이 소복했고, 바깥 날씨는 몹시 매서웠다.

그녀는 물을 한참 동안 마시고 담뱃불을 끈 뒤 다시 잠들 채비를 했다.

그런데 시계가 마음에 걸렸다.

그녀는 눈을 끔뻑이며 시계를 확인했다. 정신 나간 시계가

여전히 3시 정각을 가리키고 있었다. 그녀는 시계를 집어 흔들어 보았다.

이상했다. 이제껏 이 작은 대리석 시계가 고장 난 적은 없었다. 그런데 멈춰서 꿈쩍도 하지 않다니. 설령 다시 움직이게 되더라도, 시간을 새로 맞춰야 했다. 문제는 지금이 몇 시인지 모른다는 점이었다.

젠장.

그녀는 램프를 끄고 베개에 얼굴을 파묻었다.

틀림없이 3시는 넘었을 것이다. 시간이 꽤 지났을 수도 있다. 그녀가 창밖을 보았다. 동이 트고 있는 건가? 겨울이어서 날이 어두운 데다 눈까지 내려 시간을 가늠하기 어려웠다. 요맘때는 아침이라도 컴컴했다. 예닐곱 시쯤 되었을 것이다. 어쩌면 넬리가 아침 식사를 들고 오기 전까지 눈 붙일 시간이 1시간밖에 남지 않았을지도 모른다.

혹은, 이제 막 3시가 지난 건지도.

그러다 그녀에게 문득 또 다른 기억이 떠올랐다.

그녀를 잠에서 깨운 것은 자명종 소리였다. 비몽사몽일 때 꽤 먼 곳에서 자명종 소리가 들렸었다. 아마도 글렌의 방에서. 소리는 한동안 이어지다 끊겼다. 그녀가 잠에서 완전히 깨었을 때는 소리가 이미 멎은 뒤였다.

하지만 말이 되질 않았다. 글렌은 자명종을 갖고 있지 않은데. 그를 깨우는 것은 언제나 파킨스 아저씨 몫이었다. 설령 글렌 방에 자명종이 있다 하더라도 그게 오밤중에 울릴 이유가 있을까?

오밤중이기는 했던가?

이놈의 상상력! 벌컥 짜증이 치밀었다.

12

그녀는 시계 생각을 떨쳐내려 창문에서 고개를 돌렸다. 차라리 다른 생각을 하자. 딕에 관해서. 마치 그녀만을 위해 연주하는 듯 연주석에서 그녀를 향해 환히 웃던 그의 모습을. 알렉스 이모가 알면 얼마나 난리가 날지! 지금쯤 딕은 무얼 하고 있을까. 호텔 방에서 자고 있으려나? 아니면 마지막 손님들을 보내고 이제 막 연주석에서 내려왔을까?

대체 몇 시인 걸까?

아침이 되면 최고의 모습으로 딕을 만나러 가야지. 그러고 나면, 이 흉하고 낡은 알렉스 이모네 집에 다시는, 다시는 돌아오지 않을 것이다. 그래서 시간이 얼마나 남은 거지?

곧 아침인 것은 틀림없는데…….

자명종 소리는 뭐였을까? 정말 글렌의 방에서 나던 소리였을까? 도대체 *왜?*

적어도 글렌에게는 귀띔을 해두고 떠나야 했다. 글렌은 그녀의 쌍둥이 남매다. 알렉스 이모를 빼면 이 세상에 하나뿐인 가족. 파킨스 아저씨가 늘 하는 말마따나 둘은 쌍둥이치고 닮지 않았다. 그래도 어쨌거나 쌍둥이다. 아침 식사 전에 시간이 난다면 글렌에게 말을 꺼낼 수 있을 것이다. 시간이 난다면. 시간.

시간…….

맹세컨대, 시계만 멀쩡했더라도 지금이 몇 시인지 신경 쓰지 않았을 것이다. 시계에 눈길조차 주지 않았을 것이다. 그러나 시계가 멈춰 버린 지금, 그녀는 시간에 집착하고 있었다. 몇 시인지 알기 전까지는 다시 잠들 수 없었다.

그리고 그 자명종 소리의 정체도!

분명 글렌의 방이었다. 하지만 왜? 도대체 뭐였을까? 당장

이유를 알아야 했다.

뭐, 알아내는 방법이야 간단하지.

그녀는 침대에서 미끄러지듯 내려와 추위에 떨며 실내화를 찾아 신고 가운을 걸쳤다.

어둡고 추운 새벽에 시간을 확인한답시고 집 안을 돌아다니다니 한심한 짓이었다. 그래도 어쩔 수 없었다. 지금이 아침이라면 넬리와 아저씨가 주방을 들락거리고 있어야 했다. 그러나 집 안은 무덤처럼 고요했다. 무덤. 그녀는 꿈 생각에 또 한 번 몸서리쳤다.

궁금한 건 시간만이 아니었다. 자명종 같던 그 소리의 정체도 알아내야 했다.

글렌의 방문은 열려 있었다. 그녀는 전등 스위치를 찾아 벽을 조심히 더듬었다. 글렌은 잘 때 죽은 듯 곯아떨어지는 버릇이 있어 불을 켜도 깨는 법이 없었다. 그녀는 스위치를 누른 뒤, 잠시 눈을 끔뻑이며 서 있었다.

글렌이 보이지 않았다.

방에는 아무도 없었다. 텅 빈 침대. 누운 흔적도 보이지 않았다.

이 시간에 어딜 갔을까? 알렉스 이모가 알면 발칵 뒤집힐 텐데. 글렌은 집 열쇠도 갖고 있지 않다. 아니지, 파킨스 아저씨를 꾀어서 남는 열쇠를 하나 얻었을 수도 있다. 그녀가 그랬듯이.

그녀는 하려던 일도 잊은 채 잠시 걱정에 빠져들었다. 그러나 이내 어깨를 으쓱하고 고개를 저었다. 내가 알 바 아니잖아. 알아서 하라지. 하지만 그렇대도 글렌이 이런 시각에 바깥에 있는 것은 수상한 일이다. 그녀는 글렌의 시계를 확인했다.

3시.

믿기지 않았다.

3시라니.

작고 묵직한 가죽 시계를 집어 귀에 가져다 대고 흔들어도 보았다.

시곗바늘이 움직이지 않았다.

이런 우연이 있나!

이런 일은 듣도 보도 못했는데! 둘의 시계가 동시에 고장 나다니. 그것도 정확히 같은 시각에 멈춘 채로 말이야. 텔레파시, 뭐 그런 건가? 갑자기 웃음이 터져 나왔다.

하지만 웃음은 이내 뚝 끊겼다.

글렌은 어디로 간 거지?

침대에 누운 흔적도 없이 글렌이 사라졌다.

두 사람의 시계는 똑같이 3시에 멈춰 있고.

극심한 공포가 느닷없이 들이닥쳤다. 목매단 사람과 수직으로 세워진 관에 갇혔던 괴이한 꿈의 잔상이 소름 끼치게 되살아났다.

그리고 시계들.

현재 시각은?

당장 알아야 해!

복도에 걸린 커다란 시계를 확인하면…….

그녀는 자기 방과 텅 빈 손님방과 계단 머리를 빠르게 지나서 어둠에 반쯤 잠긴 골동 시계를 향해 내달렸고, 전등 스위치를 찾아 황급히 손을 뻗었다.

3시.

그럴 리가. 사실이 아니었다. 그 골동 시계는 오랜 세월 그 자리에 걸려 있으면서 단 한 번도 멈춘 적이 없었다. 움직이지 않는다니 말도 안 되었다. 그런 적은 없었다. 있을 수 없는 일이었다.

서서 잠시 귀를 기울여 보았다.

골동 시계에서 규칙적으로 나는 나무 느낌의 은은하고 둔탁한 시곗바늘 소리를 그녀는 일평생 들으며 살았다. 그 소리를 기다리는 동안 그녀의 예민해진 신경이 목구멍까지 차오르면서 다시 숨통을 조였다.

아무 소리도 들리지 않았다.

골동 시계는 잠잠했다. 시침은 3, 분침은 12에 놓인 채, 깎아 만든 오래된 시곗바늘들이 여전히 꿈쩍도 하지 않았다.

끔찍한 공포에 비명이 터져 나오려는 것을 서둘러 틀어막았다. 알렉스 이모를 깨워서는 안 된다. 글렌이 집을 비운 사실을 이모는 몰라야 한다. 무엇보다도, 홀리 잉글하트가 멈춘 시계들을 보고 이성을 잃은 것을 알렉스 이모는 절대 몰라야 한다.

바로 그때, 쥐 죽은 듯 고요한 집 안에서 자명종 소리가, 규칙적이고 끈질기게, 멀리서, 하지만 그리 멀지 않은 곳에서 들려왔다.

어디선가 울리는 자명종 소리.

넬리…….

소리는 넬리와 파킨스 아저씨 방에서 나오고 있었다.

홀리는 3층으로 이어지는 좁은 계단을 최대한 조용히 올라서 넬리와 파킨스의 방으로 향했다. 보이는 대로 전등 스위치를 누르다 보니 어느새 온 집 안이 눈부시게 밝아졌다. 드디어 방문

앞이었다. 방문을 열면 넬리가 있을 테고 홀리를 뒤쫓던 공포는 사라질 것이다.

방문을 열려는데 자명종 소리가 뚝 멎었다…….

그녀는 방문을 두드린 뒤 잠시 기다렸다가 다시 두드렸다.

아무 대답이 없었다.

분명 안에 있을 텐데. 넬리는 잠귀가 밝았다. 대답을 안 할 리가…….

이번에는 조금 더 세게 방문을 두드려 보았다.

그 순간 방문이 살짝 열려 있단 걸 깨달았다.

주저하며 슬며시 방문을 열었다. 복도에서 쏟아지는 빛줄기가 텅 빈 침대를 비추었다. 깔끔히 정리된 침대, 아무도 누운 흔적이 없는 침대였다.

넬리가 사라졌다. 파킨스 아저씨도. 왜 침대가…….

설마 시계도…….

화장대 위에 싸구려 자명종이 하나 있었다. 페인트가 칠해진 그 시계는 음정이 맞지 않아 귀에 거슬렸고 재깍댈 때도 요란하고 거칠었다.

그런데 지금은 아예 재깍대지를 않았다.

그녀는 시계를 보기도 전에 검게 칠해진 시침은 3, 분침은 12에 멈춰 있으리란 것을 짐작했다.

싸구려 자명종도 3시에 멈춘 것이다.

그런데 말이 되질 않았다. 방금 그녀가 문밖에 서 있을 때만 해도 분명 울렸는데.

시계를 이리저리 살폈다. 알람은 6시에 울리도록 맞춰져 있었다.

그럼 방금 들은 자명종 소리는 이 시계에서 나온 게 아니란 얘긴가!

그녀는 공포심도 잠시 뒤로 한 채 방을 뒤졌다.

방 안에 다른 시계는 없었다. 3시에 멈춰 버린 시계뿐이었다.

바로 그때, 자명종 소리가 울리기 시작했다. 조금 전과 똑같은 소리였다. 끝날 기미 없이 끈질기게 이어지는 소리. 그런데 이번엔 꽤 멀리서 들렸다.

알렉스 이모의 방이었다.

이모는 틀림없이 방 안에 있을 것이었다. 몸이 마비되어 꼼짝없이 의자에 앉아 지내게 된 후로 이모는 15년간 자신의 방을 떠난 적이 없었다. 알렉스 이모라면 자명종 소리가 울리는 이유를 알고 있을 거야.

그녀는 좁은 계단을 정신없이 내려가 골동 시계와 널찍한 계단을 지나고 또 넓은 복도를 가로질러 알렉스 이모의 방으로 향했다. 그러면서 보이는 대로 스위치를 눌러 불을 켰다.

문 앞에 도착하자 소리가 멎었다. 이상한 건 또 있었다.

알렉스 이모의 방문이 활짝 열려 있었다. 한참 전에(하지만 그게 정확히 언제인지?) 잠자리에 들었어야 할 이모가 창가 의자에서 방문을 향해 앉아 있었다. 아무 말도 미동도 없이, 마치 고양이 눈처럼 초록빛을 띤 알렉스 이모의 두 눈이 복도의 램프 빛을 받아 기이하고 섬뜩하게 반짝였다.

홀리는 문에 기댄 채 잠시 우두커니 서 있었다. 이모는 꿈쩍도 하지 않았다. 홀리가 이모에게 천천히 다가갔다.

열린 창문으로 얼음이 뒤덮은 호수의 싸늘한 바람이 들어와 방을 메웠다.

활짝 열린 창문 앞에 앉은 알렉스 이모…….

홀리는 두려움도 잊은 채 이모에게 달려가 그녀의 손을 붙들었다.

손은 얼음장처럼 몹시도 차갑고 딱딱했다.

알렉스 이모는 열린 창문 같은 건 신경도 쓰지 않았다. 창틀에 달린 고드름처럼 꽁꽁 얼어 죽어 있었기 때문이다.

이모의 여윈 가슴팍을 감싼 옅은 색의 빳빳한 실크 옷이 어딘가 이상했다. 그리 크지 않으나 새까맣게 어두운 구멍이 2개 벌어져 있고, 그 옆으로 손잡이 같은 게 보였다. 벌벌 떨며 손을 가져다 댄 홀리는 그게 진짜 손잡이란 걸 깨달았다. 칼의 손잡이가 실크 옷에 박혀 있었다.

눈앞이 빙빙 돌더니 미지의 어둠 속으로 몸이 가라앉는 게 느껴졌다. 꿈속에서 그녀를 짓누른 바로 그 어둠이었다. 그녀는 가까스로 정신을 붙들어 매며 마지막으로 해야 할 일을 떠올렸다.

시계를 확인할 것.

알렉스 이모의 작은 프랑스산 시계가 둥그런 유리 덮개 안에 있었다. 시계에 달린 작은 톱니바퀴는 밤낮없이 돌아갔었다. 그러나 지금은 아니다.

금박의 가는 시곗바늘이 3시에 멈춰 있었다.

몸을 끌어당기는 어둠 속으로 가라앉으며 정신이 아득해지는 마지막 순간, 홀리는 방금 본 것들을 자신의 기억에 새겼다.

2장

휑한 기차역 승강장에 부는 2월의 바람은 습하고 매서웠다. 제이크 저스투스는 눈 쌓인 승강장을 하릴없이 거닐며 개인적인 문제들을 고민하다 여기만큼 황량한 곳을 전에 본 적이 있었던가 하는 생각에까지 미쳤다. 살면서 황량한 풍경을 볼 만큼 봤지만 이런 곳은 처음이었다. 이래 놓고 교외 부촌이라는 건가, 하고 마뜩잖게 생각했다.

그는 밀폐된 작은 대합실을 못마땅한 눈길로 쳐다보았다.

옆에 있던 금발의 딕 데이턴이 고개를 까딱했다.

"그만 들어가자고. 얼어 죽느니 숨 막혀 죽는 게 낫지."

제이크는 담배를 비벼 껐고 두 사람은 함께 우중충한 대합실로 들어갔다. 둘의 외모는 묘하게 대조를 이뤘다. 데이턴은 호리호리한 체격에 군살 없이 잘생긴 과였으며 유행을 반년쯤 앞선 듯한 옷을 말끔하게 차려입었다. 미간의 깊은 주름은 삼류와 이류 밴드를 전전하며 전국을 돌았던 지난 12년간의 세월을 말해주었다. 이제 그는 자기 이름을 내건 어엿한 일류 밴드

'딕 데이턴과 아이들'로 활동하고 있었다.

반면 키가 크고 팔다리가 길쭉한 제이크는 늘씬하나 뼈대가 굵은 체형이었는데, 언제나 구부정한 자세로 어슬렁거렸다. 헝클어지고 숱이 많은 빨간 머리 아래 각진 얼굴은 붙임성 좋아 보였으나 두 눈으로는 늘 무언가를 관찰했고, 사각 턱이었다. 그의 얼굴에도 주름이 보였는데 그중 상당수는 딕 데이턴을 홍보하고 관리해오면서 얻은 것이었다.

그는 불쾌한 기색으로 좁은 대합실을 둘러보았다. 습기 찬 목재와 땀 냄새, 싸구려 소독제 냄새가 뒤섞여 영 궁상맞았다. 벤치는 갈색 페인트로 대충 덧칠되어 있었고 누렇게 바랜 '금연' 표지판은 파리똥으로 얼룩져 있었다.

"너무 늦는데." 제이크 저스투스가 손목시계를 보며 말했다.

김 서린 창문을 통해 밖을 내다보던 딕이 고개를 끄덕였다. 역을 벗어나 이어진 눈길 너머 앙상한 나무들과 흐릿한 윤곽의 집들이 보였다. 열차 한 대가 굉음을 내며 들어와 급정거했다. 이윽고 녹색 외투를 입은 뚱뚱한 남자와 목사, 앳된 얼굴로 종알대는 여학생 둘이 열차에서 내렸다. 열차는 덜컹거리며 시카고를 향해 다시 떠났다. 제이크는 아쉬운 듯 열차 꽁무니를 눈으로 좇았다.

"물론," 그가 조심스레 입을 열었다. "내가 상관할 바는 아니지만, 이런 날 늦는 건 좀 아니지 않나."

딕이 그를 쏘아보았다. "홀리 잘못이 아니야. 뭔가 일이 생겨서 늦는 거겠지. 그래서 걱정이 돼."

제이크는 잘못 본 것이기를 바라며 시계를 다시 확인했다. 잘못 본 게 아니었다. 벌써 10시였다. 두 사람은 9시가 되기

훨씬 전부터 기차역 승강장에 나와 있었다. 제이크는 9시 전에 일어난 적이 마지막으로 언제였던가를 짜증스럽게 생각했다. 왜 사람들은 적당한 시간에 도주할 생각을 않는 거지?

"물론," 제이크가 다시 입을 열었다. "나야 자세한 사정은 모르지. 그래도 이렇게 늦다니 솔직히 성질 뻗치잖아."

아무 대답이 없었다.

"뭐," 제이크 저스투스는 잠시 뜸을 들였다. "그 여자가 너를 차 버린 게 아니길 바랄 뿐이야. 이렇게 나까지 꼭두새벽부터 깨워 놓고서 말이지. 게다가," 그가 슬쩍 한마디를 덧붙였다. "이러다가는 석간신문에 기사 실리기도 글렀어."

"그래." 딕이 쌀쌀맞게 대꾸했다. "너한테는 이게 특종감일 뿐이다, 이거지. 난 심각하다고."

제이크 저스투스는 활짝 웃어 보였다. "*인기 스타 딕 데이턴이 극적인 애정의 도피 행각 끝에 아리따운 상속녀 신부를 취재진에게 소개하며 '평생의 꿈을 이뤘습니다'라고 전했다…….*"

"닥쳐." 딕 데이턴이 잘라 말했다.

제이크는 신이 나 계속 떠들었다. "기사 제목도 눈에 확 띄어야겠지. '격노한 신부의 이모, 딕과 새 신부의 행방 수소문' 같은 걸로."

"그냥 나가 있으련다." 딕이 퉁명스레 대꾸했다.

제이크가 문밖으로 따라 나왔다. "물론," 그리고 기어코 한마디를 덧붙였다. "그 여자가 정말 너를 차 버린 게 아닌 경우의 얘기겠지만."

"그럴 리 없어."

"좋아, 그렇다고 치자. 그럼 왜 안 나타나는 건데?"

젊은 밴드 리더는 초조함에 얼굴을 찌푸렸다. "출발했다면 도착하고도 남았을 시간이야. 거의 2시간을 기다렸는데."

"거의라니, 정확히 2시간째야."

"제이크, 뭔가 일이 터진 거야. 뭔가 잘못됐다고."

"설마 분노 폭발 이모가 조카딸을 가둬 놓고 빵이랑 물만 먹이고 있겠냐. 말이 되는 소리를 해. 지금이 1880년도 아니고."

"네가 그분을 몰라서 그래." 딕의 목소리가 심각해졌다. "그 사람은 정말 1880년에 살고 있어. 확실히 정상은 아니야. 뭐든 할 노인네라고."

"네 애인 이모가 미치광이란 소리를 하고 싶은 거야?"

"그래." 딕이 대답했다.

제이크는 어깨를 으쓱했다. "어쨌거나, 네 여자 기다리느라 여기서 평생 죽치고 있을 순 없어. 이렇게 허접한 도주 계획은 듣도 보도 못했다고."

"나라고 이렇게 될 줄 알았겠어?"

"날짜를 제대로 알려준 거 맞아?"

"제이크, 뭔가 일이 터진 거라니까."

"우리가 엉뚱한 동네에 와 있는 건 아니고?"

"집어치워."

"이런 북부 해안 동네들 생긴 게 다 거기서 거기잖아. 언젠가 월메트에서 데이트했던 기억이 나는군. 이름이 클라라였던가……." 제이크가 추억에 잠겼다.

"하여간 망나니 같은 놈." 딕이 혀를 차며 말했다.

제이크가 한숨을 쉬었다. "술이라도 있으면 좋으련만."

담뱃불을 붙인 딕이 성냥개비를 흙으로 뒤범벅된 눈더미에

쑤셔 넣고는 갑자기 승강장 끝으로 성큼성큼 걸어갔다. 제이크가 긴 다리를 휘적거리며 뒤쫓았다.

"여기서 나가자, 제이크. 직접 찾으러 가야겠어."

"걸어서?"

"그럼 말이라도 타고 가리?"

"여기는 택시도 없대? 택시가 다니는 번화가 따윈 취급도 안 할 만큼 고상하대?"

딕이 앙상한 겨울나무들을 지나치며 손으로 앞쪽을 가리켰다. 제이크는 한숨을 푹 쉬었다.

바로 그때 길 끄트머리에서 택시 한 대가 튀어나왔다. 두 사람은 호들갑을 떨며 손을 흔들고 휘파람을 불었다. 빙판에서 미끄러진 택시가 반 바퀴를 돌아 하마터면 나무를 칠 뻔하다가 가까스로 두 사람 앞에 멈췄다.

"오늘 길이 미끄러워서." 택시 운전사가 변명했다. 그의 얼굴이 하얗게 질려 있었다.

딕과 제이크는 택시에 올라타 문을 닫았다.

"메이플 드라이브 1216번지로 가시죠."

택시 운전사가 호기심 어린 눈으로 둘을 훑었다.

"변호사신가?"

"아뇨." 제이크가 대답했다. "한때 생각은 했었습니다만……."

"그럼, 기자?"

"지금은 아니에요." 제이크가 또 대답했다. "그래도 한때는—"

"알 바 아니잖습니까." 딕이 성난 목소리로 끼어들었다.

"저는 밴드 리더고 이쪽은 제 매니저입니다. 더 궁금한 거 있어요?"

운전사가 픽 웃었다. "그 집 사람들이 밴드를 부르진 않았을 텐데." 그는 쾌활한 투로 이렇게 말하고는 차를 몰기 시작했다.

제이크는 생각이 많아 보였다. "도착해서 뭐라고 둘러댈 생각인지 모르겠군. 계획도 없이 무작정 가는 거라면 우스운 꼴만 될 거야."

"홀리를 그 집에서 빼내고 떠날 거야."

"걱정한 대로군." 제이크가 구시렁거렸다.

"나한텐 그럴 자격이 있어. 당당히 들어가서 홀리를 만나게 해 달라고 할 거야. 누구든 날 방해했다가는—"

"또 싸우겠지." 제이크가 사색에 잠겨 혼잣말했다. "이 동네 유치장은 어떻게 생겼으려나."

"그럴 일은 없어."

"차라리 말이야," 생각 끝에 제이크가 말했다. "리얼실크 양품점*에서 나온 척을 해. 하지만 이건 네 일이니 내가 이래라저래라할 수는 없지. 그저 난 지금 이 상황이 좀 찝찝해."

"왜?"

"자, 네 애인이 너를 바람맞혔어. 게다가 주소만 댔을 뿐인데 택시 운전사가 수상쩍게도 그 집의 무언가를 아는 것처럼 굴지. 뭐 아무리 나쁜 일이라고 해 봤자 화재나 폭발 사고겠다만……."

"적당히 해."

택시는 양쪽에 앙상한 나무들이 심긴 황량한 차도를 통과했다. 보도 너머로 넓은

* 리얼실크 양품점 Realsilk Hosiery 1920~1930년대 미국에서 여성용 고급 스타킹 등을 만들어 방문 판매하던 회사.

잔디밭과 눈 덮인 정원들이 펼쳐졌다. 규모 있는 저택들이 보였고 대부분이 정교한 고택이었다. 그리고 하나같이 차도와 멀찍이 떨어져 있었다.

샛길로 꺾어 들어간 택시가 빙판에 이리저리 미끄러지다 하마터면 주차된 차를 칠 뻔한 끝에 가까스로 철제 문기둥 앞에 멈췄다.

"다 왔수다." 운전사가 넉살 좋게 말을 붙였다. "밴드 사람들과 함께 못 와 아쉽겠구먼." 하지만 딕은 벌써 차에서 내린 뒤였다.

제이크가 운전사에게 잔돈을 두둑이 건네며 말했다. "자, 기사님 입도 근질근질할 텐데 이 집에서 무슨 일이 일어난 건지 들어나 봅시다."

운전사는 웃으며 고개를 저었다. "직접 들어가 보쇼. 가 보면 알 거요."

제이크는 멀어지는 택시를 향해 상스러운 말을 해 주고는 어깨를 으쓱한 뒤 서둘러 딕을 뒤따랐다.

두 짝짜리 연철 대문이 휑하니 열려 있었다. 대문 너머 눈 덮인 진입로에 차들이 지나가며 만든 바퀴 자국이 보였고 그 끝에는 이루 말할 수 없이 흉물스러운 저택이 서 있었다. 울퉁불퉁 각진 곳이 많았으며 외벽은 칙칙하고 누런 갈색을 띠었다. 현관부터 발코니, 둥근 지붕, 작은 탑, 잡다한 철물 따위가 건물에 덕지덕지 덧붙어 있었다. 부자라면서 뭐 하러 이런 괴괴망측한 집에 살까, 의구심이 드는 곳이었다.

"살인 나기 딱 좋은 곳이네." 제이크는 혼잣말했다. "건축가 살인 사건이면 더 좋고." 그러고는 긴 다리로 겅중겅중 딕을 따라잡았다. "진입로에 차들이 많아."

"분위기가 이상해." 딕의 표정은 굳어 있었다.

"이 집 친척들이 너를 구경하러 모였나 보지."

"우리 계획을 아는 건 나랑 홀리, 그리고 너뿐이야. 그리고 홀리한테는 친척이 없어. 이모 말고는……. 아무튼 분위기가 이상해."

"그럼 나가서 전화로 연락해 볼까?"

"싫어."

"택시를 잡아둘 걸 그랬어. 쫓겨날 수도 있잖아."

"무조건 홀리를 데리고 나올 거야." 딕의 얼굴이 새하얗게 질려 있었고 미간 주름은 평소보다 깊었다.

"딕, 일단 나한테 맡기고 뒤로 빠져 있는 게 어때? 내가 먼저 분위기를 파악해 볼게."

"*싫다니까!*"

딕이 신경질적으로 초인종을 눌렀다.

한참 만에 키 크고 마른 여인이 문을 열고 나와 두 사람을 맞이했다. 이목구비가 날카로운 여인의 얼굴은 창백했으며 까만 눈은 그들을 관통해 저 너머를 응시하는 듯했다.

"들어오시면 안 돼요." 여인이 무미건조하게 말했다. "돌아가 주세요."

실망스러웠다.

하지만 제이크는 물러서지 않았다.

"잉글하트 양을 보러 왔습니다." 딕이 말했다. "홀리 잉글하트요."

여인이 멍한 표정으로 두 사람을 보았다. "돌아가세요."

"죄송합니다만 잉글하트 양을 꼭 봐야겠습니다." 갑자기 딕이 없던 말을 지어냈다. "여기 제 변호사를 대동했습니다만……."

그러고는 여인을 빤히 쳐다보았다. 여인은 당황한 듯 인상을 찌푸렸다.

"그럼 일단 들어오세요." 그녀가 느리게 말했다. "네, 들어오시면 되겠네요."

둘을 안으로 들인 여인은 문을 걸어 잠그고서는 잠시 우두커니 서서 그들을 살폈다.

"사람을 불러올게요." 여인은 이렇게 말한 뒤 두 사람을 홀에 둔 채 자리를 떴다.

"뭐, 어쨌거나 들어왔네." 제이크가 명랑하게 말했다.

딕은 몸을 떨었다. 넓고 천장이 높은 홀은 으스스하고 음침했으며 컴컴했다. 홀리가 평생을 이런 집에서 살았다니 상상이 가지 않았다. 양단으로 무늬를 짜 넣은 벽은 진한 붉은색이었고 화려하게 세공된 장식용 목공품은 까만색이었다. 계단참의 스테인드글라스 창문이 카펫에 초록색, 노란색, 파란색 그늘을 드리웠다. 커다란 유화 속 수염 난 남자가 뚱한 표정으로 두 사람을 노려보았다. 불편한 기운이 감도는, 침울하고 적대적이며 몹시도 차가운 공간이었다.

홀 끝의 양판문이 벌컥 열리더니 얼굴이 붉고 체형이 다부진 남자가 딕과 제이크를 향해 눈을 이글거리며 다가왔다.

"그 여자를 왜 보겠다는 거지?"

딕이 길게 한숨을 내쉬었다. "개인적인 일입니다."

"이제부터는 아닐세." 남자가 짜증스럽게 말을 끊었다.

"어쨌거나 당장은 그 여자를 볼 수 없어."

제이크가 말리듯 딕의 팔을 잡아끌며 질문했다. "플렉 서장님, 그 여자가 지금 여기 있는지라도 말해 주시면 안 되겠습니까?"

붉은 얼굴의 서장이 놀란 듯 입을 벌렸다. "아니, 제이크 저스투스! 벌써 기자들이 도착한 건가?" 인정하기 싫으나 진심으로 감탄한 목소리였다.

딕은 눈앞의 남자가 제이크 저스투스를 안다는 사실에 놀라지 않은 눈치였다. 이제는 어느 누가 제이크 저스투스를 안다고 해도 그저 무덤덤했다. "저기요." 딕이 다시 입을 뗐다. "저기 그러니까……."

플렉 서장은 달래듯 고개를 가로저었다. "좀 기다려 보라고. 나중에 만나게 해 줄 수도 있고."

"하지만 대체 왜—" 딕이 끈질기게 물었다.

"왜냐면 체포되었거든." 플렉 서장이 또박또박 대답했다.

"*체*포라고요?"

"그래, 체포." 플렉 서장은 이해력이 형편없는 아이에게 말하듯 더욱더 또박또박, 했던 말을 반복했다. "지금 조사 중일세." 그는 말을 하다 말고 코를 벅벅 긁었다. "설마 무슨 일인지 모르는 건가?"

"저희는 방금 도착했는걸요." 제이크가 대답했다.

"어젯밤 그 여자가 이 집 여주인을 살해했어."

딕의 입술 사이로 비명이 터져 나왔다. "*살해*라니!"

"그것도 칼로 찔러서. 내 생각엔 그 여자, 여간내기가 아니야. 하여튼 지금은 볼 수 없네."

딕이 플렉에게 바짝 다가섰다. "만나게 해 주십시오." 딕의 목소리가 간절했다. "제게는 그럴 권리가 있어요."

"오, 그렇단 말이지?" 붉은 얼굴의 서장이 가소롭다는 듯 되물었다. "우리 샌님께서 말하는 그 권리란 게 대체 뭐지?"

어느새 딕의 얼굴은 잿빛이었다. "왜냐면," 그가 말했다. "그 여자는 제 아내거든요."

3장

제이크 저스투스가 조심스레 입을 열었다. "그 말은 굳이 안 해도 됐을 텐데."

두 사람은 그 흉한 저택의 서재에 뻘쭘하게 앉아 기다리고 있었다. 제이크가 딕에게 설명한 대로 방금 본 플렉이란 자는 메이플 파크의 경찰서장이었다. 플렉은 두 사람에게 날카로운 질문을 몇 개 던진 끝에 딕과 홀리가 어제 크라운 포인트에서 결혼했다는 사실과 오늘 그 소식을 세상에 공개하려던 계획을 알게 되었다. 또 플렉으로서는 굉장히 실망스럽지만, 딕이 전날 밤늦게까지 자신의 밴드와 함께였으며 블루 카지노를 찾은 손님 모두가 그의 알리바이를 입증해 주리란 것도 알았다. 플렉은 딕에게 그의 아내를 호송하기 전에 만나게 해 주겠다는 말을 언짢게 남기고는 울적하게 고개를 저으며 자리를 떴다.

그렇게 딕과 제이크는 춥고 적막한 서재에 남겨졌다. 읽은 흔적이 없는 책들, 갈색 목재로 만든 고급 패널 벽, 중후하지만 칙칙하며 불편해 보이는 가구들이 인상적인 방이었다. 제이크는

눈을 감고 술 마시는 상상을 했다.

"아냐." 제이크가 했던 말을 되풀이했다. "정말이지 안 해도 될 말이었어."

"어째서?" 딕이 물었다. "결혼한 건 사실이잖아. 어차피 알려지는 건 시간문제였어. 홀리가 이미 털어놓았을 수도 있고."

제이크가 천천히 고개를 끄덕였다. "맞는 말이긴 해. 하지만, 그 덕에 네 여자만 더 수상해졌다고. 대체 뭘 노리고 자기 이모를 죽인 걸까?"

"홀리 짓이 아니야." 딕은 단호했다.

제이크는 낮게 욕을 읊조렸다. 홀리는 대체 어떤 여자일까. 이딴 일에 휘말리다니 딕 녀석도 참, 재수가 없군. 둘의 도피 행각은 아름다운 특종감이 되었을 텐데. 이제는 아니었다. '살인 사건에 연루된 밴드 리더…….' 아름다운 소식이기는 글렀다.

제이크는 깊이 한숨을 쉬며 다시 술 마시는 상상을 했다.

"왜 다들 쉬쉬하는 거야?" 딕이 버럭 성을 냈다.

"곧 신문에 실리면 알게 되겠지." 제이크가 그를 달랬다.

"홀리 짓이 아니라니까." 딕은 같은 말을 되풀이했다.

제이크는 고개를 가로저었다. "그럴 수도. 난 모르겠어. 난 정말 모르겠다."

문이 열리더니 플렉이 얼굴을 문지르며 들어왔다.

"똑같은 소리만 반복하는군." 지친 목소리였다. "다시 말하지만, 여간내기가 아니야. 정신착란성방위*를 꾸미려는 수작인지도. 정말 그런 거면 머리가 잘 돌아가는 거지. 일단 잡아넣어야겠는데……." 그는

* 정신착란성방위 insanity defense. 정신장애를 근거로 무죄를 항변하는 것.

혼잣말에 가까운 말을 늘어놓았다.

제이크는 제발 딕이 입 다물고 있기를 속으로 빌면서 두 팔로 딕을 저지했다.

"플렉 서장님, 그 여자 수법이 뭐랍니까?" 제이크는 자신을 노려보는 딕의 시선을 느꼈다.

"칼." 플렉이 이마를 다시 문지르기 시작했다. "나 원, 어이가 없어서. 들어 보라고. 어젯밤 11시쯤에 글렌 잉글하트, 그러니까 그 여자의 쌍둥이 남매가 그 여자한테서 걸려 온 전화를 한 통 받았다더군."

"어디서요?" 제이크가 물었다.

"여기서."

"그럼 홀리가 집 밖에 있었단 겁니까?" 딕이 물었다.

플렉이 노한 투로 대꾸했다. "집이었으면 뭐하러 전화를 걸었겠나? 아무튼, 그 여자가 전화를 걸어서는 사고를 당해 병원에 입원했다, 다치긴 했지만 심각하지는 않다, 이제 퇴원할 수 있게 되었다, 그러니 글렌과 파킨스 아저씨가 자기를 데리러 와야겠다고 했다는 거야."

"파킨스는 누구죠?"

"파킨스 부부라고 있네." 플렉이 설명했다. "이 집 집사들. 일한 지 오래되었지. 여하튼 홀리와 통화한 글렌은 곧바로 파킨스에게 자초지종을 전했다고 하더군. 그런데 이게 다가 아닐세. 파킨스 부인은 하필 어제 딸을 보러 집을 비운 상태였어. 딸 이름은 메이벨. 글렌은 늙은 이모를 혼자 두고 나가는 게 마음에 걸렸지만 어쩔 수 없었지. 파킨스는 크게 걱정하지 않았다더군. 전에도 그분만 두고 집을 비운 적이 있긴 하니까. 글렌은 이모 방에

올라가서 사정을 알렸고, 노부인은 당연히 다녀오라고 했을 거야. 그래서 글렌이 파킨스에게 차를 준비시키라고 한 다음 외투를 입고서 함께 병원으로 간 것이지."

"어느 병원으로요?"

"전화 속 여자 말에 따르면," 플렉이 참을성 있게 설명을 이어갔다. "세인트 루크스였어. 저 아래 루프* 남쪽에 있는 병원 말일세. 글렌과 파킨스는 중간에 파킨스 부인을 태워서 함께 병원으로 갔다는데, 아무래도 같은 여자인 파킨스 부인이 옆에 있으면 낫겠다고 생각해서였겠지. 그렇게 병원에 간 그들이 뭘 발견했을 것 같나?"

"잠깐." 제이크가 다급히 대답했다. "내가 한번 맞춰 볼게요."

"병원에 홀리는 없었고, 애초에 온 적이 없었다더군." 플렉은 할 수 있다면 해명해 보라는 듯 두 사람을 빤히 보았다.

"왜 나한테 연락하지 않았을까요?" 대뜸 딕이 말했다. "사고를 당했는데 어째서 내게 알리지 않은 거죠?"

"그야 사고당한 적이 없으니까." 플렉이 대답했다. "애초부터 사고는 없었어. 불쌍한 제 이모를 살해한 걸 사고라고 부른다면 모를까. 어젯밤 그 여자가 정말로 제정신이 아니었다면 사고라 할 만도 하네만."

제이크가 눈을 몇 차례 끔뻑였다. "그래서, 글렌과 파킨스 부부는 어떻게 했답니까?"

"뭐, 혹시 몰라 다른 병원에 전화해 보느라 시간을 허비했는데 결국 허탕만 쳤지. 그대로 집에 돌아온 거야. 도로 사정 때문에 평소보다

* 루프 Loop. 시카고의 시내 중심지.

시간이 더 걸렸을 거고. 길이 워낙 미끄러우니까. 유리판처럼. 이번 일처럼 위급한 상황이 아니고서는 노부인을 혼자 둔 적이 없으니 다들 꽤 불안했겠지. 그래서 새벽 4시가 다 되어 집에 도착하자마자 파킨스 부인과 글렌이 노부인 방에 올라가 보았다더군." 플렉은 하던 말을 잠시 멈춰 나머지 두 사람이 따라올 시간을 주었다.

"그래서요?"

"죽어 있더래." 플렉은 마치 모자에서 시체를 꺼내 보인 사람처럼 의기양양하게 말했다. "나무토막보다도 더 꽝꽝 언 채로 죽어 있더라는 거야. 활짝 열린 창문 바로 앞에 앉은 채로. 지금도 그 자리에 있으니 자네들도 보려면 볼 수 있다네. 아직 시신을 옮기기 전이거든. 흉기에 3번 찔렸더군. 3번. 힘없는 노인네라 1번만 찔러도 됐을 것을. 뭐 하러 3번이나 찌른 걸까?"

"홀리는요?" 딕이 애처로운 목소리로 물었다. "어디 있었답니까? 뭘 하고 있었던 거죠?"

"제 이모 방에서 발견되었네. 거기 있더군." 플렉은 반박당하기를 기다리는 사람처럼 딕을 쳐다보았다. "정신을 잃고 바닥에 누워 있었어. 이모를 칼로 찌른 다음 그 자리에서 쓰러진 거지."

"혹시," 제이크가 끼어들었다. "모두 나간 틈을 타서 제3의 인물이 살인을 저지른 거라면요? 홀리는 그저 살인 현장을 발견하고 까무러친 걸 수도……."

플렉이 단호히 고개를 저었다. "아냐. 그 여자 말고는 살인 동기를 가진 사람이 없어."

딕이 뭔가를 말하려다 제이크의 찌푸린 얼굴을 보고는

멈칫했다.

“그런데 정작,” 플렉은 못마땅하다는 투로 말을 이었다. “그 여자는 정신이 나간 건지 망할 시계 얘기나 지껄이고 있으니.”

두 사람은 흠칫하여 플렉을 쳐다보았다.

“시계라고요?” 제이크가 멍하게 되물었다. 정신 나간 쪽은 홀리가 아니라 플렉 서장인 게 아닐까, 그는 생각했다. 아니면 제이크 자신일 수도.

“그렇다니까.” 플렉이 또 말했다. “시계들이 모조리 3시에 멈춰 버렸단 게 웃긴 일이긴 해. 하나도 빠짐없이 말일세.”

플렉이 주변 시계를 가리켰다. 테이블에 놓인 자그마한 전자시계. 청록색 대리석 벽난로 위의 적갈색 시계. 전부 3시에 멈춰 있었다. 돌연 제이크는 자신의 손목시계를 쳐다보고 싶은 강한 욕구를 느꼈으나 애써 억눌렀다.

“아주 돌겠어.” 플렉은 불만에 차 있었다. “그 여자 말로는…….” 그는 잠깐 말을 멈췄다가 침을 꿀꺽 삼킨 뒤, 잠에서 깨어나 글렌과 파킨스 부부를 찾으러 나갔으나 모두 침대에 누운 흔적도 없이 사라진 뒤였고 알렉산드리아 잉글하트만이 창문 열린 방에서 죽어 있더라는, 홀리의 주장을 두 사람에게 들려주었다.

이야기가 다 끝났을 때 제이크는 하얗게 질린 친구의 얼굴을 측은하게 살폈다. “네가 한번 말해 봐.” 그리고 딕에게 말을 건넸다. “그 여자가 원래 어이없는 짓을 잘하는 성격이야? 이런 식으로? 정신 줄을 살짝 놓고 다니는 과인가?”

딕은 고개를 저었다. “전혀. 말도 안 돼. 이유가 있을 거야. 분명 뭔가가 있어.”

"그야 당연하지." 플렉은 확신에 차 있었다. "그 여자는 정신이 나가 버린 걸세."

갑자기 문이 열리더니 순식간에 방 안에 사람들이 쏟아져 들어왔다. 지방 검사 하임 멘델이 가장 먼저 제이크 눈에 띄었다. 작달막한 키에 금테 코안경을 걸친 남자는 검시관 헤드버그였다. 보안관 앤디 어히언도 보였다. 나머지 대여섯 명은 처음 보는 사람들이었다. 그중 잘생긴 이목구비에 올리브색 피부, 어두운 눈동자, 헝클어진 검은 머리의 청년은 불안에 잔뜩 질린 얼굴로 보건대, 살인 용의자로 지목된 여자의 쌍둥이, 글렌 잉글하트가 분명했다.

하지만 제이크의 눈길을 사로잡은 인물은 따로 있었으니. 무리 한가운데 서 있는 한 여자, 큰 키에 늘씬한 체형, 탐스러운 빨간 머리와 갈색 눈동자를 지녔으며 그 커다란 눈을 딕에게서 떼지 못하는 여자.

홀리 잉글하트였다!

4장

홀리는 키가 크고 가냘팠으며 몹시 창백했다. 머리칼은 붉다 못해 구리색에 가까웠고, 굵고 반짝이는 물결처럼 어깨까지 내려왔다. 풀이 죽어 온순해 보이면서도 동시에 굳은 의지 같은 것이 묻어나는 얼굴이었다. 크고 그윽한 갈색 눈은 제이크가 보기에도 매력적이었다.

확실히 딕은 사람 보는 눈이 좋았다. 살인 사건이 벌어진 게 안타까울 따름이었다.

홀리가 딕을 향해 힘겹게 미소 지었다.

"난 정말 아니야."

"또 시작이구먼!" 플렉이 살짝 꾸짖듯 말했다.

"정말 아니야. 일어나 보니까……." 그녀는 미간을 찌푸리며 손으로 눈을 가렸다.

"지금은 아무 말도 하지 마." 딕이 조언했다.

그래, 아무 말도 하지 말아야지, 하고 제이크도 생각했다. 무슨 말을 하건 하임 멘델이 당신을 범인으로 몰고 갈 테니까.

“날 의심하는구나.” 그녀가 힘없이 말했다. “아무도 날 믿지 않아.”

제이크는 하마터면 “난 믿어요” 하고 불쑥 말할 뻔했다. 웃기는 소리지만 진심이었다. 홀리의 주장을 그녀 입으로 직접 들은 게 아닌데도 말이다.

이건 말하자면 직감 같은 것, 뭐라 설명할 순 없지만 무시할 수도 없는 그런 느낌이었다. 제이크는 밴드 일을 봐 오면서 질릴 만큼 많은 여자를 만나 봤고, 그러는 동안 좋은 여자를 알아보는 안목을 길렀다. 홀리는 좋은 여자였다. 좋은 여자는 사람을 죽이고 다닐 리 없다.

하지만 이번에는 그것만이 이유가 아니었다. 그보다 강력한 느낌, 뭐라 표현할 수도 논리적으로 설명할 수도 없는 확신이 들었다. 저 가냘픈 빨간 머리 여자의 허무맹랑한 주장은 진실이다. 그녀가 말한 그대로다. 재스퍼 플렉과 하임 멘델, 앤디 어히언은 논리적으로만 따지느라 범인을 잘못짚은 것이다.

“아무도 날 믿지 않아.” 그녀가 다시 말했다. 무미건조하고 지친 목소리였다.

딕이 눈치 없이 위로하려 들었다. 제이크가 보기에 지금 상황에 위로는 적절치 않았다. 그녀는 위로를 바라는 게 아니다. 저 얼굴에 눈물이 흐를 일은 없다. 이미 오래전에 눈물 참는 법을 터득했을 것이다. 그것도 아주 혹독한 방식을 통해서. 지금 홀리는 더없이 곤란한 처지임에도 방 안 누구보다 침착했다. 경찰에 연행되고 나면 그녀는 살인죄로 재판을 받을 것이고 어쩌면 유죄 판결을 받을지도 모른다. 확보된 증거들이 그녀에게 불리하니 정말로 그렇게 될 테지. 하지만 그녀는 알렉산드리아 잉글하트를

살해하지 않았으며, 스스로 그걸 알고 있다.

지금 저기 서 있는 여자는 무겁고 커다란 얼음덩어리를 끌어안은 심정으로 흥분을 삭이며 '왜 아무도 날 믿지 않지? 어째서 믿지 않는 거야?' 하고 되묻고 있을 것이다. 홀리는 이제 막 쇼핑을 나가려는 사람만큼이나 태연하고 차분했다.

제이크는 딕이 홀리의 유죄를 확신한다는 걸 알 수 있었다. 딕 입장에서야 믿고 싶지 않은 일이라 애써 거부하려 했으나 모든 정황이 그녀를 가리키고 있기에 어쩔 도리가 없었다. 하임 멘델도, 재스퍼 플렉도, 보안관 앤디 어히언도, 그리고 앨 헤드버그까지, 모두 그녀를 의심했다. 쌍둥이 오빠 글렌 잉글하트마저도. 오직 제이크 저스투스만이 홀리의 결백을 믿었다. 그녀가 범인일 리 없다. 있을 수 없는 일이다.

제이크가 목을 가다듬고 다소 뻔뻔하게 물었다. "집을 좀 둘러봐도 될까요?"

"그러시든가." 하임 멘델이 건성으로 대답했다.

앤디 어히언이 씩 웃으며 나섰다. "내가 직접 안내하지."

두 사람은 어둡고 을씨년스러운 홀로 나와 널찍한 계단을 올랐다.

"그나저나 잉글하트 가문은 어떤 사람들이죠?" 제이크가 물었다.

앤디는 제이크가 잉글하트 가문을 모른다는 사실에 놀란 눈치였다. "메이플 파크의 명문가지. 무서운 것 없는 사람들이야. 이 저택을 지은 분은 조지 잉글하트 선생이시고. 60년, 70년도 더 됐으려나. 돌아가신 여주인도 평생 이 집에서 사셨으니까. 세상에 그렇게나 성질머리 고약한 노인네도 없었는데." 앤디는 따분해하는 경찰관이 지키고 선 방문 앞에서 걸음을 멈췄다. "여기가 사건이 일어난 방일세. 들어가 보겠나?"

"그럼요." 제이크가 차분히 대답했다.

방 안에는 따분해하는 경찰관이 한 명 더 있었고, 창가에 알렉산드리아 잉글하트의 시신이 앉은 자세 그대로 있었다. 아주 넓은데도 이상하게 비좁아 보이는 방이었다. 천장 몰딩을 빙 두른 종이 장식 띠에 지나치게 큼직한 노란색 꽃들이 줄줄이 그려져 있고 그 아래 벽면에는 온갖 유화와 복제화, 석판화가 걸려 있었다. 특이하게도 인화된 사진은 한 장도 찾아볼 수 없었다. 제이크는 그 이유가 궁금했다. 넓은 방이긴 하나 그렇대도 가구들이 필요 이상으로 컸다. 밝은 황갈색 목재로 만든 큰 침대, 널찍한 의자, 묵직한 테이블도 하나같이 거대했다. 이제는 고인이 된 노인이 홀로 쓰기에는 틀림없이 컸다.

"시신은 사진을 좀 더 찍은 후 옮길 계획일세." 앤디는 이렇게 말하며 설명을 덧붙였다. "언 몸이 녹지를 않아. 아침 일찍 왔을 때는 아주 꽁꽁 얼어 있더라고."

제이크는 꼿꼿이 굳어버린 앙상한 시신을 자세히 살폈다. 쭈글쭈글하고 핏기없는 시신이 옅은 라일락 빛의 빳빳한 실크 옷을 입고서 바퀴 달린 안락의자에 앉아 있었다. 가느다란 손가락에 끼워진 반지 여러 개가 반짝였다.

실크 옷에는 피 얼룩이 3군데 나 있었다.

"출혈이 많지는 않았어." 앤디가 간결히 설명했다.

제이크는 현장 사진 촬영을 위해 남겨진 칼의 피렌체풍 손잡이를 감탄하듯 구경했다.

"이 칼은 누구 거였죠?"

“이분이 재단할 때 쓰던 칼일세.” 앤디가 이어서 자상 하나를 가리켰다. “헤드버그 말로는 이게 치명상이었다더군. 나머지 2개는 사망 후에 생긴 거고. 빠르고 편하게 가신 거지. 방어할 새도 없이. 졸고 있었을 거야. 아니면 범인과 잘 아는 사이라 이런 일을 예상 못 했거나. 조카딸이 자기를 죽일 거라고 상상이나 했겠나.”

그가 한숨을 푹 쉬었다. “자네는 아직도 ‹이그재미너›에 있나?”

제이크가 고개를 저었다. “요즘은 아래층에 있는 남자와 일해요. 딕 데이턴. 그 사람의 홍보 담당자 겸 매니저죠.”

“그렇게 된 거로군!” 앤디가 흥미를 보이며 휘파람 소리를 냈다. “고생 많겠어. 얼굴도 반반하던데.” 그가 헛기침을 몇 번 하더니 본론을 꺼냈다. “그래도 아직 신문사에 친구들이 좀 있을 테니…….”

“어히언 씨가 차기 보안관 선거에 나가니 잘 봐 달라고 말해 놓을게요.” 제이크가 장담했다.

“어떻게 알았지?” 앤디 어히언은 진심으로 놀란 투였다.

제이크는 같잖다는 생각에 대꾸를 거부했다.

알렉산드리아 잉글하트의 앙상하고 파리한 시신에는 건질 만한 단서가 없었다. 쓸쓸하고 어수선한 방에도 단서가 없기는 마찬가지였다. 노부인이 창가에 앉아 있을 때 그녀를 아는 누군가가 방에 들어와 그녀의 피렌체풍 칼로 그녀를 3번 찌른 뒤 창문을 열어 놓고 달아났다. 그때 시각이 3시. 이후 방에 들어온 빨간 머리 여자가 죽은 제 이모를 발견하고는 기절한 것이다.

사건의 내막은 이러한데.

그러나 이걸 무슨 수로 증명하지?

제이크는 창문으로 다가가 바깥을 내다보았다. 저 멀리 보이는 음울한 회색빛 호수 위로 얼룩덜룩한 얼음이 둥둥 떠 있었다. 넓게 펼쳐진 눈밭과 어둑한 숲도 보였다. 하늘에 까마귀만 몇 마리 날아다니면 완벽하게 음산한 풍경이라고, 그는 생각했다.

원래라면 오늘 딕과 홀리는 신혼여행을 떠났어야 했다. 애정의 도피. 주인공은 밴드 리더와 상속녀. 조연은 분노 폭발 이모. 참으로 아름다운 이야기였는데. 둘의 사진은 연예면 1면을 장식했을 것이다.

물론, 둘의 사진은 조만간 신문 1면에 실리긴 할 것이다. 그것도 아주 도배가 되겠지. 내용이 사뭇 달라지고 말았지만.

제이크는 뒤돌아 시계를 확인했다. 알렉산드리아 잉글하트가 쓰던 작은 프랑스산 시계가 반짝이는 유리 덮개 안쪽에서 3시에 멈춰 있었다. 문득 무언가가 생각났다.

"홀리가 들었다는 자명종 소리는 뭐죠?"

"그러니까 그게," 앤디 어히언이 질려 버렸다는 투로 대답했다. "자명종은 애초에 없었다네. 우리가 아침부터 줄곧 집 안을 수색했거든. 그 여자가 거짓말하는 게 아니라면 우리를 갖고 노는 거야."

자명종이 어디 숨겨져 있을까 생각하던 제이크는 자신이 홀리의 주장을 한 치의 의심도 없이 믿고 있다는 사실을 퍼뜩 깨달았다.

"저기," 그리고 앤디 어히언에게 다시 물었다. "이런 걸 물어도 되는지 모르겠지만 말입니다. 그러니까 블레이크 카운티 사람들도 물건에 지문이란 걸 남기지 않겠습니까?"

"*그 여자 지문이 칼에서 나왔다니까!*" 앤디가 발끈했다.

"다른 곳에는 없어. 우리가 괜히 아침부터 여기 나와 있겠나?"

"어디까지 대답해 주실 수 있나요?" 제이크가 떠보듯 물었다.

"칼을 빼내려다 기절한 거라고, 그 여자 본인 입으로 진술까지 했어." 앤디 어히언이 거들먹거렸다. "현장에서 나온 지문이라곤 그것뿐일세."

"시계에도 없고요?"

"시계고 창틀이고 아무 데도 없다니까 그러네. 우리가 빼먹은 곳이 있다면 내가 자네에게 술을 사고 블레이크 카운티에 돈을 청구하겠어. 그 여자가 칼 빼고 모든 물건에 묻은 지문을 스스로 닦아낸 거야."

"지문을 전부 지울 정도로 침착한 사람이 칼에 묻은 지문만 쏙 빼먹었다 이거죠. 또 당황해서 기절까지 하고." 제이크는 어처구니가 없었다. "왜 하필 칼만 빼먹었답니까?"

"여자 마음을 내가 무슨 수로 알겠나?" 앤디는 이제 억울한 투였다.

"도로시 딕스*에게 편지라도 써 보지 그래요?" 제이크는 한숨을 쉬었다. "창문은 누가 억지로 들어오거나 나가려고 연 걸 텐데."

앤디 어히언이 고개를 끄덕였다. "우리도 그렇게 생각하네. 하지만 억지로 들어오거나 나가려 했을 만한 사람이 없어."

"창문 아래 발자국은요?"

앤디가 코웃음 쳤다. "직접

* 도로시 딕스 Dorothy Dix (1861~1951). 미국의 여성 언론인이자 결혼 상담 칼럼니스트로 전 세계 애독자를 거느렸던 엘리자베스 메리웨더 길머 Elizabeth Meriwether Gilmer의 필명.

찾아보시든가.”

제이크가 창밖을 내다보았다. 창문 아래 땅은 밟힌 흔적 하나 없이 보드라운 눈으로 덮여 있었다.

“발자국은 개뿔!” 앤디 어히언이 짓궂게 말했다. “눈이 자정부터 예닐곱 시까지 내렸는데 발자국이 남았을 리가!”

제이크는 앤디에게 곧장 욕설을 퍼부으려다 고인이 된 알렉산드리아 잉글하트에게 실례라는 생각이 들어 다음을 기약하기로 했다. 대신 체념한 눈길로 방을 한 번 더 둘러보았다. 여전히 아무 단서도 발견할 수 없었다.

“이만 내려가죠.” 그가 힘없이 말했다.

홀로 내려가니 아까 서재에서 본 검은 머리 남자가 기다리고 있었다.

“데이턴의 매니저, 맞죠?”

제이크가 끄덕였다.

남자가 긴 한숨을 내쉬었다. “어떡하면 좋을까요. 뭐라도 해야 하는데. 대체 뭘 해야 할지. 이럴 때는 어떻게 해야 하죠? 집안 재산을 관리해 주는 변호사가 있긴 한데 살인 사건까지 처리해 주진 못할 거예요. 막막하네요. 홀리를 구해야 하는데. 설령 홀리가 정말 그런 짓을 저질렀더라도 구해야 해요.”

제이크가 그를 딱하게 보았다. “도움이 필요하신지?”

하지만 무슨 수로? 도울 수 있는 사람이 있긴 할까?

“변호사를 소개해 드리죠.” 제이크가 말했다. “설령 홀리가 대학살을 저지르고 경찰관 17명이 실시간으로 사건을 목격했다 하더라도, 그 여자를 구해줄 변호사를 알고 있습니다.”

글렌 잉글하트가 반색하며 창백한 이마를 괜히 문질렀다.

"이런 일은 남들한테나 일어나는 줄 알았습니다. 신문 기사로만 읽었으니까. 그런데 우리 가족에게 이런 일이 생기다니……. 어떤 기분인지 아시려나요."

"그럼요." 제이크가 어색하게 맞장구쳤다.

글렌은 할 말이 남았는지 머뭇거리는가 싶더니 끝내 입을 다문 채 천천히 멀어져 갔다.

제이크가 그를 뒤따르려는 순간, 토끼처럼 하얗게 질린 키 작은 남자가 불쑥 튀어나와 제이크와 눈이 마주치자 순식간에 문 뒤로 사라지더니 우물쭈물하며 천천히 다시 등장했다. 수더분한 인상과 겁에 질린 푸른 눈, 쥐 색깔의 머리가 눈에 띄었다. 꼭 누군가 뒤에서 '워!' 하고 소리쳐 놀란 사람 같았다.

"필요한 거라도 있으십니까?"

남자의 질문에 제이크가 고개를 끄덕였다. "당신이 파킨스 씨군요."

남자도 고개를 끄덕였다. "예, 그렇습니다."

"제이크 저스투스입니다. 잉글하트 양 남편의 동료죠. 잠시 전화기를 쓰고 싶은데요."

파킨스는 그제야 안도하는 듯 보였다. "아래층으로 가시지요. 이 집에는 전화기가 1대뿐이라서요. 주방 복도에 있는 게 전부랍니다."

제이크는 작은 호텔만 한 저택에 전화기가 달랑 1대뿐인 점에 의문을 품으며 파킨스를 따라 아래층으로 내려갔다. 그러고서는 수화기를 들어 존 J. 말론이라는 자와 몇 마디를 나눴고 일단은 그걸로 해야 할 일을 다 했다고 믿었다.

서재로 돌아와 보니 현관문을 열어 주었던 키 크고 마른 여인이 있었다. 그는 그 여인이 넬리 파킨스란 걸 단박에 깨달았다.

그녀가 매우 수상쩍다는 것도.

선천적으로 소심한 앰브로스 파킨스가 겁을 먹고 불안에 떠는 건 당연했다. 반면 넬리 파킨스는 굳은 표정을 가까스로 유지하고 있었는데, 두 눈만큼은 완전한 공포에 질려 있었다.

5장

블레이크 카운티의 지방 검사 하임 멘델은 기본적으로 모두를 싫어하는 편이었다. 태초에 화를 안고 태어났달까. 그는 유달리 명석했다. 인생 첫 성적 통지표를 집에 갖고 가던 날부터 스스로 그걸 알았다. 그러나 애석하게도 어린 시절엔 그를 알아봐 주는 이가 없었다. 잉글하트 사람들과 동네 주민들은 멘델의 아버지가 하는 세탁소에 빨랫감을 맡기고는 어린 하임에게 언제쯤 배달해 줄 수 있냐며 상냥히 묻곤 했으나, 하임을 향한 사람들의 관심은 딱 거기까지였다.

하임은 명석한 것 못지않게 정직했으며 불의에 분노했고 정의감에 불탔다. 겉보기야 어떻든 선량한 청년이었다. 그런데, 그를 로스쿨에 보내고 블레이크 카운티의 지방 검사로 만든 자비로운 섭리가 메이플 파크에서 실로 수년 만에 일어난 살인 사건을 그에게 투척하다니. 그것도 하필이면 메이플 파크에서 그가 제일 싫어하는 사람들과 엮이게 하다니.

하임은 고소하다고 느끼면서도 모든 게 성가시고 짜증

났으며 약간 불쾌하기까지 했다. 늘 자신을 깔보던 그 집 사람들. 정말이지 싫었다.

뒷문으로 드나들라고 눈치를 주던 파킨스를, 그는 싫어했다.

주변 환경에 주눅들곤 하던 자신과 달리 침착하고 차분하며 늘 여유만만하던 홀리 잉글하트를, 그는 싫어했다.

마지막으로는 재스퍼 플렉도 진심으로 싫어했는데, 메이플 파크 경찰서장씩이나 되는 이가 그 집 사람들에게 굽실거리는 모습이 꼴불견이었기 때문이다.

하임 멘델은 그러지 않을 것이다. 잉글하트 가문 자제라고 해서 여느 범죄자와 다르게 대우할 이유는 하등 없다. 그 집 사람들이라고 더 잘난 건 아니니까. 이제 그는 잉글하트 저택 서재에 드나들 자격이 충분한 사람이다.

물론, 그렇대도 다른 옷을 빼입고 왔다면 더 좋았을 것을.

이런 상황에서의 처세를 배운 적은 없기에, 지금 하임은 무척이나 부담스러웠다. 살인 용의자가 된 젊은 처자를 어떻게 연행한담? 그것도 잘나신 잉글하트 가문의 자제를?

앤디 어히언도 보안관답지 않게 굴기는 마찬가지였다. 그는 "갑시다, 자매님" 하고 어색하게 운을 뗐다가 이내 입을 다물어 버렸다.

보다 못한 홀리가 직접 나섰다. "준비됐어요." 그녀는 마치 자기가 그들의 곤혹스러운 입장을 완벽히 이해하고 있으며 그들은 해야 할 일을 할 뿐이라는 걸 다 안다는 듯 빙긋 미소 지었다. "아무 때나 출발해도 돼요."

글렌의 얼굴은 더욱 사색이 되었다. "꼭 이래야 합니까? 그러니까, 다른 방법은 없나요?"

“안타깝게도.” 하임 멘델이 짐짓 쾌활하게 대답했다.

“저기, 이봐요.” 이번엔 딕이 나섰다.” 이 여자를 잡아갈 순 없어요. 내가 가만있지—”

홀리가 그의 말을 끊었다. “유난 떨 것 없어. 다 오해일 뿐이니까 곧 해결될 거야. 너무 걱정하지 마.”

바로 그때, 한 여자가 작은 회오리바람처럼 부산스럽게 서재에 들이닥쳤다. 그녀 역시 키가 크고 가냘팠으나 홀리가 부드럽게 매력적인 인상이라면 이 여자는 얼음과 철로 만들어진 것처럼 차가웠다. 흰색에 가까운 금발은 하얗고 고운 얼굴 뒤로 정갈하게 빗겨져 있었고 파란 두 눈에는 총기가 돌았다. 다만 옷매무새가 희한했다. 집에서 아무렇게나 나왔는지 덧신에 털 코트, 새파란 새틴 파자마 차림이었다.

“이게 무슨 난리야? 웬 경찰들이 이렇게 깔린 거냐고. 넬리 아줌마는 홀리가 알렉스 이모를 죽였다는 미친 소리를 하질 않나. 정말이라면 뭐, 잘한 짓이긴 해. 글렌, 설명 좀 해 봐.”

모두의 시선이 그녀에게 쏠렸다.

“그런데,” 앤디 어히언이 불쾌한 기색으로 물었다. “뉘신지?”

여자는 앤디가 자기를 몰라본다는 사실에 놀란 듯했다.

“헬렌 브랜드라고 해요. 들어봤으려나 모르겠지만.”

이 말은 효과가 있었다. 모두의 눈빛이 급히 공손해진 것이다. 제이크는 그녀의 얼굴을 어디서 봤던가 곰곰 생각했다.

“홀리를 연행하려는 거예요?”

플렉이 목을 가다듬고 양해를 구하는 목소리로 대답했다. “브랜드 양, 그러니까 그게—”

"*이 돌대가리들!*"

"헬렌, 진정해." 홀리가 말했다. "정말 괜찮아. 다 오해야. 곧 해결될 거야. 그러니까 걱정하지 마. 난 감옥에 가도 상관없어. 진심이야. 평생을 이 집에서 살았으니 감옥에서 살아 보는 것도 나쁘지야 않지." 그녀가 앤디 어히언을 향해 웃으며 말했다. "이제 갈까요?"

홀리의 말은 흡사 어명이라 해도 손색이 없을 정도였다. 제이크는 박수갈채를 보내고 싶은 충동을 애써 억눌렀다.

재스퍼 플렉이 분주히 움직였다. 그는 남아 있는 경찰관들에게 이런저런 지시를 내리고 제이크에게 예의 있게 작별을 고한 다음 모두를 데리고 문밖으로 향했다. 이윽고 육중한 현관문이 열렸다가 닫혔다.

홀리가 뒤돌아 손을 흔들었다. "딕, 안녕. 감옥에서 봐!"

그렇게 그녀가 떠났다.

딕은 이제야 비로소 무슨 일이 벌어졌는가를 실감한 표정이었다. 그는 눈 쌓인 길을 냅다 내달리기 시작했다. 제이크가 그를 붙들었다.

"어딜 가려고?"

"이거 놔. 나도 갈 거야."

"아니, 안 돼!" 제이크는 마구 팔을 휘젓는 딕을 더욱 꽉 붙들었다. "가면 기자들한테 둘러싸일 텐데 사진이라도 찍혔다가는 아주 곤란해진다고."

"나도 따라갈 거야!" 딕이 고래고래 소리를 질렀다.

"블레이크 카운티 구치소에서 뭘 어쩌려고!"

둘은 잠시 서로를 노려보았다.

"가만히 있는 게 돕는 거야. 내 말 들어."

딕은 순식간에 전의를 상실했다. "알았어."

"잘 생각했어."

"이제 어떡하지?"

"시내로 돌아가야지." 제이크는 울적하게 덧붙였다. "아까 그 택시를 잡아 뒀어야 했는데."

두 남자는 눈 쌓인 길을 묵묵히 걸었다. 택시는 좀처럼 보이질 않았고, 거리는 고요하고 황량했다. 둘은 발을 동동 구르며 몇 분을 기다렸다.

"그냥 걸어가는 게 낫겠어." 제이크가 제안했다. "아니면 저 집으로 돌아가 택시를 부르든가."

딕이 고개를 저었다.

"그럼 걷자고."

그 순간, 길고 매끈한 차 한 대가 두 사람 앞에 멈췄다. 문이 열리더니 아까 본 금발의 여자가 얼굴을 빼꼼 내밀었다.

"거기 당신들, 타요. 루프까지 태워다 줄 테니까."

제이크는 그녀가 반짝이는 눈으로 자신을 머리에서부터 발끝까지 훑는 걸 느꼈다. 살짝 긴장되었다. 마치 그녀가 눈밭에 그를 세워 두고서 옷을 한 겹씩 벗기는 듯한 기분이었다. 제길, 딕이 곤경에 빠졌는데 이런 상상이나 하다니!

두 사람은 차에 냉큼 올라타 앞자리에 몸을 구겨 넣었다. 그녀가 큰 차를 몰아 빙판길을 능숙하게 미끄러져 갔다.

"그쪽이 홀리랑 결혼한 남자로군요."

딕이 흠칫 놀라며 대답했다. "맞아요."

세 사람은 한동안 말이 없었다.

"그럴 것 같더라."

또 흐르는 침묵.

"술 마실래요?"

제이크는 반가운 티를 애써 숨기며 대답했다. "술이라면 언제든."

헬렌이 소리 내어 웃었다. "옆에 보면 있을 거예요. 아니, 거기 말고 반대쪽. 시내까지 가려면 한참 걸릴 텐데 추울까 봐 챙겨왔죠."

제이크는 만족스럽게 웃어 보였다. "갑자기 당신이 플로렌스 나이팅게일처럼 보이는데."

그녀가 또 소리 내어 웃었다. "대신 잔은 없어요."

"뭐, 당신이라고 다 갖출 순 없죠. 그건 너무 불공평하니까."

헬렌에게 먼저 술병을 건넨 제이크는 그녀가 병을 기울여 술을 꿀꺽꿀꺽 들이켜면서도 흔들림 하나 없이 빙판길에서 큰 차를 모는 모습을 흐뭇하게 지켜보았다. 이어 딕에게도 건넸으나 딕은 고개를 가로저을 뿐이었다. 그제야 제이크는 술병에 자신의 입술을 대고 숨을 내쉬며 행복하게 눈을 감았다.

머릿속에 자욱하던 안개가 슬슬 걷히는 기분이었다.

"자, 이제," 헬렌이 불쑥 물었다. "무슨 수로 홀리를 구하죠?"

"더 어려운 일도 처리해 봤으니 걱정은 붙들어 매요." 제이크가 차분하면서 확신에 찬 목소리로 말했다.

차가 방향을 꺾을 때, 헬렌의 팔이 자신의 옆구리를 지그시 누르는 느낌을 제이크는 감미롭게 음미했다. 유리처럼 미끄러워 위험천만한 빙판길을 통과하는 동안 그들은 창밖 회색빛 호수에

둥둥 떠다니는 얼룩덜룩한 얼음덩어리들을 보았다. 딕은 말없이 정면만 응시했다. 얼마 지나고 나서부터는 제이크도 헬렌도 딕을 내버려 두었다.

"홀리가 정말 그런 짓을 저질렀더라도 난 그 애를 탓하지 않아요." 헬렌이 급커브길을 따라 차를 홱 돌리며 명랑하게 말했다. 제이크는 그녀의 운전 실력과 때아닌 명랑함에 동시에 놀라 숨을 삼켜야 했다.

"잘됐네요." 제이크가 말했다. "당신이 배심원단에 들어가면 되겠어요."

"그거 좋죠." 그녀도 지지 않고 농을 쳤다. "검은 상복을 차려입고 가서 알렉스 이모에 관한 진실을 폭로하겠어요."

"그분 성질이 고약했나 보죠?"

"말해 뭐 해요." 차가 아슬아슬하게 나무를 비껴갔다. "술 좀 줘 봐요, 긴장되니까. 홀리와 글렌은 아주 어릴 때부터 알렉스 이모 밑에서 컸어요. 애들 엄마가 그분의 여동생이었거든요. 분명 이름 날리던 여자였을걸요. 이모랑은 나이 차가 많이 났고. 그래서 이모는 자기 여동생도 자식 키우다시피 했는데 내 생각에 이모는, 뭐랄까, 열등감이 있었던 것 같아요."

"홀리 엄마에 대해서?" 제이크가 호밀 위스키가 담긴 술병을 쓰다듬으며 물었다.

"네. 자기는 동생과 딴판이었으니까. 어쨌거나, 이건 내 생각인데, 홀리 엄마는 얌전히 지내는 삶에 질렸을 거예요. 알렉스 이모가 치마폭에 꽁꽁 싸고돌았으니. 놀기 좋아하는 여자라면 그런 거 못 참지."

"그래서 떠돌이 외판원과 도망이라도 친 건가." 제이크는 상상에 젖어 중얼거리다 헬렌도 치마폭에 싸여 컸을까를 생각했고 다시금 그녀 팔의 감촉을 감미롭게 음미했다.

"정확히 말하자면 꽤 잘난 남자와 눈이 맞았죠. 다만 직업이 보드빌* 배우였고, 또 하필 술고래였네. 알렉스 이모는 보나 마나 치를 떨었을 거예요. 그래서 동생아, 다시는 이 집에 발붙일 생각 말아라, 같은 말을 했나 봐요."

"뻔한 레퍼토리군요." 조금씩 차들이 밀리기 시작하면서 제이크는 머리가 서서히 희끗희끗해지는 기분이었다. 세 사람을 태운 차는 이따금 샛길로 빠져 한참을 미끄러지다 기적적으로 제자리에 돌아오기를 반복했다.

"그런데 쌍둥이를 낳고는 죽어 버린 거예요."

"홀리 엄마가?"

"그럼 누구겠어요. 알렉스 이모는 그제야 노여움을 풀었죠. 어쨌든 가문의 명예를 더럽힐 순 없으니 애들 아빠에게 편지를 써서 쌍둥이를 평생 안 보고 살겠노라 약속하면 자기가 쌍둥이를 거둬 상속자로 만들겠다고 제안했대요. 누가 뭐래도 그 애들은 귀하신 잉글하트 핏줄이니까. 그렇게 글렌과 홀리가 이모 손에 길러지게 된 거예요. 이모는 애들 아빠가 끼어들지 못하게 돈을 두둑이 챙겨줬을 거고."

세 사람은 에번스턴을 지나 로저스 파크에 들러 빈 병을 버린 후 월슨 애비뉴에서 술을 새로 산 다음 외곽 도로로 빠졌다. 헬렌은 승용차와 택시 사이를 거침없이 운전했다. 제이크는 새틴 파자마 바지를 입은 그녀 무릎에 손을 얹고 싶어졌다.

"아무리 생각해도 너무 뻔한데."

* 보드빌 vaudeville. 노래와 춤, 마술, 각종 곡예 등을 곁들인 코미디 공연.

제이크가 한참 만에 다시 입을 열었다. "살인 동기가 전혀 보이지 않아요. 이모가 자기를 입양해 키웠고 유산을 일부 물려주기로 약속까지 했는데, 보통 사람이라면 그런 이모를 살해할 리 없잖습니까."

"홀리의 동기는 충분했어요." 정지 신호에 급히 브레이크를 밟은 헬렌의 목소리가 진지해졌다. "그리고 '그 사람들'이라면 없던 동기도 찾아낼걸요."

"듣자 하니 당신 진술이 무척 도움이 되겠는데요." 제이크가 말했다. "검찰 쪽에 말입니다. 일단 아는 대로 전부 말해 봐요."

"데이턴 씨 앞에서 이런 말 하는 게 좀 그렇지만, 알렉스 이모는 홀리의 정신 빠진 결혼 소식을 듣자마자 그 애 상속권을 박탈하려고 했어요. 이모는 홀리가 누구와도 결혼하지 않길 바랐거든요. 심지어 상대가 밴드 리더라니! 맙소사! 홀리가 이걸 알았을지 모르겠지만……."

"알고 있었어요." 최면에 걸린 듯 잠잠하던 딕이 입을 열었다. "홀리는 알았어요. 나와 그 문제로 얘기도 나눴고. 하지만 상속권을 뺏기더라도 상관없댔어요. 내가 자기를 먹여 살리리란 걸 믿었으니까. 홀리는 돈 따위 신경 쓰지 않았단 말입니다."

"그 여자가 돈에 무심했다고 배심원단을 설득하기는 불가능할 거다." 제이크가 과하게 상냥한 투로 딕에게 대꾸했다. "상속권을 박탈당하리란 사실을 그 여자가 알고 있었다면 더더욱. 홀리에게는 전혀, 도움이 되지 않을 거야. 전혀."

"다 망했어." 딕이 탄식했다. "다 망했다고!"

"가만히 좀 있어요!" 헬렌이 날카롭게 외쳤다.

서쪽으로 회전해 웨커 드라이브에 들어선 차가 다시

남쪽으로 회전한 다음 한 바퀴를 홱 돌아 별안간 어느 주차장에 당도했다. 그러다 눈더미와 충돌해 한 번 미끄러지고서는 주유기 모서리를 긁은 후에야 화들짝 놀란 주차장 직원 바로 옆에 멈춰 섰다. 제이크는 떨리는 손으로 주섬주섬 담배를 찾았다.

"와," 그는 진심으로 감탄을 금치 못했다. "이제껏 본 음주 운전 중 가장 현란해."

딕이 정신을 가다듬고서 물었다. "이제 뭘 하면 되지?"

"변호사를 만나야지." 제이크가 대답했다. "존 조셉 말론이란 친구야."

"그 사람 알아요." 헬렌이 말했다. "내 말은, 안다기보다 이름을 들어봤어요. 지난여름에 망치 살인범 변호를 맡았잖아요. 풀려나게 해 줬고."

"맞아요."

세 사람은 차에서 내렸다.

"아무튼, 태워 줘서 고마워요."

"잠깐, 나도 같이 갈 거예요. 이제 우린 한 팀이라고요."

제이크는 홀리의 새파란 새틴 파자마 바지를 미심쩍게 바라보았다. 그녀는 아래를 쓱 내려다보더니 알겠다는 듯 미소를 지으며 점잖지 못한 바짓자락을 말아 올려 살구색 스타킹과 이어진 가터에 쑤셔 넣었다. 그리고 털 코트로 몸을 감싸며 배시시 웃어 보였다.

"변호사 사무실에 가는데 이 정도는 해 줘야지!"

건물 로비를 지나다 말고 딕이 우뚝 멈췄다.

"그런데 제이크. 그 사람을 만나 봤자 무슨 소용이겠어?" 그가 마른 침을 삼켰다. "홀리가 정말 죄를 지었을 수도 있잖아.

끔찍한 소리지만, 사실이야. 홀리 짓인 것 같아."

제이크가 다정한 눈길로 친구를 바라보았다. "그래. 그러니까 더더욱 존 J. 말론을 만나야 하는 거라고!"

6장

존 조셉 말론은 변호사처럼 보이지가 않았다. 건설업자나 바텐더, 야구 코치, 뭐 그런 거라면 모를까. 첫인상이 전혀 인상적이지 않았다. 작달막한 키에 뚱뚱하다고는 할 순 없지만 살집이 꽤 있고 어두운 머리칼은 벌써 듬성듬성했다. 땀이 송골송골 맺힌 붉은 얼굴은 말을 하면 할수록 붉어지고 땀이 맺혔다. 단정치도 못했다. 양복의 구김 자국으로 보건대 잘 때마저 옷을 갈아입지 않는 모양이었다. 혹은 택시 바닥에 몸을 처박고 곯아떨어졌던 것인지도. 넥타이는 칼라의 한참 아래까지 풀어져 있었고 아예 넥타이를 매지 않는 때도 많았다. 조끼 단추는 제대로 잠긴 게 없었으며 구두끈 한쪽은 거의 늘 풀려 있었다.

그러나 말론의 변호술만큼은 화려하기로 명성이 자자했다. (제이크 저스투스를 포함한) 세간의 평가처럼 녹슨 철문이 바람에 삐걱거리는 것 같은 쉰 목소리 덕은 아니었지만. 그가 써먹는 제스처 역시 의외로 단순했으며, 크게 2가지였다. 하나는 과격한 삿대질과 불끈 쥔 주먹을 쾅쾅 치는 것과 같은 과장된 몸짓이었다.

나머지 하나는 5분에 1번씩, 또는 극적인 효과를 노리고 말을 멈출 때마다, 지저분하고 구겨진 손수건을 꺼내 붉어진 얼굴을 벅벅 훔치는 것이었다.

존 조셉 말론이 유무죄 답변이나 변론을 하러, 혹은 바구니 속의 12마리 고양이처럼 느긋하게 앉아 그르렁대는 배심원단을 모욕하러 가끔 법정에 설 때마다 구경꾼들이 몰렸다. 반대신문을 받기 위해 출석한 증인은 작달막하고 칠칠치 못한 이 남자가 입을 떼기도 전에 겁에 질려서는 혼수상태에 이르기 일쑤였다.

그는 자신의 변호로 무죄 선고를 받은 피의자 가운데 극소수를 제외하고는 모두를 경멸했고 연민하지도 않았다. 그런데도 쉬지 않고 일해 꽤 많은 돈을 벌었고, 그렇게 누가 보아도 범죄자인 인간들을 사회로 돌려보냈다. 그건 말론이 그들을 믿거나 좋게 생각해서가 아니었다. 그저 *그 사람들보다 이 세상이 더 싫기 때문*이었다. 그는 자기가 세우지 않은 증인의 증언은 무조건 위증으로 취급했다. 주변 친구들을 믿기 보다는 그들이 언젠가 끝내는 자신을 배신하리라는 사실만 믿었기에 이따금 정말 그런 일이 일어나더라도 놀라거나 상처받지 않았다. 어차피 그런 일은 친구들을 향한 그의 진실한 애정에 전혀 영향을 주지 못했으므로.

말론은 막 사무실에 들어온 세 사람에게 굉장한 흥미를 느끼고 있었다. 지금 그의 앞에는 술에 취해 눈이 풀린 제이크 저스투스, 말간 얼굴에 머리가 복잡해 보이는 딕 데이턴, 그리고 두 남자 옆에서 초조하게 줄담배를 피우며 코트를 벗어 새파란 파자마 바지를 드러낼까 말까 고민하는 아름다운 금발 여성이 앉아 있었다.

제이크는 재스퍼 플렉에게 들은 바대로 홀리가 주장하는 악몽과 시계들, 그리고 시체 이야기를 말론에게 들려주었다. 키 작은 변호사는 고개를 주억거렸다.

"정신이 나갔군." 그가 한마디로 결론을 내렸다.

제이크 저스투스는 언짢아져 인상을 찌푸렸다. "앞뒤가 안 맞는 주장일 뿐이지."

"앞뒤가 안 맞는다? 어떤 점이?"

"뭐, 여기저기."

"그러니까, 어디가 그렇단 거야?" 말론이 재차 물었다.

"전화가 걸려 온 것만 해도 그래. 홀리가 쭉 집에 있었다면 무슨 수로 집 밖에서 전화를 걸었을까? 또 집에 없었던 거라면, 대체 어디 있었던 거야? 침대에 누워 있었던 거라면 집 밖으로 어떻게 나간 거지? 그러니까……" 제이크가 자신 없이 말을 더듬었다. "이런 것들을 우리가 잘 짜 맞춰야 한다는 거지."

"그것참 큰 도움이 되는군." 말론이 무뚝뚝하게 대꾸했다. 그는 비서를 시키지 않고 직접 커다란 종이를 꺼내 가져왔다.

"좋아, 먼저—"

"먼저," 제이크가 말을 가로챘다. "글렌이 자러 방에 들어가. 파킨스는 더 일찍 잠들었고. 파킨스 부인은 마침 딸을 보러 집을 비웠어. 홀리도 자고 있었겠지. 노부인은 쭉 자기 방에 있었을 거고. 원래라면 파킨스 부인이 느지막이 돌아와 노부인을 침대로 모셨어야 해. 평소 노부인은 취침 시간이 늦었거든. 그런데 이때 글렌이 홀리에게서 걸려 온 전화를 받아. 홀리는 자기가 세인트 루크스 병원에 있다고 말해. 그리고……." 그가 잠시 말을 멈추고는 골똘히 생각하다 물었다. "그런데 어디서 전화를

걸었을까?"

"그 여자는 뭐라는데?"

"자기는 전화를 건 적이 없대. 침대에서 자고 있었다고."

딕이 어두운 낯빛으로 거들었다. "하지만 파킨스가 홀리 방에 갔을 때 홀리는 없었다고 했어. 그리고 침대가—"

"안 그래도 그 얘기를 하려던 참이야."

"집에 다른 전화기가 있나?" 말론이 물었다.

헬렌이 고개를 저었다. "아래층에 있는 전화기가 다예요. 알렉스 이모가 전화기를 싫어했거든요. 너무 성가시다나."

"맞는 말이긴 하지." 제이크가 말했다.

"물론," 딕이 불쌍한 목소리로 의견을 제시했다. "홀리가 근처 잡화점에서 전화를 걸었을 수도."

말론이 생각에 잠겨 고개를 끄덕였다.

"아니면," 제이크가 대뜸 말했다. "전화를 건 여자가 홀리가 아니었거나."

"누군가 홀리인 척을 했다?" 헬렌이 되물었다.

말론은 또 고개를 끄덕였다. "가능한 얘기야."

"중요한 건," 제이크가 계속 말했다. "첫째, 전화를 건 사람이 과연 홀리였을까? 하는 거야. 아니라면, 누구였을까? 전화가 왔을 때 홀리는 어디 있었던 거지? 집 안에 숨어 있었나? 둘째, 전화를 건 사람이 정말 홀리라고 한다면, 그 시각에 홀리는 어디 있었단 거야? 근처 잡화점에? 대체 어디에?"

"자고 있었다고 했어." 딕이 대답했다.

"문제는 또 있어." 제이크는 하던 말을 계속했다. "홀리의 주장 말이야. 홀리는 평소보다 일찍 침대에 누웠고 곧장 잠들었다고 했어. 그러다 대략 3시가 넘어서 깼고. 시간을 확인하려고 일어났을 때 자명종 소리를 들었다고도 했어."

"착각일 수도 있지." 말론이 대꾸했다.

"뭐, 어쨌거나, 그때 글렌은 보이지 않았고 침대에 누웠던 흔적도 없었어. 파킨스 부부 방에도 가 봤는데 아무도 없었지. 역시 침대에 누운 흔적조차 없이 말이야. 홀리는 그다음으로 이모 방에 갔고 거기서 시체를 보고 기절했어. 이게 다야." 제이크가 힘없이 말을 마쳤다. "이야기는 여기서 끝."

"나라면 도저히 꾸며낼 엄두도 못 낼 이야기군." 말론이 퉁명스레 반응했다.

"자, 이번엔 글렌이 잠을 자고 있었어. 파킨스도 마찬가지. 파킨스가 일어나서 홀리 방에 들어갔을 때 그 여자는 방 안에 없었고 침대엔 누운 흔적도 없었대. 이상하잖아."

말론은 얼굴을 문질렀다. "글렌과 파킨스가 홀리를 데리러 병원에 가기 전에 굳이 침대를 정리한 게 아니라면 두 사람 침대에는 누운 흔적이 남았어야 하는데."

"그래, 내 말이 그거야."

"홀리 침대는—"

"글렌과 파킨스가 집을 나설 때 홀리 침대엔 누운 흔적이 없었댔어."

"순 엉터리로군." 말론이 말했다.

"저기," 헬렌이 입을 열었다. "글렌과 파킨스 아저씨가 집에 다시 돌아왔을 때 침대 상태는 어땠을까요?"

"그게 무슨 말입니까?"

"그러니까, 누구 침대에 누운 흔적이 있었을까요?"

"그러니까," 제이크가 느리게 말을 이었다. "글렌과 파킨스 침대에 누운 흔적이 없었다는 말은, 홀리가 전화를 걸어 왔을 때 두 사람이 침대에 누운 적이 애초에 없었든가, 혹은 두 사람이 집을 비운 사이 누군가 들어와 그들의 침대를 정리한 것이겠군요."

"그러니까요." 헬렌이 맞장구쳤다.

"반대로 누운 흔적이 있었다면," 제이크가 계속 말했다. 홀리가 거짓말하는 거거나 정신이 나간 걸 테고, 아니면 누군가 들어와 일부러 침대를 흐트러트렸다는 건데……. 근데 그동안 홀리는 어디 있었다는 거지?"

네 사람은 어리둥절해져 서로를 바라보았다.

"뭐," 헬렌이 먼저 입을 뗐다. "알아보는 거야 간단해요. 넬리 아줌마한테 전화해 보면 되잖아요. 알고 있을 거예요."

"그럽시다." 말론은 전화기가 있는 곳을 가리킨 뒤 딕을 향해 고쳐 앉았다.

"이런 일이 일어나다니 유감입니다." 그는 동정하듯 위로를 건넸다.

딕은 굳은 표정으로 대답했다. "그 노인네는 당해도 싸요."

말론이 고개를 연신 끄덕였다. "그런 사람이 참 많지요. 죽어도 싼 사람들의 절반만 죽어도 인구 과밀 문제가 깔끔히 해결되련만. 그런데……." 그가 얼굴을 다시 문질렀다. "뭐 하나 물읍시다. 최근 홀리가 별나게, 그러니까, 평소답지 않게 이상한 행동을 하진 않던가요?"

"아뇨. 전혀. 한 번도 없는데요."

"제길, 이럼 곤란한데." 말론이 말했다.

"물론……," 딕이 느릿느릿 실토했다. "그간 마음고생이 이만저만 아니었어요. 알렉스 이모는 인간이라면 못 할 짓을 홀리에게 저질렀거든요. 그분은…….”

“조카딸을 노예처럼 부려먹기라도 했나요?”

“예, 맞아요. 바로 그겁니다.”

“정신적 고문도 가했고?”

“예, 그리고 또……,” 딕은 증인석에 선 증인들이 말론과 대면할 때의 기분을 어렴풋이 느꼈다. “방금 내가 뭐라고 한 거죠? 그러니까 내 말은…….” 그가 당황해 말을 더듬었다.

말론이 씩 웃었다. “괜찮아요. 그렇게 하면 돼요. 문제없을 겁니다.”

헬렌이 수화기를 내려놓았다.

“뭐랍니까?”

“어디에도 누운 흔적이 없었대요.”

세 남자가 멀뚱히 헬렌을 바라보았다.

“아니면 누군가 침대를 정리한 걸 수도 있죠.”

“침대 3개를 몽땅?”

“네, 셋 다. 글렌과 파킨스 아저씨, 그리고 홀리 침대까지.”

오랫동안 침묵이 흘렀다.

“설마!” 제이크가 어안이 벙벙한 목소리로 말했다.

“글렌과 파킨스 침대에 누운 흔적이 정말 없었던 거면,” 말론이 천천히 입을 열었다. “홀리의 주장이 아예 틀린 건 아니야. 그 사람들 방에 아무도 없었다고 했으니까. 문제는 홀리의 침대에도 누운 흔적이 없었다는 건데. 그 여자 주장에 따르면 그 여자는 침대에서 자고 있었단 말이지. 아냐, 역시 앞뒤가 안 맞는군.”

"당신들이 아직 모르는 게 있어요." 헬렌이 불쑥 말했다. "홀리는 어젯밤 잠들었다고 한 시각에 정말 자고 있었어요."

"그걸 어떻게 압니까?"

"내가 거기 있었으니까."

"당신이?"

"내가 홀리를 방에 데려다줬거든요." 헬렌이 침착하게 이야기를 시작했다. "밤 10시 직전이었어요. 빌린 책을 가져다주러 잠깐 들렀는데 마침 홀리가 막 잠들려고 하더라고요. 어찌나 피곤해하던지 몸도 제대로 못 가누길래 내가 부축해 침대에 눕혔고, 불까지 끈 다음 방을 나왔어요."

말론이 그녀를 빤히 쳐다보았다. "피곤해했다? 몸도 제대로 못 가누고? 또 이상한 점은?"

헬렌도 그를 빤히 보았다. "아! 무슨 말인지 알겠네. 맞아요. 진짜 이상했어요. 뭐라 설명하긴 어려운데, 평소답지 않고 또……." 헬렌이 말을 멈추더니 혼자 생각에 빠져들었다.

"완벽해!" 말론이 만족스럽다는 듯 소리쳤다. "아주 완벽하군!" 그는 무언가를 골똘히 생각하며 이마를 벅벅 문질렀다.

"지금 뭔가 단단히 오해하고 있는데." 제이크 저스투스가 끼어들었다. "지금 홀리가 제 이모를 살해했고 범행 당시 제정신이 아니었다는 이야기를 짜 맞추려는가 본데. 그게 아니야. 그 여자는 미친 게 아니라고. 우리랑 다를 바 없이 말짱해. 어쩌면……," 제이크는 생각이 많아 보이는 눈빛으로 헬렌을 보며 말을 끝마쳤다. "우리보다 더 말짱할걸."

"홀리가 범인이 아니란 건가?" 말론이 물었다.

"그렇다니까, 이 친구야. 지금 사건을 엉뚱하게 보고 있는 거야. 정신 차려. 홀리는 무죄라고!"

존 J. 말론이 떨떠름하게 제이크를 바라보았다.

"빌어먹을." 그리고는 차갑게 쏘아붙였다. "무죄라면 뭐하러 변호사를 고용해?"

"일단 자네가 직접 만나봐. 그럼 알게 될 거야. 그 여자 주장이 미친 소리에다 거짓부렁 같이 들리는 거 알겠는데, 다 사실이야. 그 여자는 미치지 않았다니까."

"홀리가 말한 시계 얘기, 쭉 잠만 잤다는 얘기, 사람들 침대에 누운 흔적이 없었다는 얘기까지 전부 믿는다는 거야?" 딕이 느리게 물었다.

"난 그게 진실이라 믿어." 제이크가 대답했다. "그 여자도 모르는 부분이 많긴 해. 그래도 자기가 알고 있는 것은 솔직하게 말하고 있어. 그게 핵심이야. 정말로 침대에 누운 흔적이 없었다잖아."

"그건 그 여자 침대도 마찬가진데." 말론이 지적했다.

"맞아. 그것도 중요한 단서지. 이유는 모르겠지만, 하여튼 그래. 뭔지는 몰라도 분명 의미가 있다고. 그녀가 꿨다는 꿈도 마찬가지야. 그것도 의미심장해. 아무튼, 분명 뭔가가 있어."

"얘 술 취했네." 딕이 짜증스럽게 말했다.

"혹시나 해서 말하는 거지만, 나 지금 헛것을 봐서 이러는 게 아냐. 뭐, 저 여자가 헛것이라면 모를까." 제이크가 엄지손가락으로 헬렌을 가리켰다. "하지만 네 눈에도 헬렌이 보일 테지."

"제이크 자네는 취해야 머리가 더 잘 돌아가긴 해." 말론이

경험에서 우러나온 말을 덧붙였다.

"자네도 그러면 좋으련만." 제이크가 응수했다. "홀리를 보러 가자고. 자네 고객은 그 여자니까."

"그러시죠, 갤러해드* 기사님." 말론이 대꾸하며 책상 밑을 뒤적여 모자를 꺼냈다.

"운전은 나한테 맡겨요." 헬렌이 제안했다. "내가 태워다 줄게요."

제이크 얼굴이 순식간에 파랗게 질렸다. "내가 겁 없는 놈이긴 하지만 당신 차를 또 타는 건 내 용기의 극한을 시험하는 짓이야."

헬렌이 그를 보며 코를 찡긋했다. "변호사님이 옆에 계신데 무슨 걱정이람. 여기 말론 선생께서 우리를 구해줄 텐데."

"글쎄, 영안실에서 빼내 주지는 못할 텐데." 제이크가 투덜댔다.

"나도 갈래." 딕이 말했다.

"절대 안 돼. 요즘 괜찮은 밴드 구하기가 얼마나 힘든데. 이 사람 차에 탔다가는 목이 부러질지도 모른다고. 그리고 어차피 가 봤자 네가 할 수 있는 건 없어."

"홀리 옆에 있고 싶어."

"면회를 허락해 주지도 않을 거야." 제이크가 애정이 담긴 매서운 눈초리로 딕을 보았다. "가 봤자 소용없어. 그리고 곧 리허설이잖아."

"그래도……."

"알아, 이해한다고. 아내 걱정에 리허설이야 뒷전이겠지. 홀리를 다시

* 갤러해드 Galahad. 아서 왕 전설에 나오는 원탁의 기사 중 하나이자 누구보다 용맹하고 고결하여 '완벽한 기사'로 불리는 인물.

못 보면 어쩌나, 홀리가 정말로 이모를 3번 찔러 죽인 거면 어쩌나 불안할 테고."

"오, 제이크!" 안 그래도 허연 딕의 얼굴이 더욱 사색이 되었다. "알았어. 네가 이겼다고."

"쇼는 계속된다, 쭉." 헬렌이 연극 투로 말했다.

"그것참 진부한 표현이지만," 제이크가 대꾸했다. "원래 진부한 게 진실인 법이니까."

"가기 전에 한잔씩들 하자고." 말론이 딕의 표정을 살피며 은근슬쩍 말했다. 그가 문서 보관함을 뒤적이자 술병 하나가 나왔다. 네 사람은 말론의 승소와 홀리의 석방, 마지막으로 헬렌의 무사 운전을 기원하며 술을 들이켰다. 그리고 차에 올라 북부로 향했다. 딕을 카지노 앞에 내려 준 후에야 헬렌은 운전대를 편하게 잡았다.

"마음 단단히들 먹으시고, 이 몸의 운전 실력을 기대하시라."

30분간의 숨 막히는 질주 끝에, 헬렌의 차가 블레이크 카운티 구치소에 도착했다.

"할 수만 있다면," 제이크가 작게 구시렁댔다.

"방금 차에서의 기억을 잊고 싶어. 그냥 없었던 일인 척하는 게 나으려나. 그러면 이 악몽에 시달릴 일도 없을 텐데."

7장

존 J. 말론은 막상 블레이크 카운티 구치소에 도착하고 나자 살짝 막막해졌다. 북부 동네 상류층 여성의 변호를 맡는 건 좀처럼 드문 일이었다. 눈이 뒤집혀 남편을 총으로 쏴 버린 시사 풍자극 여배우라거나 충동에 사로잡혀 연적을 칼로 찌른 깡패 애인, 순전히 돈을 노리고 부자 세일즈맨에게 접근했다가 실수로 그를 독살하고만 향기로운 금발의 여인 정도가 보통 그의 의뢰인들이었다. 메이플 파크에 사는 잉글하트는 그들이 *사는 세상* 사람이었다.

그녀를 만나기 전까지 어림짐작만 했을 뿐이었다. 그러나 홀리 잉글하트 데이턴을 직접 본 순간, 말론은 확신에 찼다. 남자 배심원이라면 누구든 이 사랑스러운 빨간 머리 여자를 무조건 20분 안에 풀어 주리라.

말론은 최대한 사람 좋아 보이는 너털웃음을 장착하고 겁에 질린 꼬마를 어르듯 홀리와 이야기를 나눴다. 제이크는 평소 말론의 그런 '감방 면회 매너'를 치켜세우곤 했다.

"내가 당신 변호사란 걸 명심해요. 심복과도 같죠. 내게는 뭐든 말해도 괜찮습니다. 정확히 무슨 일이 일어났는지 말해 봐요. 사소한 것 하나까지. 그런 게 의외로 중요할 수 있거든. 전부 다 말해야 해요. 뭐든, 사실만을."

홀리가 지친 듯 미간을 찌푸렸다. "처음부터 다시 말하라고요? 너무 피곤한데." 그녀의 목소리가 살짝 갈라졌다.

"이해합니다. 나도 피곤하게 만들고 싶진 않아요. 하지만 내일보다 지금 말하는 게 나으니까." 그가 그녀를 유심히 살피며 미소 지었다. 무너지기 일보 직전으로 피곤해하는 건 좋은 신호였다. 마음의 벽이 그만큼 무너져 있다는 뜻이니까. 이 상태에서 거짓말을 꾸며낸다면 집요하고 치밀하기는 어려울 것이다.

"말해 봐요."

"눈이 번뜩 떠졌어요. 자고 있었는데. 침대에 누워 잠들었고 일어나 보니……."

말론은 홀리에게서 조금씩 이야기를 끄집어내어 아주 자잘한 것들까지 확인했다. 모든 게 제이크 저스투스가 말해줬던 내용과 일치했다.

"전부 사실입니까?"

"물론이죠." 그녀가 힘없이 미소를 띠었다.

"내 변호사이시잖아요. 사실만 말하라면서요."

말론의 눈빛이 날카로워졌다. "그런데 보다시피 말이 안 되지 않습니까. 당신의 쌍둥이 오빠가……." 그는 말을 멈췄다. 말하는 게 맞을까? 그래, 말해야겠지. 말론은 홀리에게서 걸려 온 것으로 추정되는 전화 이야기와 글렌과 파킨스가 병원에 다녀온

이야기를 그녀에게 들려주었다.

"그럼 내가 어디 있었단 거죠?"

"내가 궁금한 게 그겁니다. *대체 어디 있었습니까?*"

홀리의 눈빛이 어두워졌다. 말론이 계속 말을 이었다.

"전화를 건 사람이 당신이 아닐 수 있어요. 누군가 당신 목소리를 흉내 낸 걸 수도. 그런데 누가 그런 짓을 했을까요? 무슨 이유로? 확실한 건 파킨스가 당신 방에 건너갔을 때 당신이 없었다는 겁니다. 그때 시각이 자정 전이었고."

"나는 분명 방에 있었어요. 눈 떠 보니 방 안이었는걸요. 3시가 넘었을 때였어요. 분명해요. 침대에 누워 있다가 글렌 방에 가려고 나와서……."

"하지만 두 남자가 병원에서 돌아왔을 때 당신 침대엔 누웠던 흔적이 없었다던데요."

그녀 눈에 점차 공포가 서렸다.

"꿈 이야기로 넘어가 봅시다. 어젯밤 꿨다던 꿈 말입니다."

홀리가 목이 매달린 채로 수직으로 서 있는 관에 갇힌 꿈 이야기를 주저하며 털어놓았다. 말론은 고개를 가로저었다.

"아직은 별 의미 없게 들리는군요. 하지만 뭐, 틀림없이 의미가 있을 겁니다. 나머지를 설명해 줄 의미가."

홀리가 확답을 바라는 간절한 눈빛으로 말했다.
"말해주세요. 혹시 그게 다 꿈일 수도 있는 건가요? 내가 침대에 누워 있다가 잠에서 깨어 시계를 본 것 전부……."

"시계들이 멈춘 건 사실이에요. 그것만은 확실합니다."

"알아요. 글렌과 파킨스 아저씨 침대에 누운 흔적이 없었던 것도. 그것도 확실하죠. 그치만……." 그녀의 두 눈이 빈 종이에

뚫린 구멍처럼 공허해졌다. "혹시 내가, 그러니까, 변호사님이 생각하기에 내가, 무의식적으로 그런 짓을……."

말론이 무언가를 탐색하듯 한참 동안 그녀를 빤히 쳐다보았다. "예. 그것도 가능한 얘기죠."

"어머나!" 입을 삐끔하는 소리가 희미하게 났다.

"가능한 얘기지만, 아닐 겁니다. 그런 식은 아닐 거예요. 그렇게 되면 풀리지 않는 부분이 너무 많아져요. 데이턴 부인, 지금까지는 어젯밤 당신네 저택에서 무슨 일이 벌어졌는지 아무도 모릅니다. 이제 우리가 그 진실을 밝혀낼 거예요."

"실패하면요?"

"그럼 당신이 갑작스러운 정신착란을 일으켜 이모를 살해했다는 주장으로 첫 평결에서 무죄를 받아내야죠."

"이런. 그건 힘들 거예요. 내가 정말 살인을 저질렀을 수도 있잖아요. 정말로요. 실은, 그게 진실일까 봐 슬슬 겁이 나요."

말론은 어둠을 무서워하는 아이를 안심시키듯 웃어 보였다.

"차근차근 생각해 봅시다, 잉글하트 양. 아니, 데이턴 부인. 어제 딕 데이턴과 결혼을 했다고요?"

그녀가 힘없이 미소를 지었다. "고작 하루 지났나요?"

"그렇답니다. 믿기지 않겠지만 사실이에요. 왜 몰래 결혼한 겁니까?"

"무서웠어요."

"무엇이?"

"알렉스 이모가요."

"왜죠? 어차피 다 큰 성인 아닙니까? 결혼을 포기할 만큼 이모 돈이 절실했던 것도 아니고. 게다가 당신 이모는 꼼짝없이

휠체어에 앉아 지내던 심약한 노인이었잖습니까. 대체 뭐가 무서웠다는 거죠?"

"모르겠어요. 그냥 늘 그랬어요. 살면서 그분을 무서워하지 않은 적이 있었나 싶네요."

"그분이 엄했나 보죠?"

"엄하다는 말론 부족해요. 잔인하다면 모를까. 물론 이모가 직접 해코지하거나 그런 건 아녜요. 어릴 때도 이모는 결코 매를 든 적이 없어요. 오히려 털끝 하나 건드리지 않으셨죠. 그런데도 무서웠어요. 벌벌 떨 정도로요. 폭언을 퍼붓는 것도 아닌데 오밤중에 복도를 왔다 갔다 하는 이모 발소리에 온몸이 굳어 버렸어요. 거동이 불편해진 이모가 방 안에만 계시게 된 후로는 이상하게 더 무서워졌죠. 무엇을 상상하든, 그 이상으로."

노부인이 생전 집안 식구 모두를 가차 없이 휘어잡고 자신의 잔인함을 교묘히 각인시켜서 모두가 자신을 두려워하게 한 역사가 히스테리 발작처럼 터져 나왔다.

존 조셉 말론은 범인이 누구건, 알렉산드리아 잉글하트를 살해한 게 다행이라는 생각마저 들었다.

"그분이 당신과 딕 데이턴의 결혼을 반대했을 거라 생각합니까?"

"당연하죠!" 홀리가 신경질적인 웃음을 터트렸다.

"왜죠? 그 친구가 밴드 리더여서?"

"아뇨, 그게 아니에요. 알렉스 이모는 상대가 누구건 내 결혼을 막았을 거예요."

"오, 이런."

"사실이랍니다. 그런 말을 자주 했어요. 이모의 동생,

그러니까 우리 엄마가 한심한 남자와 결혼해서 이모 마음을 아프게 했다나요. 그래서 나더러는 아예 결혼할 생각을 말랬어요. 말하자면, 그게 내가 치러야 할 대가였어요. 평생 독신으로 살며 이모가 돌아가실 때까지 곁에서 이모를 보살피라는 거죠. 또 이모는 유산을 묶어 뒀어요. 이모가 죽은 후에 내가 결혼하더라도 유산을 물려받지 못하게 만들었죠."

"글렌도?"

"하, 글렌은 사정이 다르답니다. 남자니까요. 이모는 글렌이 결혼하기를 바랐어요. 글렌이 가문의 대를 이을 마지막 장남이란 사실이 이모에게는 무척이나 중요했어요. 글렌을 얼마나 자랑스러워했는지. 이모는 우리 아빠의 출신이 변변찮다는 사실을 늘 마뜩잖아했어요. 그걸 가리려고 우리 남매가 잉글하트 자제임을 강조했죠. 글렌에 대해서는 더더욱."

말론이 인상을 썼다. "당신의 동기는 충분한 것 같군요. 이제 관건은 당신만큼의 살인 동기를 가진 다른 인물을 찾아내는 건데."

"글쎄요."

"친척이나 집안 식구 중에 없을까요?"

"식구라고 해 봤자 글렌과 파킨스 부부인걸요. 파킨스 부부도 알렉스 이모를 썩 좋아하진 않았을 거예요. 사실 어느 누가 좋아했겠어요. 그래도 분명한 건, 그 사람들이 이모를 살해할 이유는 없죠. 글렌이야 당연히 없을 테고."

"그렇군요." 말론은 곰곰 생각에 잠겼다. "노부인이 정말 당신의 상속권을 박탈하려 했다면, 글렌은 그 절차가 끝날 때까지 무슨 일이 있어도 그분을 살려 두려 했을 테니." 그러더니 말을

멈췄다. "젠장," 그리고 욕을 뱉었다. "분명 누가 있을 텐데."
그리고는 깊은 한숨을 쉬었다. "하나만 더 묻죠. 이모 방에 들어갔을 때 이상한 점 없던가요? 눈에 띄는 게 있었다면 아주 사소한 거라도 좋습니다. 평소와 다른 부분이 있지 않던가요?"

"창문이 열려 있던 거랑 시계가 멈춰 있던 것, 그리고 이모가 죽어 있던 것 말고는."

"뭐, 그거야 당연하고. 다른 건 정말 없었나요?"

홀리가 한참 기억을 더듬었다. "아, 있어요. 이제야 기억났어요. 처음에는 그냥 지나쳤지만……, 분명 눈에 띈 게 있네요. 벽 금고요. 열려 있었어요. 활짝은 아니고 살짝. 원래는 늘 잠겨 있거든요. 그래서 눈에 띄었어요. 그것 말고는 정말 없어요."

"그거라면," 말론이 의미심장하게 말했다.

"아주 중요한 단서가 되겠군요."

8장

제이크 저스투스는 복도 벽에 기대어 생각했다. 부촌으로 유명한 블레이크 카운티는 어째서 칠이 벗겨진 법원 천장을 방치해 두고 있는 것일까. 또, 벽은 왜 하필 칙칙한 녹색으로 칠갑해 놓은 건가.

한숨이 절로 나왔다. 앤디 어히언의 권유로 물컵에 따라 단숨에 쭉 마셔버린 진의 뒷맛이 영 개운치 않게 맴돌았다. 앤디는 어떻게 이런 걸 마시는 거람. 존 J. 말론은 언제까지 홀리와 면회할 셈이람. 헬렌은 하임 멘델의 사무실에서 무슨 일을 꾸미는 거람.

이따금 사무원이나 타자수가 멘델의 사무실에 드나들 때, 문틈으로 책상 끄트머리에 걸터앉아 손짓을 써 가며 이야기하는 헬렌이 보였다. 검사의 얼굴은 실없는 행복이 만연했다.

가끔은 문이 꽤 오래 열려 있어서 안에서 오가는 대화를 살짝 엿들을 수도 있었다.

"검사님이 하시는 일은 참 재밌을 것 같아요." "블레이크 카운티의 검사라니 어깨가 무거우시겠어요." "정말 궁금한데요."

"변호사가 되려고 공부하는 사람들 보면 감탄밖에 안 나온다니까요."

하임 멘델이 웃음기 섞인 목소리로 대답하는 소리도 더러 들렸다.

한편 글렌은 긴 복도를 하염없이 서성였다. 제이크는 말론이 돌아오기 전까지 글렌이 서성일 거리가 대략 얼마나 될지 머릿속으로 계산해 보았다.

그러다 한 번은 곁을 지나치는 글렌을 팔꿈치로 막아 세웠다.

"명심해요. 생각만큼 최악은 아니니까."

글렌은 기운 없이 미소를 지었다. "그래요. 지금보다 더 나쁠 수는 없겠죠."

"뭐, 그렇긴 하지." 제이크가 말했다.

글렌이 다시 복도를 서성이기 시작했다. 제이크는 다시 한숨을 쉬며 앤디 어히언에게 아무거나 좋으니 술이나 더 달라고 할까, 잠시 고민했다.

어쩐 일인지 하임 멘델의 사무실 문은 계속 열려 있었다.

"사람 심리를 잘 아시겠어요, 멘델 씨. 정말 다행이에요. 사실 이번 사건은 경찰보단 심리학자가 제격이잖아요."

"말씀 잘하셨습니다." 하임 멘델이 우쭐해져서는 대답했다. "취미거든요. 심리학 말입니다. 법학을 공부하지 않았더라면 심리학에 더 매진했을 겁니다."

"어쩐지!" 헬렌이 냉큼 맞장구쳤다. "그런 분 같다는 느낌이 팍 오더라고요."

문이 닫혔다.

글렌이 걸음을 멈췄다. "그나저나 헬렌은 저기서 뭘 하는 거죠?"

"살인 자백서라도 쓰고 있나 보지." 제이크가 지친 목소리로 대답하는 마침, 말론이 얼굴을 문지르며 등장했다.

"홀리가 거짓말하는 건 아닌 것 같아. 문제는 전혀 말이 안 된단 거지." 말론이 이렇게 말하며 어깨 뒤로 넘어가 있던 넥타이를 홱 잡아끌었다. "우리 금발 아가씨는 어디에?"

말이 끝나기 무섭게, 금발 아가씨가 하임 멘델의 사무실에서 나왔다. 헬렌은 어깨너머로 손을 흔들며 나중에 또 보자는 인사를 대충 중얼거렸다.

"멘델 씨가 홀리와 잠깐 면회하게 해 주겠대요. 참 좋은 분이지 뭐예요?"

"사무실에 5분 더 있었다면 당신한테 이 법원 건물을 넘겨줬을걸요." 제이크가 빈정거렸다. "10분 더 있었다면 파혼 소송도 불사했을 거고. 구치소 가는 길은 압니까?"

헬렌이 고개를 저었다.

"따라와요." 제이크는 이렇게 말한 뒤 말론에게 고갯짓했다. "이따 정문에서 보자고."

제이크는 헨델을 데리고 복잡한 복도를 지나 블레이크 카운티 구치소가 있는 옆 동으로 건너갔다. 그곳에는 여성 전용 감방이 줄지어 있었다. 저 멀리 쇠창살 너머로 빨간 머리 하나가 침상 끄트머리에 앉아 있었다.

나이 지긋한 여자 교도관이 열쇠로 철커덕 출입문을 열어 헬렌을 들여보내는 모습과 두 여자가 창살을 사이에 두고 이야기 나누는 모습을 제이크는 멀찍이서 지켜보았다. 교도관이 지켜보는 앞에서 무슨 이야기를 나누는 걸까. 몇 분 후, 헬렌이

홀리를 애정 어린 손길로 쓰다듬은 뒤 출입문으로 향하다 갑자기 걸음을 멈췄다. 그리고 손가방을 뒤적이더니 찾는 게 보이지 않는지 홀리를 바라보았다. 홀리는 알았다는 듯 고개를 끄덕이며 철제 테이블에 놓인 자신의 소지품 더미를 뒤적여 콤팩트를 건넸다.

그 광경을 유심히 지켜보던 제이크는 조금 전 말론의 사무실에서 헬렌이 멀쩡히 자기 콤팩트를 꺼내 보던 장면을 떠올렸다. 그리고 방금 헬렌이 교도관을 등진 채 홀리에게 콤팩트를 돌려줄 때 손바닥에 쪽지를 슬쩍 끼워 넣은 게 진짜인지, 아니면 앤디가 건넨 술에 취한 자신이 헛것을 본 것인지 궁금했다.

복도에서 제이크와 만난 헬렌이 씩 웃어 보였다. 그리고 "맞아요. 내가 그랬어요."라며 묻지도 않은 질문에 답했다. "이유는 나중에. 지금은 곤란해요."

제이크가 뭔가를 더 물을 새도 없이 두 사람은 법원 문 앞에 도착해 말론과 글렌을 다시 만났다. 네 사람은 어찌어찌 기자들을 따돌린 뒤 헬렌의 차에 올라탔다.

"이제 이야기할 만한 장소로 가 볼까요." 헬렌이 천천히 차를 몰기 시작했다. "조용히 이야기 나누고 싶을 때," 한동안 침묵하던 그녀가 다시 입을 열었다. "가는 곳이 한 군데 있죠." 그녀의 차가 '앨스'라는 간판이 내걸린 작은 건물 앞에 요란히 멈춰 섰다.

"홀리는 구치소에 있는데……." 글렌이 내켜 하지 않았다.

"집에 틀어박혀 울상만 짓는다고 해서 홀리가 풀려나진 않아." 무던히 답한 헬렌이 앞장서서 술집에 들어가 칸막이 자리를 차지했다.

"여기 호밀 위스키 네 잔." 그녀가 바텐더에게 술을

주문했다.

"어서 와요, 브랜드 양."

"여기 바텐더들은 모두 당신을 브랜드 양이라고 부릅니까?" 제이크가 물었다.

"당연히 아니죠." 헬렌이 무슨 소리냐는 듯 대꾸했다. "몇몇은 그냥 헬렌이라고 불러요. 꽤 친한 사이라."

이윽고 바텐더가 헬렌을 향해 살가운 미소를 지으며 술을 내왔다.

"끔찍한 일이 있었다고요? 브랜드 양."

"그래도 그 덕에 심심한 메이플 파크가 활기를 띠는 것 같네요." 헬렌이 쾌활하게 대답했다.

바텐더는 고개를 저으며 물러났다.

"홀리가 풀려날까요?" 불안한 낯빛의 글렌이 말론을 보고 물었다.

말론은 생각에 잠겨 고개를 찬찬히 끄덕였다. "정 안 되면 정신착란 방어로 풀려나게 해야죠."

글렌이 괴로운 듯 신음을 내뱉었다. "홀리가 이런 일에 휘말려서 감방에 갇히고 재판까지 받아야 한다니, 끔찍하네요." 그리고는 두 팔에 머리를 파묻었다.

"고개 들어." 헬렌이 핀잔을 줬다. "술잔에 머리 들어가겠어."

"술잔에 머리를 박고 싶은 건 난데." 제이크가 낮게 중얼거렸다.

"이 속도로는 둘 다 곧 술잔에 처박히겠는데." 바닥에 모자를 떨군 말론이 제이크를 보며 말했다.

"왜 그랬답니까?" 글렌이 또 물었다. "대체 왜 그랬대요?"

"홀리 짓이 아니라니까." 제이크가 말을 가로챘다.

"그걸 그쪽이 어떻게 알아요?"

"직감이겠지, 뭐." 헬렌이 대신 대답했다.

"이러고 있을 때가 아니지." 말론이 유리잔을 쾅 내려놓았다. "글렌, 어젯밤 전화가 왔을 때 홀리가 방에 없던 게 확실합니까? 당신과 파킨스가 병원으로 출발할 때도 없었고? *정말로?*"

글렌이 놀란 듯 고개를 치켜들었다. "그런 줄 알았어요. 내가 직접 본 건 아니지만 파킨스 아저씨 말로는 홀리가 방 안에 없었어요. 침대에 누웠던 흔적도 없고. 홀리가 방 안에 있었다면 아저씨가 뭐하러 거짓말을 했겠어요?"

"그야 모르죠." 말론이 차분히 말했다. "이유가 있을까요?"

"파킨스는 거짓말한 게 아닐 거야." 제이크가 말했다.

"병원에서 허탕 치고 돌아온 후에는 뭘 했습니까?" 말론이 제이크를 무시하며 다시 글렌에게 물었다.

"아저씨가 주차하는 동안 홀리가 돌아왔나 보려고 홀리 방으로 올라갔어요. 넬리는 모자와 코트를 벗어 둔 뒤 알렉스 이모 방으로 곧장 올라갔고요. 넬리의 비명을 들었을 때 나는 홀리 방에 있었습니다."

"홀리 침대는?" 글렌 말이 끝나기 무섭게 말론이 물었다.

"침대요? 아, 누운 흔적이 없었어요."

"그래서, 그다음에 뭘 했습니까?"

"무슨 일인가 싶어 이모 방으로 건너갔죠. 거기서 바닥에 쓰러진 홀리를 발견했어요. 홀리를 침대에 눕히고 넬리에게 그 애를 맡긴 다음 아래층으로 내려가 경찰에 신고했어요."

말론이 느긋한 말투로 질문을 이어갔다. "그때 이모 방 금고가 열려 있던가요, 닫혀 있던가요?"

"닫혀 있었어요."

"확실해요?"

"확실해요. 처음 방에 들어갔을 때는 강도가 들어서 이모를 살해했고 홀리를 기절시켰다고 생각했거든요. 당연히 가장 먼저 금고를 확인했죠. 그런데 분명 닫혀 있었어요."

"창문으로 침입한 흔적은?" 제이크가 손짓으로 바텐더에게 술을 더 주문하면서 글렌에게 물었다.

"마음만 먹으면 누구나 그럴 수 있었겠죠. 외벽에 있는 격자 시렁을 밟고 올라오면 되니까요. 하지만 누가, 뭐 하러 그런 짓을 하겠어요?"

"알렉스 이모를 죽이려고." 헬렌이 대답했다.

"하지만 이유가 뭔데? 헬렌, 이건 강도 사건이 아니야. 사라진 건 없어." 글렌은 다시 어쩔 줄 모르겠다는 표정으로 말론을 보았다. "알렉스 이모가 모두에게 미움을 산 건 사실입니다. 하지만 그렇다고 이모를 죽이고 싶어 한 사람은 없었어요."

"유산 상속인은 당신과 홀리뿐인가요?" 말론이 질문을 던졌다.

"네. 가족이 우리뿐이라."

"그분의 죽음으로 이득을 볼 사람은 당신과 홀리뿐이군요." 말론이 깊은 생각에 잠겼다.

"그렇죠."

"글렌, 설마 당신이?" 제이크가 물었다.

"무슨 소립니까?" 글렌이 펄쩍 뛰었다. "나는, 나는 그

일이 일어났을 때 파킨스 부부와 함께 시카고 시내에서 돌아오는 길이었다고요!"

"파킨스 짓일 수도." 제이크가 말했다. "그런 사람들이 의외의 행동을 하는 법이니까."

"잊었나 본데," 글렌이 반박했다. "내가 시내에서 돌아올 때 파킨스 아저씨도 함께였어요."

"그 집에 사는 네 사람 중에," 말론은 여전히 혼자 생각에 잠겨 있었다. "셋은 살인이 벌어진 시각에 집 밖에 있었다는 건데. 이렇다 할 살인 동기도 없고 말이지. 파킨스 부부가 비밀을 감추고 있다면 또 모르지만."

"그거네!" 제이크가 넬리 파킨스의 수상한 눈빛을 떠올리며 뜬금없이 외쳤다.

"뭐가?"

"아무것도 아냐." 제이크가 한참 만에 대꾸했다.

"제발 그 입 좀 다물면 좋겠군. 어쨌거나, 알리바이 없이 살인 동기까지 가진 건 홀리가 유일한데. 노부인이 정말로 홀리의 상속권을 박탈하려고 했다면 말이지."

"이모는 홀리의 결혼 소식을 듣자마자 상속권을 뺏으려 했어요." 헬렌이 말했다.

"홀리가 딕 데이턴과 결혼하기로 한 걸 알았습니까?" 말론이 글렌에게 물었다.

"알고는 있었지만, 벌써 한 줄은 몰랐어요. 이날 아침에야 알았죠. 미리 말해 줘도 됐을 텐데! 어쨌거나 우린 남매잖아요. 게다가 난 딕을 좋게 보는 사람입니다. 애초에 둘 사이 다리를 놓은 것도 나고." 딕의 얼굴이 시무룩해졌다. "지금 내가 큰 도움은 안 되지요?"

"그런 편이군요." 말론이 대답했다.

"그래도 도와주실 거죠?"

"일단 홀리를 빼내야죠." 말론이 큰소리쳤다. "그리고, 무슨 일이 있었는지 밝혀낼 겁니다. 진실을 말이지요."

"그건 불가능해." 제이크가 술을 들이켜며 중얼거렸다.

"무슨 소리, 난 할 수 있어." 말론이 대답했다.

"자네라서 못 한다는 게 아니라," 제이크가 말했다. "애초에 불가능하다는 뜻이야."

"이 사람 취했네." 헬렌이 다그치듯 말을 가로막았다. "계속 이럴 거면 글렌은 돌려보내는 게 낫겠어요. 이모가 살해당했는데 조카란 놈이 술집에 퍼질러 앉아있다는 소문이라도 퍼지면 곤란하니까."

자리에서 일어난 말론이 바텐더에게 뭐라 중얼거리더니 뒷문으로 사라졌다. 헬렌은 손가방을 열어 화장을 고치기 시작했다. 이번에는 버젓이 자기 콤팩트를 꺼내 쓰고 있었다. 제이크는 울적하게 고개를 가로저으며 술이나 더 마시기로 생각하다가 벽에 놓인 슬롯머신을 발견하고 동전을 넣어 보았다. 줄줄이 넣은 여섯 개의 동전이 줄줄이 꽝을 낳고서야 포기한 제이크는 자리로 돌아왔다. 그때 헬렌이 글렌에게 귓속말하는 소리가 어렴풋이 들렸다. "세상에나, 저 사람한테는 절대 말하지 마." 그녀의 목소리가 대단히 심각했다.

제이크 저스투스는 이날만 스무 번쯤 한숨을 쉬었다. 그리고 사건을 둘러싼 모두가 무언가를 숨기고 있는 게 참 재밌는 것 같다고 생각했다.

9장

차를 타고 돌아온 잉글하트 저택은 기묘하리만치 고요했다. 길고 낮은 차체에, 어딘가 불쾌하게 선정적으로 생긴 차 한 대가 쪽문 옆에 세워져 있었다. 아침이 지나고 구름이 걷혀 햇빛을 받은 낡은 대저택은 한층 더 거대하고 볼썽사나운 자태였으며 훨씬 더 밝고 쨍한 노란색을 띠었다. 아침에 한바탕 소란을 겪어서인지 실내는 더욱더 음침하고 무덤 같은 분위기를 풍겼다.

키 크고 마른 백발의 남자가 굉장한 위엄을 뿜어내며 서재에서 그들을 맞이했다. 글렌은 그 사람을 페더스톤이라고 소개하며 잉글하트 가문 전담 변호사라는 말을 덧붙였다. 제이크는 O. O. 페더스톤이라는 이름을 오래전 신문 기사에서 읽었던 기억이 났다.

페더스톤은 냉엄하게 눈을 내리깔며 존 조셉 말론을 훑었다.

그리고 글렌을 훈계했다. "뭘 하기 전에 상의부터 했어야지. 홀리 변호사를 구하기 전에도 말이다."

글렌은 당황하여 속상한 표정을 지었다.

"말론을 끌어들인 건 접니다." 제이크가 나섰다. "저는 홀리 남편의 매니저 되는 사람이고요."

페더스톤이 눈을 껌벅였다.

"아주 좋은 선택이었다고 생각해요." 헬렌이 상냥하게 거들었다.

말론이 그녀를 보며 씩 웃었다. "페더스톤 씨, 걱정 붙들어 매시죠. 제가 그 아가씨를 무사히 빼낼 겁니다."

페더스톤은 살짝 몸을 떨었다. 상한 굴을 입에 넣고서는 뱉어야 할지 말지 모르는 사람의 표정이었다. 그가 글렌을 보았다.

"그 아이가 정말 이런 짓을 저지른 거라면……."

"정말 그런 거라면 더더욱, 유능한 변호사가 필요하죠." 헬렌이 그새를 못 참고 또 끼어들었다. "홀리가 평생 감옥에서 썩었으면 좋겠어요?"

페더스톤은 정말 그렇게 되면 어쩌나 잠시 따져 보았다.

"그래도 도덕적으로 생각해 보면……." 그는 약간 머뭇거리며 다시 입을 뗐다.

이번에는 말론이 그의 말을 막았다. "보통 사람들 사이에야 도덕이니 뭐니 하는 게 있다 치더라도 변호사들은 예외 아니겠습니까."

O. O. 페더스톤은 기분이 팍 상한 모양이었다. 그는 애써 체통을 지키며 말했다. "아, 혹시 내가 방해를 한 거라면—"

"전혀요." 말론이 곧장 답했다. "오히려 뵙고 싶었습니다."

백발의 변호사는 의아하다는 표정을 지었다.

"미스 잉글하트의 유언장에 관해 말씀해 주시죠." 말론이 말했다.

“난 아는 게 없소만.” 페더스톤이 의심쩍어하며 잘라 말했다. “그리고 지금 할 얘기는 아닌 듯한데…….” 그러면서 글렌을 힐끔 보았다.

“말씀해 주세요.” 글렌이 말했다. “그게 홀리를 돕는 길이니까요.”

“좋소. 그런데 유언장 사본이 나한테 있질 않아서.”

“대략적인 내용이라도 부탁합니다.” 말론이 부드럽게 말했다. “잉글하트 가문 일을 오랫동안 챙겨 오신 분이잖습니까.”

“하지만 그런 일은 어쩌다 한 번이라.” 페더스톤이 여전히 머뭇거렸다.

“어쩌다라. 살인도 마찬가지죠.” 말론이 맞대꾸했다.

“좋소. 대충 이런 내용이었소. ‘파킨스 부부에게 각각 1,000달러를 유증하며 부부의 딸 메이벨에게도 같은 금액을 유증한다.’ 솔직히 이 부분은 조금 의외였달까. 하지만 미스 잉글하트께서 별다른 설명이 없으셨던지라.” 그의 목소리에는 알렉산드리아 잉글하트에게 무언가를 꼬치꼬치 캐물을 바에야 차라리 목숨을 흔쾌히 내놓겠다는 의지가 담겨 있었다. “나머지 유산은 글렌과 홀리에게 분할 상속되는데, 홀리의 상속권에는 조건이 달려있었지.”

“조건이라면?” 말론이 바로 물었다.

“‘홀리가 제 이모 사망 후에 결혼하게 될 시 유산 상속분은 글렌에게 넘어간다.’”

“정확히 그렇게 쓰여 있었다고요?” 말론이 물었다.

“그렇다네.”

“홀리가 이모 사망 후에 결혼하게 되면 그렇단 건데.” 말론이 생각에 잠겨 혼잣말했다. "엄밀히 말해 홀리는 이모 사망 전에 결혼했단 말이지."

페더스톤이 고개를 끄덕였다. "나도 그 점이 이상하더군. 미스 잉글하트가 하루 일찍 사망했거나 홀리가 하루만 늦게 결혼했어도 홀리의 상속권은 자동으로 박탈되었을 것이오. 하지만 이렇게 되었으니, 결국 유산을 그대로 상속받게 되었지. 아마 미스 잉글하트는 어떻게든 조카딸의 결혼을 막을 수 있으리라 생각했던 것 같소." 페더스톤은 이렇게 말한 뒤 한숨을 쉬었다. "하지만 사람 일은 참 모르는 것이지. 그렇지 않소?"

이 심오한 질문에 누구도 선뜻 대답하지 못했다.

"물론," 페더스톤이 대뜸 밝은 목소리로 한 마디를 덧붙였다. "그분이 무슨 연유로 유언장을 고치려 했는지는 모르겠지만."

제이크 저스투스는 순간 방 안의 공기가 얼어붙는 것을 느꼈다.

"그분이, 유언장을 고치려 했다고요?" 말론이 한참 만에 겨우 되물었다.

"그렇다니까. 그래서 내가 여기 온 거고." 페더스톤은 나머지 사람들이 아무것도 모른다는 사실에 놀란 걸 넘어서 기분이 상한 듯했다. "어제 미스 잉글하트가 내게 전화를 걸어왔네. 아니, 정확히는 파킨스 부인을 시켜서 용건을 전달했지. 새 유언장을 작성해야겠으니 나더러 오늘 방문해 달라고 말일세. 그래서 와 봤더니 이렇게…… 너무 늦어 버린 것이지."

"여기 오기 전까지 살인이 일어난 걸 모르셨습니까?"

"알 리가 있나." 페더스톤이 살짝 빈정대는 투로 대꾸했다. "아무도 내게 알려줄 생각을 안 했잖나."

"신문이라는 문물도 있습니다만." 제이크 저스투스가 무심결에 말을 내뱉었다.

O.O. 페더스톤은 불쾌한 기색을 띠며 잠시 뜸을 들였다. "난 주간지만 읽네. 일간 신문은 영 별로라. 물론 ‹런던 타임스› 정도는 취급해 주지만."

말론은 진짜 하고 싶은 말을 억누르며 돌려 물었다. "그러니까, 미스 잉글하트께서 유언장을 바꾸려 했다는 거죠?" 그 목소리가 유달리 부드러웠다.

"그렇다니까. 내가 들은 바로는 그래. 당연히 나도 놀랐지. 그런데 오늘 일로 비추어 보건대……." 그가 말을 하다 말았다.

"비추어 보자면요?" 말론이 살살 달래듯 물었다.

페더스톤이 마른 침을 한 번 삼켰다. "알렉스 잉글하트가 홀리의 결혼 소식을 알게 되어 그 아이의 상속권을 빼앗으려 했다고밖에는 생각할 수 없지 않겠소. 물론 나는……," 그의 목소리가 명료해졌다. "고인이 된 사람을 욕보일 생각은 단연코 없소만, 그분이 성질 고약한 노인네였다는 걸 부인할 순 없지."

그는 방 안 사람들이 모두 충격을 받았다는 걸 눈치채고는 주위를 살폈다.

"이 정도면 도움이 될는지?" 그가 희망을 품은 목소리로 물었다.

"글쎄요, 하임 멘델만 도운 꼴입니다만." 말론이 나지막하게 대꾸했다.

"하지만 홀리는 아무것도 몰랐는걸요." 대뜸 글렌이 끼어들었다. "이런 사정을 몰랐다면 홀리가 살인 동기를 품을 이유도 없잖아요."

그러나 아무도 맞장구치지 않았다.

계단 쪽에서 육중한 소리가 들려 왔다. 화들짝 놀란 글렌이 문가로 다가갔다. 말론이 그를 잡아 세웠다. 두 사내의 것인 듯한 발걸음이 한참 만에 계단 바닥까지 내려왔고, 굼뜨고 무겁게 홀을 지나치다 우뚝 멎었다. 이내 문이 여닫히는 소리가 났다.

페더스톤은 창백해진 낯으로 중산모를 집어 들었다. "그럼, 난 이만. 도움이 필요하거든 사무실에 들르시고."

그러더니 황급히 떠났다. 제이크는 노부인의 시신이 방문 앞을 지나 저택을 떠나가는 동안 시신을 나르는 이들의 무거운 걸음 소리에 모두가 귀 기울이며 서 있던 순간을 O. O. 페더스톤이 죽는 날까지 잊지 못하리라는 예감이 들었다.

말론의 요청에 따라서 글렌이 무리를 이끌고 이제 막 비워진 노부인의 방으로 올라갔다. 지루한 표정으로 복도를 지키던 경찰관도 떠나고 아무도 없었다. 무척이나 적적했다.

노부인의 앙상한 시신이 치워진 점을 빼면 변한 것 없이 흉한 방이었다. 커다란 안락의자도 창문 앞에 그대로 놓여있었다. 의자 커버에 작은 핏방울이 묻어 있었다. 많은 양은 아니었다.

활짝 열려 있었던 창문은 어느새 굳게 닫혀 있었다.

오리엔탈풍의 겨자색 가리개에 그려진 용의 심술궂은 두 눈이 그들을 쫓는 것 같았다.

"금고문이 닫혀 있던 게 확실합니까?" 말론이 글렌에게 재차 확인했다.

글렌이 고개를 끄덕였다. "지금처럼요."

한숨을 내쉰 말론이 입을 다물었다. 그리고 주변을 둘러본 뒤 머리를 절레절레 흔들었다. 방 안 풍경은 제이크 저스투스가

설명한 그대로였다.

"내려갑시다." 그가 말했다.

모두 말없이 내려가기 시작했다. 그러다 벽에 난 작은 문을 발견한 말론이 걸음을 멈췄다.

"세탁물 통로*로군." 그는 이렇게 말하며 문을 살폈다.

바로 그때, 일이 벌어졌다.

"그 금고 말인—" 제이크는 말을 끝마칠 수 없었다.

갑자기 헬렌이 정신 나간 짓을 해 버린 것이다. 그녀가 다짜고짜 세탁물 통로의 작은 문을 열고 안으로 훌쩍 뛰어들었다.

아주 희미한 비명과 이상한 추락음이 이어지더니 이내 모두 잠잠해졌다.

* 세탁물 통로 laundry chute. 2층 이상의 건물에서 세탁물을 아래층으로 내려보낼 수 있게 만들어 놓은 미끄럼형 통로.

10장

세 남자는 허겁지겁 계단을 내려갔다. 제이크는 머리가 핑핑 돌았다. 방금 무슨 일이 벌어졌단 말인가? 갑자기 자살 충동에 사로잡히기라도 한 건가?

그 고운 몸이 다 으스러져 엉망이 되었겠지?

분명 광기의 소행이었다.

아니면 이 사건과 관련이라도?

제이크가 글렌의 팔을 붙들었다. "세탁물 통로, 어디로 이어집니까?"

"지하 창고요. 뒷문과 이어져 있어요."

맙소사, 제이크는 글렌과 말론을 앞질러 지하 계단을 밟으며 생각했다. 난 자신 없어. 정말 자신 없다고. 왜 내가 그 여자 시체를 두 눈으로 봐야 하냐고…….

헬렌은 세탁물 통로가 끝나는 곳 바닥에 태연히 앉아 담배에 불을 붙이고 있었다.

"말짱하네." 그녀가 대수롭지 않게 보고했다.

제이크는 황당해서 그녀를 바라보다 상황을 파악하고는 차마 이전엔 생각해 본 적도 없는 상스러운 욕을 퍼부었다. 헬렌은 가만히 듣기만 했다. 한바탕 쏟아낸 제이크가 잠시 숨을 고르는 사이 말론이 배턴을 이어받아 새롭고 찰진 욕설들로 후렴을 장식했다.

헬렌은 두 사람이 잠잠해질 때까지 참을성 있게 기다렸다. 그리고 불쑥 말했다. "확인해 보고 싶었다고요."

"대체 뭘?"

"아직도 여기로 미끄러져 내려올 수 있는지 말이에요. 어릴 때 이러고 자주 놀았거든요. 기억나지, 글렌?"

글렌이 가만히 고개를 끄덕였다. 그는 이제야 얼굴색이 돌아오고 있었다.

"그때 진즉 목이 부러졌어야 했는데." 말론이 분을 삭이며 말했다.

"밖으로 못 나오도록 구멍을 막아 놨어야 해." 제이크가 거들었다.

"이러는 이유가 뭐요?" 말론이 진심으로 역정을 냈다.

"세탁물 통로에 빠지고 싶은 충동 느껴본 적 없어요?"

"맙소사," 제이크가 말했다. "지금 더럽게 복잡하고 심각한 일을 해결하러 온 판에 소꿉놀이가 웬 말이냐고."

제이크는 헬렌의 눈빛이 어딘가 마음에 들지 않았다. 지금 저 금발 여자의 머릿속에는 분명 다른 속셈이 작동하고 있다. 뭔지는 몰라도 불길했다. 그녀가 뭐라 하든지 간에, 순전히 재미로 세탁물 통로에 뛰어든 건 절대 아니었다.

"꼭 우리한테까지 비밀로 해야겠어요, 헬렌?"

"당장은 말하지 않을래요. '더럽게 복잡하고 심각한 일'이나 마저 하죠."

말론은 금발 여인들을 싸잡아 욕하는 말들을 중얼거리며 음산한 서재로 앞장섰다.

서재에는 왜소하고 부끄럼 많은 파킨스가 와 있었다. 그는 조금 전 하임 멘델에게 하고 온 진술을 반복해 들려주었다. 파킨스 부인의 부재. 걸려 온 전화. 누운 흔적이 없던 홀리의 침대. 사라진 홀리. 빙판길을 운전해 다녀온 시카고. 집에 돌아와 발견한 알렉산드리아 잉글하트의 시신. 열려 있던 창문. 바닥에 쓰러져 있던 홀리.

제이크가 보기에 파킨스는 단어 하나하나를 고르는 데도 대단히 조심스러워했고 하려는 말과 어울리는 표현을 찾지 못해 애를 먹었다. 무언가에 겁을 먹은 파킨스가 아직도 그 충격에서 헤어나오지 못한 것이다. 그를 겁먹게 한 '무언가'가 파킨스 부인인 건 아닐까.

"아저씨도 홀리를 돕고 싶은 거 알아요." 글렌이 파킨스에게 말을 건넸다.

"아이고, 글렌 도련님." 파킨스가 애처로운 목소리로 답했다. "홀리 아가씨를 도울 수만 있으면 제 살이라도 떼어 드릴 거예요. 아시잖아요. 사실은, 아가씨가 어째서 그런 짓을 저지르셨나 이해도 돼요. 물론 이렇게 말하면 아가씨께 도움이 되지 않겠지만요. 주제넘은 말이지만, 솔직히 미스 잉글하트께서 원체 괴팍하셨잖아요. 아가씨한테 특히 모질었지요. 그게 참 마음이 아프지 뭡니까. 저는 홀리 아가씨를 친딸처럼 아끼거든요. 우리 아가씨가 끔찍한 범죄를 저질러서 돌봐줄 사람 하나 없이

철창에 갇히시다니요. 말론 선생님이 아가씨를 풀려나게 해 주시더라도 아가씨는 죽을 때까지 이 기억에 시달릴 텐데 정말 안된 일이에요. 아직 새파랗게 어리고 어여쁘신 분인데."

파킨스는 눈치 없이 흐르는 눈물을 훔쳐냈다.

제이크는 모르긴 몰라도 지금이 근 몇 년간 파킨스가 가장 오래 떠든 날이 아닐까 생각했다.

"자, 파킨스 씨," 말론이 점잖게 물었다. "어젯밤 전화를 걸어 온 사람이 홀리 양이 아닐 수도 있어요. 누군가 그 여자 목소리를 흉내 냈을 수 있죠. 그럴 만한 사람을 압니까?"

파킨스가 멍한 얼굴로 말론을 바라보았다. "그건 아닐 텐데요. 홀리 아가씨 목소리를 꾸며낼 사람은 없어요. 아가씨 목소리는 뭐랄까, 아주 독특하답니다. 말할 때 특유의 버릇도 있고. 누군가 따라 했을 리 없어요."

어딘가 수상했다. 이 남자도 분명 뭔가를 숨기고 있어, 하고 제이크는 생각했다. 파킨스는 필요 이상으로 겁에 질려 있었다.

"어젯밤을 잘 떠올려 봐요." 말론이 또 말했다. "아주 사소한 거라도 좋으니. 앞의 진술에서 빠트린 부분이 있습니까? 깜빡했다거나 쓸데없는 것 같아서 말하지 않은 부분이랄지?"

모두가 숨죽이고 파킨스를 지켜보았다.

한참을 망설이던 그가 끝내 고개를 저었다. "정말로 없습니다, 말론 선생님."

"그렇군요. 그럼 요즘 들어 살인과 관련 있을 법한 일이 일어난 적은 없습니까?"

이번에는 파킨스도 단호했다. 그러나, 제이크 생각에는 지나치게 단호했다. "아뇨. 없었습니다. 전혀요."

'거짓말.' 제이크는 확신에 차서 혼자 생각했다.

이 왜소한 남자로부터 캐낼 것은 더 없었다. 어쩔 수 없이 그들은 파킨스를 내보내며 그의 아내를 불러올 것을 부탁했다. 문을 열고 나가려는 파킨스를 말론이 불러 세우더니 마지막 질문을 던졌다.

"파킨스 씨, 하나 더 물읍시다. 알렉산드리아 잉글하트가 당신 딸 앞으로 1,000달러를 남긴 이유가 뭡니까?"

갑자기 몸집이 커지기라도 한 것처럼, 파킨스가 대단한 위엄을 갖춰 대답했다.

"모르겠군요, 선생님."

"거짓말." 이번에 이 말을 소리 내어 말한 쪽은 말론이었다.

"어쩌면 그분께서 제 딸에게 못되게 굴었던 일에 관해 양심의 가책을 느꼈을지도 모르죠." 파킨스의 부드러운 두 눈이 순간적으로 번득였다. "하지만 제가 드릴 말씀은 없습니다, 말론 선생님." 오랜 세월 남의 시중을 들며 연마한 가면이 파킨스 얼굴에 도로 드리워졌다. "아내를 내려보내겠습니다."

그는 또 누가 불러 세울세라 서둘러 방을 빠져나갔다.

"저게 대체 뭔 소리야?" 말론이 낮은 목소리로 분통을 터트렸다.

아무도 대답하지 않았다.

이윽고 파킨스 부인이 서재에 들어왔다. 말론이 의자에 앉으라는 손짓을 해 보였다.

초췌하고 창백한 부인의 얼굴은 나무토막처럼 굳어 있었다. 하지만 검은 두 눈에 서린 공포만큼은 감추지 못했단 걸, 제이크는 볼 수 있었다.

“파킨스 부인,” 말론이 운을 뗐다. “어제 미스 잉글하트가 변호사 페더스톤 씨에게 전갈을 보내셨지요. 무슨 내용인지 압니까?”

“물론이에요. 유언장 내용을 바꾸고 싶다고 하시면서 페더스톤 씨더러 오늘 집에 들러 달라고 하셨어요.”

“그게 답니까?”

“네.”

“유언장을 어떻게, 왜 바꾸려 했는지는 압니까?”

“아뇨. 남에게 자기 이야기를 하는 분이 아니셨어요.”

“심부름을 시킬 당시에 평소와 달리 화가 나 있었던가요?”

“아뇨.”

“어제 누군가 그분을 찾아왔다거나 그분 앞으로 걸려온 전화가 있진 않았습니까? 꼭 어제가 아니라 며칠 전 일이라도 좋습니다.”

“아뇨.”

말론이 얼굴을 구겼다. “젠장.” 그리고 잠시 말을 멈추었다. “그럼 어젯밤 일이라도 들어 봅시다.”

파킨스 부인은 최대한 말을 아끼며 아는 내용을 간결하게 진술했다. 어제 그녀는 로저스 파크에 사는 딸 메이벨 파킨스를 보러 외출했다. 저녁 늦게 글렌과 파킨스에게서 홀리의 소식을 전해 들었다. 그들과 함께 병원에 갔다가 허탕을 친 후 메이플 파크의 집으로 돌아왔고, 그때 살해된 알렉산드리아 잉글하트를 발견했다.

아니다. 집에 돌아왔을 때 어느 침대에도 누운 흔적은 없었다. 이유는 그녀도 모른다.

아니다. 시계가 전부 고장 났다는 점 빼고 시계에 관해 아는 건 없다. 시계들이 고장 난 적은 여태껏 없었다.

맞다. 미스 잉글하트의 방에 들어갔을 때 금고는 닫혀 있었다. 그건 확실하다.

아니다. 홀리 아가씨의 목소리를 흉내 냈을 법한 사람은 떠오르지 않는다. 미스 잉글하트에게 살의를 품었을 사람도 알지 못한다.

"그런데 말입니다," 말론이 불쑥 물었다.

"왜 이렇게, 겁에 질려 있습니까?"

그 순간 넬리 파킨스는 진실을 털어놓을 것처럼 보였다. 그러나 말이 얇은 입술까지 차올랐다가 그만 사그라든 모양이었다. 부인은 고개를 가로저었다.

"집에서 살인이 벌어진다면 선생님이라도 겁에 질리실 텐데요."

"하지만 부인은 너무 심하게 떠는데요." 말론이 그녀를 추궁했다. "이유가 뭡니까?"

넬리 파킨스가 무표정한 눈으로 말론을 응시했다.

"이 집에 산 지 얼마나 됐죠?" 말론이 물었다.

"홀리 아가씨와 글렌 도련님이 아기였을 때부터요."

"남편은?"

"그보다 더 오래됐어요. 저는 아가씨와 도련님을 데리고 이 집에 들어왔고요."

"그것참 흥미롭군요." 말론이 고개를 들며 반응했다.

"두 분이 태어난 세인트 루이스 병원에서 열차를 타고 이 집에 왔어요. 두 분을 보살필 사람이 없어서 제가 머물게 되었고요.

두 분이 어느 정도 성장하고, 제가 파킨스와 결혼한 뒤에는 아예 가정부로서 일하게 되었어요. 남편은 어린 딸을 둔 홀아비였죠. 그이에게는 딸을 보살펴 줄 사람이 필요했고, 그래서 제가 그이와 결혼을 결심했어요."

"메이벨이 당신의 친딸이 아니군요?" 말론이 놀란 투로 물었다.

"아녜요. 의붓딸이죠. 하지만 친딸처럼 애지중지 키웠답니다."

제이크는 날카롭고 무뚝뚝한 파킨스 부인이 아이를 애지중지하는 모습을 머릿속에 그려 보았다.

말론은 잠시 무언가를 생각하더니 조금 전 파킨스에게 했던 질문을 되풀이했다.

"미스 잉글하트가 당신의 의붓딸 앞으로 1,000달러를 남긴 이유가 뭡니까?"

넬리 파킨스는 고개를 저었다. "몰라요. 나름대로 이유가 있으셨을 테죠."

부인에게서 더 들을 수 있는 말은 없었다. 존 J. 말론은 무겁게 한숨을 쉬며 그녀를 내보냈다.

"저 사람들 뭔가를 알고 있어." 부인이 방을 나갔을 때 그가 질색하며 말했다. "그게 뭔지 도통 모르겠군."

"저기," 헬렌이 입을 열었다. "저 사람들은 진심으로 홀리를 아껴요. 홀리를 위해서라면 목숨도 내놓을 정도로요. 내가 바로 옆집에서 컸잖아요. 평생 이 집을 들락날락하면서 봐 왔다고요. 넬리 아줌마와 파킨스 아저씨에게 홀리가 어떤 존재인지는 내가 잘 알아요. 홀리에게 도움이 될 만한 걸 일부러 숨길 리 없어요."

"하, 차라리 부활절 토끼*를 믿는다고 말하지 그래요?" 제이크가 짜증스레 말했다. "철 좀 들어요. 저 사람들은 분명 뭔가를 숨기고 있다고."

"그 뭔가가 홀리에게 불리한가 보죠."

그 말에 제이크는 그녀를 물끄러미 바라보았다. 그런 당신이 숨기고 있는 건 뭐야? 그리고 왜 숨기는 건데?

한숨을 쉬며 손목시계를 확인한 말론은 루프에서 선약이 있단 사실을 떠올렸다. "이번에는 그냥 열차를 타겠어. 저 여자 차에 탔다가는 출발도 전에 혼절할 것 같으니까."

어찌 된 영문인지 이번에는 헬렌도 반대하지 않았다. "제이크 당신은 여기 남아요." 그녀가 명령조로 말했다. "보여 줄 게 있거든요."

제이크는 놀라서 눈을 끔뻑였으나 이내 수긍했다.

"그럼 이따 저녁에 자네 호텔 방에서 보자고." 말론이 제이크에게 인사했다.

제이크는 헬렌을 따라 홀로 나왔다. "세탁물 통로로 뛰어든 이유를 실토하려는 건가?"

"그건 나중에." 그녀의 목소리는 단호했다.

두 사람은 지하 계단으로 내려가 뒷문으로 나갔다. 뒷문은 좁은 마당으로 이어졌다. 제이크는 이 집이 언덕 자리에 만들어졌다는 걸 깨달았다. 집 뒤뜰은 언덕을 깎아낸 부지였고 지하 창고에서부터 이어진 마당은 얼마 못 가 나무 덤불 사이로 자취를 감췄다.

* 부활절 토끼 Easter Bunny. 부활절에 착한 아이에게 달걀을 가져다준다고 알려진 토끼. 독일 루터교에서 유래한 것으로 18세기 독일 이민자들이 미국에 정착하면서 미국에서도 부활절의 상징이 됨.

헬렌이 의미심장하게 말을 꺼냈다. "사람들 눈을 피해 차를 몰고 집에서 빠져나갈 거예요. 그러니까, 집에서 감쪽같이 자취를 감추는 거죠. 땅으로 꺼진 것처럼. 무슨 말인지 알겠어요?"

"무슨 말인지는 알겠다만, 왜 그래야 합니까?"

"그냥요. 재밌잖아요. 그게 다예요."

"그렇게 심심하면 《로마 제국 쇠망사》나 읽지." 제이크가 못마땅한 투로 말했다. "참고로 내 취향은 심경 고백 기사 쪽인데."

"난 고백할 게 아직 없는걸요."

앞장선 헬렌이 눈으로 뒤덮인 뜰을 지나 옆집으로 이어지는 낡은 석문을 통과했다. 길을 따라 조금 걷다 보니 커다란 창고가 나왔다. 제이크가 짐작하건대 헬렌네 집에 딸린 창고인 듯했다.

창고 안에는 제이크가 이제껏 본 사람 중 가장 못생긴 남자가 있었다. 남자의 키는 족히 190cm는 되어 보였고 몸집이 집채만 했으며 두 팔은 유인원처럼 길어서 거의 무릎까지 내려왔다. 고릴라처럼 생긴 얼굴은 넓적하고 코뼈는 부러져 휘었으며 눈은 밝은 푸른색을 띠었다. 남자는 헬렌을 보자마자 씩 웃었는데 입술 사이로 보이는 이가 또 하필 부러져 있었다.

"제이크, 이쪽은 버치예요."

두 남자가 진지하게 악수했다.

"버치는 사람이 아주 진국이랍니다." 헬렌은 바로 옆에 있는 그 거구의 남자가 빤히 듣고 있는데도 제이크에게 속닥였다. "날 위해 뭐든 해 줄 사람이에요. 프로 권투 선수였고 자동차 경주 선수로도 활동했대요. 어쩌다 감옥 신세를 졌고 출소 후로는 금주법 폐지 전까지 주류 밀매로 돈을 벌었어요. 그러다 다시 감옥에 들어갔는데 내가 힘을 써서 빼냈죠. 지금은 내 운전사예요."

세 사람은 창고 위층에 마련된 살림방으로 올라갔다. 버치가 어디선가 호밀 위스키를 한 병 꺼내 왔다. 헬렌은 술병을 거의 다 비울 때까지 만담 대회를 이끌었다. 제이크는 헬렌에게 진짜 묻고 싶은 말을 던질 기회만 기다렸다.

"당신 꿍꿍이가 뭐야." 제이크가 물었다. "아주 골치 아파질 것 같은데. 뭔지 들어나 봅시다."

헬렌의 얼굴에 미소가 번졌다. "간단해요. 머릿속으로 연습도 해 봤어요. 사소한 부분까지 전부. 그리고 버치가 있으니 잘못될 일은 없어요."

"*대체 당신 속셈이 뭐야?*"

"'우리 속셈'이라고 해야죠." 헬렌이 팔을 뻗어 제이크의 볼을 톡톡 두드렸다. "놀라지 말아요, 베이비. 이제 우리가 홀리 잉글하트를 빼낼 거니까!"

11장

제이크는 헬렌의 계획이 아주 간단하다는 데에 동의할 수밖에 없었다. 적어도 당시에는 그랬다. 술기운 때문인지도 몰랐다. 취하지 않았더라면 곧장 발을 뺐을 것이다.

하지만 이미 술기운이 올라 알딸딸해진 데다 자신만만한 헬렌과 적극적인 버치의 모습에 현혹된 나머지, 제이크는 헬렌의 계획이 정말로 훌륭하며 영리하다고 믿었다. 그런 계획을 세우다니 천재가 분명했다. 자칫하면 셋 다 잡혀 들어가거나 영안실 신세가 될지도 몰랐다. 잉글하트 사건을 아예 손 쓸 수 없는 지경으로 망쳐 버릴 수도 있었다. 2명이 목숨을 잃고 그게 3번째 살인으로 이어질 수도 있는 노릇이었다. 하지만 당시에는, 그저 대단하다는 생각뿐이었다.

헬렌은 무슨 일이 있어도 홀리를 빼내야 한다고 말했다. 그날 밤 홀리가 본 것 혹은 보았다고 생각하는 것은 진실을 밝히는 데 꼭 필요한 단서였다. 그들은 홀리가 침대에 누운 후 3시간 반 남짓한 시간 동안 어디서 무엇을 한 건지 알아내야 했다.

제이크는 진지하게 고개를 끄덕였다.

"홀리가 블레이크 카운티 구치소에 갇혀 있으면," 헬렌이 말했다. "절대 알아낼 수 없잖아요. 드문드문 면회해서 어느 세월에 진실을 밝히겠냐고요. 감시하는 사람도 있는데."

"갇혀 있는 동안에는 절대 불가능하죠." 제이크가 맞장구쳤다.

헬렌이 입을 다문 채 한동안 골똘히 생각했다. 그러다 천천히 입을 열었다. "물론, 실패할 가능성도 무시 못 해요. 그러니까, 홀리가 범인이 아니려면 우리가 *진짜 범인*을 잡아야 하잖아요."

"당신은 홀리가 범인이라고 생각하는 거죠?" 순간 제이크가 말짱한 정신으로 물었다.

헬렌은 사뭇 진지한 눈빛으로 그를 보다가 이내 시선을 회피했다. "글쎄요. 그 애 짓은 아닐 거예요. 하지만, 우리가 그걸 입증할 수 있을지는 모르겠네요."

그러니까 확실한 건, 그들이 진실을 밝혀내는 데 실패하고 말론마저 재판에서 이기지 못하면, 홀리가 곤경에 처하리라는 사실이었다. 블레이크 카운티 법원이 너그러운 마음을 발휘해서 명망 높은 잉글하트 가문의 자제를 전기의자에 앉히지 않는다고 할지라도, 홀리가 아주 오랜 감옥살이를 하게 되리란 것은 자명했다. 그들이 원하는 결과가 절대 아니었다. 헬렌은 홀리가 유죄란 걸 믿지 않는다고 했다(제이크는 이 부분이 살짝 의심스러웠지만 그러려니 하고 넘겼다). 설령 홀리가 정말 유죄이더라도 알렉산드리아 잉글하트를 살해한 것은 징역형을 받을 일이 아니라 칭찬받아야 할 일이었다(이 부분에 관하여서는 제이크도 전혀 의심치 않았다). 홀리가 안전한 곳에 숨어 지낼 수만

있다면 진범을 찾아내지 못하더라도 상관없다. 소란이 잦아들 때까지 무사히 숨어 있다가 이 나라를 뜨면 그만이다.

이 모든 게 제이크에게는 지극히 합리적으로 보였다.

"말론에게 말해야 할까요?"

"그건 나중에. 딕에게도 일단은 비밀로 해요."

제이크가 한숨을 쉬었다. "딕이 알면 좋아 죽을 텐데. 이 김에 백마 탄 기사 노릇도 하고. 거슈윈*과 벌린**을 연주하지만 마음만큼은 테니슨***인 놈이라."

그는 애정 어린 눈길로 헬렌을 살폈다. 이런 계획을 세우다니 참으로 영특하지 않은가. 그녀가 여태 했던 행동이 이제야 전부 맞춰졌다. 하임 멘델과의 수다. 콤팩트 속에 숨겨 홀리에게 건넨 쪽지까지.

아니. 전부는 아니지. 묻고 싶은 게 있기는 했다. 헬렌은 그와 말론에게 무언가를 숨기고 있었다. 그리고 그게 무진장 중요했는데.

그는 그게 무엇이었던지 기억을 더듬어 보았으나 떠오르지 않았다.

세 사람은 남은 위스키를 각자의 잔에 나눠 따른 뒤 계획의 성공을 빌며 엄숙하게 잔을 비웠다.

또 세 사람은 버치가 주방에서 만들어 온 샌드위치와 맥주로 배를 채웠다. 제이크와 헬렌은 어두운 눈밭을 지나 잉글하트 저택으로 돌아갔다.

글렌은 걱정으로 새하얗게 질려

* 조지 거슈윈 George Gershwin (1898~1937). 재즈와 클래식을 접목해 미국 현대 대중음악에 큰 영향을 준 작곡가.

** 어빙 벌린 Irving Berlin (1888~1989). 〈화이트 크리스마스〉 등 여러 히트곡을 쓴 대중음악 작곡가.

*** 앨프레드 테니슨 Alfred Tennyson (1809~1892). 19세기 영국 계관 시인으로 서정시를 많이 발표함.

있었다. "맙소사, 드디어 나타났네. 말론 씨는요? 오후 내내 연락이 닿질 않아요."

"왜요? 무슨 일 있습니까?"

"카운티 사람들이 홀리를 여기로 데려와서 현장을 둘러보게 하겠대요. 하임 멘델 말로는 일종의 실험이라나. 어두울 때 이 집에 와 보면 뭔가 기억날지도 모른다고. 영 불안해요."

"홀리는 괜찮을 겁니다." 제이크가 말했다. "그자들이 뭘 어쩌겠어요."

"가만히 있어도 되는 걸까요. 어쨌거나 우린 남매잖아요. 누이가 끔찍한 곤경에 처했는데 아무 도움도 못 되고 있으니."

"충분히 잘하고 있어요." 제이크가 그를 위로했다. "최선을 다하고 있잖습니까."

"하지만," 글렌이 주저하며 대답했다. "왜 내가 아니라 그 애만 의심하는 건지 잘. 물론 뭐, 어쩌다 보니 그 애가 그 시각에 행방이 묘연했고 난 아니었지만…… 무슨 말인지 아시죠."

"그럼요." 제이크가 그를 안심시켰다.

"홀리를 대신해 잡혀 들어가고 싶은 심정이에요. 나는 남자니까요. 또, 뭐랄까, 처지도 다르고요. 난 결백하단 걸 스스로 알고 있으니 버틸 수 있을 거예요."

"홀리도 결백하다고 생각합니까?" 제이크가 물었다.

"아뇨." 글렌이 의기소침한 목소리로 대답했다.

그때, 하임 멘델과 재스퍼 플렉, 앤디 어히언이 홀리 잉글하트를 데리고 저택에 도착했다. 헬렌은 오랜만에 연인과 재회하듯 멘델을 반기며 멘델 일행을 서재로 안내했다. 그리고 칵테일을 권했다.

“어쨌거나,” 헬렌이 명랑한 목소리로 말했다. “격식은 갖춰야죠!”

제이크는 헬렌이 헛간으로 가서 건초를 뜯어 먹자 하더라도 하임 멘델은 좋다고 따라나설 것이라고 확신했다.

헬렌이 칵테일을 직접 만들었다. “내가 직접 발명했어요. 작품명은 ‘불타는 마음’이랍니다.”

첫 모금을 들이키는 순간 제이크는 귀가 머리 뒤로 5센티미터쯤 곤두서는 느낌을 받았다.

그들은 저택을 둘러보기 전에 2번째, 3번째 잔을 연거푸 마셨다. 제이크는 홀리를 유심히 지켜보았다. 하얗게 질린 홀리는 이상할 정도로 말이 없었다. 꼭 최면에 걸린 사람 같았다.

일행은 계단을 올라 홀리의 방문 앞에 다다랐다. 방 안에서 홀리는 스벵갈리*가 된 하임 멘델을 위해 트릴비 역할을 충실히 수행하는 듯 보였다. 멘델은 현미경으로 해부된 개구리를 관찰하는 사람처럼 홀리의 모든 몸짓을 뚫어지게 감시했다.

그러나 홀리는 아무것도 기억해 내지 못했다. 무리는 글렌 방으로 걸음을 옮겼다.

재스퍼 플렉은 헬렌이 건넸던 칵테일 3잔에 취해 벌써 해롱대고 있었다.

글렌의 방에서 나온 무리는 계단을 올라 파킨스 부부의 방으로 향했다. 이후, 모든 일이 눈 깜짝할 사이에 벌어졌다.

헬렌이 들고 있던 유리잔을 떨어뜨렸다. 잔은 와장창, 요란한 소리를 내며 계단 아래로 굴렀다. 모두의 시선이

* 스벵갈리 Svengali. 조르주 듀 모리에 George du Maurier의 소설 ‹트릴비 Trilby›(1894)에서 주인공 트릴비를 최면술로 조종하는 인물의 이름. 나쁜 짓을 하도록 타인의 마음을 조종하고 통제하는 사람을 일컫는 말로 통용됨.

헬렌에게로 쏠렸다.

바로 그 순간, 홀리가 잽싸게 세탁물 통로로 뛰어들었다.

하임 멘델의 입에서 단말마의 비명이 터져 나왔다.

"아이고, 죽으려나 봐!" 제이크가 외쳤다.

헬렌이 낮은 탄식과 함께 풀썩 쓰러졌다.

"얼른!" 앤디 어히언이 외쳤다. "아래층으로!"

모두가 정신없이 계단을 내려갔다. 층계참에 묵직한 오리엔탈풍 러그가 깔려 있었다. 별안간 제이크가 그 위에서 미끄덩하는 바람에 모두가 뒤엉켜 넘어지고 말았다. 그러나 다들 아랑곳하지 않고 곧장 일어나 계속 달렸다. 혼이 빠진 글렌이 엉뚱한 계단으로 내려가 멘델 일행을 지하 창고가 아닌 보일러실로 안내했다. 어쩔 수 없이 그들은 다시 1층으로 올라와서(이 무렵 재스퍼 플렉은 졸도하기 일보 직전이 되었다) 뒤편에 있는 지하 창고 계단으로 내려간 다음 배달부들이 드나드는 뒷문으로 뛰쳐나갔다.

소름 돋게도, 홀리 잉글하트의 흔적은 온데간데없었다. 세탁물 통로 문만 휑하니 열려 있을 뿐이었다.

곧 경찰차들이 호들갑스러운 사이렌을 울리며 모여들었고, 경찰들은 지하실부터 다락방까지 집 안을 샅샅이 뒤졌다. 정원과 호숫가, 차량 진입로와 숲속까지 빠짐없이 수색했다.

밤이 다 가도록 경찰차가 메이플 파크 일대를 순찰했다. 무전기로는 사라진 여자의 인상착의를 알리는 교신이 오갔다.

그러나 소용없는 일이었다. 땅속으로 꺼지기라도 한 듯, 홀리 잉글하트 데이턴이 홀연히 사라져 버린 것이다.

12장

한 쌍의 커플이 비틀거리며 31번가 고가 역 계단을 내려왔다. 그러고는 방향을 꺾어 어둑한 거리를 반 블록쯤 걸어갔다. 마침 기다란 차 한 대가 쌩 달려오더니 그들 옆에 섰다. 커플이 얼른 차에 올라탔다.

커다란 차는 괴상한 무언가를 실어 나르는 중이었다. 남성용 외투로 꽁꽁 싸맨 사람의 형체가 머리와 손에 붕대를 칭칭 감은 채 뒷좌석에 앉아 있었다.

뜨악하는 표정으로 그 형체를 바라보던 제이크와 헬렌이 이내 웃음을 터트렸다.

“버치, 솜씨 한번 끝내주네요.”

붕대 속의 홀리도 숨죽여 킬킬댔다.

“버치, 이제 안심해도 돼요.” 헬렌이 말했다. “아무도 따라붙지 않았고, 설사 처음엔 따라붙었을지언정 우리가 중간에 열차를 잽싸게 바꿔 탔으니 제아무리 잘난 귀신이라도 여기까지 오진 못했을걸요.”

들뜬 분위기에 덩달아 신이 난 버치가 신호를 무시하고 질주했다. 순식간에 호루라기와 브레이크 소리가 요란히 뒤섞였다.

"오, 이런." 헬렌이 숨을 들이마셨다.

차를 정차하자 얼굴이 넓적한 경찰관이 다가왔다. 헬렌이 창문을 열고 몸을 내밀었다.

"어머, 죄송해요. 남편을 병원에 데려가는 길이에요. 심하게 다쳐서……."

"제가 의사입니다." 제이크가 나섰다. "한시가 급한 상황입니다만."

"어서들 가 보쇼." 경찰관이 손을 저으며 말했다. "사고 안 나게 조심하시고."

일행은 다시 차를 몰고 질주했다.

"어땠어요?" 헬렌이 밝게 물었다.

"기가 막히는군. 노벨 탈옥상이 있다면 따놓은 당상이련만."

차는 외곽 도로에 진입했다.

"헬렌 아가씨," 버치가 환한 목소리로 말했다. "거기 담요를 들춰 보면 깜짝 놀라실걸요."

헬렌이 담요를 들췄다.

"이게 뭐람! 샴페인이잖아!"

"오늘 같은 날 어울릴 것 같아서요."

"그런데 잔이 없네." 헬렌이 말했다. "뭐, 누구든 준비가 완벽할 수는 없으니까. 그나저나 달리는 차에서 샴페인 병나발 불기가 쉽지는 않은데."

"천천히 몰게요." 버치가 약속했다.

“홀리,” 헬렌이 대뜸 홀리를 보고 물었다. “알렉스 이모를 죽인 게 정말 너야?”

“내 기억으로는 아니야.” 홀리가 대답했다. “그런데 이놈의 붕대 옷은 언제까지 입고 있어야 해?”

“우리가 네 거취를 결정하기 전까지는 쭉.”

잭슨 파크에 도착할 즈음 샴페인은 동이 났다. 일행은 북쪽으로 차를 몰아서 호숫가 도로를 타고 링컨 파크에 다다랐다.

“너무 위쪽으로 가면 곤란해.” 헬렌이 버치에게 경고했다.

“저기,” 제이크가 입을 열었다. “이렇게 하염없이 헤맬 수는 없지 않습니까. 세월아 네월아 할 때가 아닌데.”

헬렌이 한숨을 푹 쉬었다. “나도 안다고요. 몸뚱이를 사라지게 할 수는 없으니 어떻게든 머리를 굴려 봐야죠.”

“호텔에 내려주면 안 돼?” 홀리가 기대에 찬 목소리로 물었다.

“바보 같은 소리 마. 관내 호텔이란 호텔엔 전부 네 사진이 쫙 깔렸을 텐데. 붕대를 칭칭 감은 이상한 사람을 그냥 들여보내 줄 리도 없고.”

“하숙집을 구해 볼까요?” 버치가 제안했다.

“그것도 좀. 이미 신문에 홀리의 인상착의가 실렸을 거라.”

“빌어먹을,” 헬렌이 이어 말했다. “어쩐다. 메이플 파크로 돌아갈 수만 있다면 우리 집에 숨겨 두겠는데. 하지만 거기로 갈 수는 없고.”

“도시 밖으로 나가는 건?” 홀리가 물었다.

“가능은 하겠지만 그래도 시카고 내에 있었으면 해.”

잠시 침묵이 흘렀다.

"뭐," 헬렌이 다시 말했다. "누구든 준비가 완벽할 수는 없으니까."

"좋은 생각이 있긴 한데," 제이크가 천천히 입을 뗐다. "다만 거기가 좀……."

"뭔데요?"

"거기라면 안전할 겁니다." 그가 계속 말을 했다. "들킬 일도 없고. 은신해 지내기 딱 좋죠."

"뭔 소리를 하고 싶은 건데요?" 헬렌이 다그쳤다.

"설명하기가 조금 곤란합니다만, 여기서 그리 멀지 않습니다. 링컨 파크에서 서쪽으로 조금 가다 보면……, *완벽히 안전한* 곳이 나오죠."

"제이크, 대체 *어디*를 말하는 거예요?"

"그러니까……," 제이크가 침을 삼켰다. "떳떳하게 말할 수 있는 곳은 아니라……."

헬렌이 웃음을 터트렸다. "제이크, 설마 사창가 얘기예요?"

"헬렌!" 제이크가 당황해 소리쳤다. "무슨 말을 그렇게!"

"세상에, 진짜 좋은 생각이긴 하네요."

"프레이저 부인이라고," 제이크는 헬렌을 쏘아보고는 하려던 나머지 말에 열중했다. "오래 알고 지낸 친구가 있어요. 〈이그재미너〉에 있을 때 내가 여러 번 도운 여인이죠. 점잖고 법도 잘 지키고 사는 사람이에요. 거기라면 안전할 겁니다."

"버치에게 길을 알려 줘요." 마음을 굳힌 헬렌이 말했다. "홀리, 너도 괜찮길 바라."

"물론 괜찮지." 붕대 안쪽에서 목소리가 웅웅 흘러나왔다. "어디든 블레이크 카운티 구치소보다야 낫지 않겠어?"

차는 제이크가 말한 주소로 향했다. 목적지에 도착한 일행은 제이크가 먼저 나가 사정을 설명하는 동안 차 안에서 기다렸다. 몇 분 후 제이크가 씩 웃으며 나타났다.

"모두 오케이. 차는 골목에 대요."

네 사람은 골목에 차를 댄 뒤 아담한 뒤뜰로 들어갔고, 문가에서 얼굴이 넓은 은발의 여인을 만났다. 여인 얼굴에 콧수염 흔적이 거뭇하게 보였다.

"위층으로 모실게요. 거기라면 절대 들킬 일 없답니다."

네 사람은 여인을 따라 먼지 하나 없이 깔끔한 파란색과 흰색의 주방에 들어섰고 끝없이 이어질 것만 같은 계단을 오르고 또 올랐다. 4층에 도착해서야 여인이 열쇠를 꺼내어 문을 열었다.

"여기예요. 기숙학교에 다니는 딸이 방학 때 쓰는 방이죠."

"내가 그 딸내미를 거기 들어가게 해 줬죠." 제이크가 헬렌에게 속닥였다. "어딘지 들으면 깜짝 놀랄걸요."

아담한 방이 주름 장식을 단 침대보와 분홍색 커튼 덕에 더욱더 앙증맞아 보였다.

"이 층을 쓰는 사람은 우리뿐이니 아무도 아가씨를 방해 못 할 거예요. 혹시 모르니 여기 열쇠를 두고 갈게요. 정 불안하면 문을 잠그고 지내세요. 가끔 아래층이 소란스럽긴 하겠지만 크게 신경 쓰이진 않을 거예요. 식사는 제가 가져다드리죠."

홀리가 칭칭 감은 붕대를 풀기 시작했다.

부인이 킬킬거렸다. "이 꼴 좀 보라지! 제이크 저스투스가 머리를 기가 막히게 굴렸네!"

"내가 아니야." 제이크가 대꾸했다. "여기 정신 나간 금발 언니 생각이지."

헬렌이 꾸벅 인사했다.

"홀리, 한잔할래요?" 제이크가 물었다.

홀리가 고개를 끄덕였다.

"어머," 프레이서 부인이 나무라듯 참견했다. "술을 마시기엔 너무 어려 보이는데. 술이 속을 얼마나 망친다고요!"

"딱 한 잔만 마시게 두자고." 제이크가 간청했다. "아주 몹쓸 고생을 했잖아."

부인은 즉시 동정심에 사로잡혔다. "그렇긴 하지. 가여워라." 그리고는 홀리를 향해 싱긋 웃어 보였다. "일단 세수하고 고운 머리도 빗고 해요. 바로 술상을 차려올게요." 부인은 이렇게 말한 뒤 방을 나갔다.

이번엔 버치가 웃으며 말했다. "헬렌 아가씨, 우리가 정말 성공했네요."

"수명이 20년은 줄어든 것 같구먼." 제이크가 울적하게 말했다.

홀리는 머리를 빗기 시작했다. "이제 뭘 하면 되죠?"

"눈부터 좀 붙여요." 제이크가 대답했다. "푹 잔 다음 제대로 이야기해 봅시다. 그런 다음에는 이 방에서 밀린 신문이나 읽어 둬요. 그동안 우리는 어젯밤의 진상을 알아내서 진범을 잡을 겁니다. 그럼 당신은 당당하게 밖으로 나가 신혼여행을 떠나면 돼요."

"실패하면요?"

"실패하면," 헬렌이 말을 이어받았다. "무기 밀수선에 숨어서 이 나라를 뜨자."

"어머."

길게 침묵이 흘렀다.

"세상에." 홀리가 별안간 탄식을 내뱉었다. "이게 다 무슨 일이람. 내가 기억만 제대로 했어도!"

"괜한 소리." 제이크가 말했다.

"중요한 걸 놓치고 있는데 도무지 떠오르질 않아요. 그게 단서인 것 같은데. 내가 정말 살인을 저지르고선 기억 못 하는 걸 수도 있잖아요. 그래서 머릿속이 뒤죽박죽인 거고."

헬렌이 홀리를 찰싹 때려 말을 멈추게 했다.

"그런 생각 말라니까 그러네." 제이크가 말했다. "일단 오늘은 푹 자고 내일 다시 이야기합시다. 그때는 기억이 날 거예요." 그 자신도 그렇게 믿고 싶었다.

프레이저 부인이 술병과 유리잔, 접시, 식힌 닭구이 한 대접을 가지고 돌아왔다.

"다들 시장하실까 봐." 부인은 상을 차리며 홀리를 유심히 살폈다.

"제이크, 당신 말이 맞네." 그러더니 뜬금없는 말을 꺼냈다. "이 아가씨는 범인이 아니야. 그러기에는 너무 고와." 부인은 미소를 머금은 얼굴로 네 사람과 차례로 눈을 맞췄다. "그럼 다들 좋은 밤 되세요. 푹 주무시고. 제이크, 나갈 때 뒷문 걸어 잠그는 거 알지?"

일행은 술과 음식을 말끔히 비운 뒤 떠날 채비를 했다.

"옷은 몰래 가져다줄게." 헬렌이 홀리에게 약속했다.

제이크는 홀리의 손을 살며시 붙들었다. "말끔히 잊어요. 다 괜찮을 테니 너무 걱정하지 말고. 무슨 일이 벌어지든, 다 괜찮을 겁니다."

홀리가 고마움에 빙긋 웃었다. "고마워요, 제이크. 딕을 보거든 말 좀 잘 해줘요."

"무슨 말을?"

"음, 모르겠어요. 뭐라도. 뭐라도 말해 줘요."

"그럴게요. 잘 자요."

계단을 내려가는데 버치가 딱한 목소리로 중얼거렸다. "아휴, 아가씨가 겁을 많이 먹었네."

세 사람은 말없이 루프로 차를 몰았다.

"아, 정신없는 하루였다." 헬렌이 불쑥 말했다. "탈옥한 살인 용의자를 붕대로 칭칭 감고서 시내를 누비다 사창가에 숨겨 놓다니. 저택 탈출은 말할 것도 없고. 층계참 러그를 미끄러트린 건 진짜 기발했어요, 제이크. 굉장한 밤이야!"

"이제 시작일 뿐이죠." 제이크가 손목시계를 확인하며 대꾸했다. "말론이 호텔 방에서 기다리고 있겠는데."

헬렌이 고개를 끄덕였다. "나도 빠질 수 없죠." 그녀가 운전석으로 몸을 내밀었다. "버치, 이 차를 끌고 먼저 집으로 가요. 나는 나중에 택시를 타고 갈게요." 그녀는 이렇게 말한 뒤 제이크를 보았다. "내일까지는 말론과 딕에게 비밀로 하는 게 좋겠어요. 지금 일일이 설명하느라 힘 뺄 것 없잖아요."

"분부대로 하죠. 다 당신 계획이니까."

"왜 이렇게 늦었는지 핑곗거리가 필요한데." 호텔 입구에 도착했을 때 헬렌이 해맑게 말했다. "옳지! 술을 마시고 있었다고 해요!"

제이크가 눈을 휘둥그레 떴다. "절대 안 믿을걸요!"

13장

"카지노에 가서 딕네 밴드 연주나 들었으면." 헬렌이 말했다.

"그 파자마 차림으로?" 제이크가 어이없다는 듯 되물었다. "다른 옷이 있긴 합니까?"

호텔로 돌아온 두 사람은 방에서 곤히 잠들어있는 말론의 콧구멍에 뚜껑 열린 술병을 들이밀어 깨웠다. 이제 세 사람은 방에 아무렇게나 흐트러져 있었다. 제이크는 안락의자에 느긋하게 자리를 잡았고 말론은 침대에 널브러졌으며 헬렌은 바닥에 벌러덩 누웠다. 헬렌은 바닥이 가구가 주지 못하는 안정감을 준다고 했다. 바닥에 누워 있으면 팽팽 돌아야 할 눈앞이 빙그르르 돈다는 거였다.

"다른 옷도 있긴 하지." 헬렌이 대꾸했다. "하지만 이 파자마만큼 맘에 드는 게 없어서. 그렇게 싫으면 언제든 벗어 드리죠."

"둘 다 취했군." 말론이 한마디 툭 던졌다.

“‘변호사 존 J. 말론은 딕의 연인이 무죄라고 주장했다.’” 제이크는 바닥에 쌓인 석간신문 기사 속 한 줄을 소리 내어 읽었다. 그리고 최신자 신문을 딕과 말론이 못 보도록 감춰야 한다는 점을 속으로 유념했다. 이번에는 다른 신문을 집어 들었다. “변호사는 ‘밴드 리더의 신부가 이모를 살해했다는 것은 사실이 아니다.’라고 반박했다.”

“정말 유죄이려나?” 바닥에 누워 있던 헬렌이 말했다.

“어떤 게?”

“이모 살인.”

“당신은 어떻게 생각하는데?”

“나야 모르죠.”

“내가 생각하기엔,” 제이크가 대답했다. “헬렌 당신이 살인을 저질러 놓고 우리를 현혹하려는 거야”

“원래 쉽게 현혹당하는 편인가 보죠?” 헬렌이 아찔할 만큼 감미롭게 되물었다.

말론이 불편한 기색을 보이며 자리에서 일어났다. “난 할 일이 있어서 이만.”

“앉아.” 제이크가 말했다. “우리 둘만 남겨두고 가지 말라고.”

말론이 마지못해 도로 앉았다.

“내가 볼 땐 말이지.” 그리고 잔소리를 덧붙였다. “당신들은 지금 이 문제를 너무 가볍게 보고 있어.”

“난 원래 모든 걸 가볍게 봐요.” 헬렌이 대꾸했다. “로맨틱한 타입이 아니라서.”

“내가 말하는 문제는 살인이잖소.”

"간단하게 생각하자고." 제이크가 신문 아래 깔린 술병을 더듬거리며 말했다. "어차피 엎질러진 일이잖아? 이제 와 죽은 사람을 살릴 수는 없어. 살릴 수 있더라도 나라면 그러지 않을 거고."

"카지노에 가서 딕네 밴드 연주나 들었으면." 헬렌이 조금 전 했던 말을 반복했다.

"그 파자마 차림으로?"

"입고 가도 좋고, 벗고 가도 좋고. 동전을 던져서 정하죠. 어떤 남자는 관상학자를 보러 갈지 애인을 만나러 갈지도 그렇게 정한다는데."

"그 안에 대체 뭘 입으셨길래?" 말론이 심드렁한 얼굴로 물었다.

그러자 제이크가 헬렌에게 당부했다. "여기는 증인석 아니니까 이 남자 말에 기죽지 말아요."

"기죽기는 무슨." 헬렌이 자리에서 벌떡 일어났다. "자, 봐요." 가터에 매달아 놓았던 바짓자락을 잡아당기자 바지가 발목까지 치렁하게 내려왔다. 헬렌은 코트로 몸을 감싼 뒤 오페라 상연 첫날 카메라 앞에 선 배우처럼 포즈를 취했다. "이래도 잠옷 같아요?"

"예." 제이크가 대꾸했다. "잠옷 같다니까 그러네."

"나는 이 바지를 입고 온갖 데를 쏘다니는걸요." 헬렌이 안심하라는 듯 말했다.

그녀는 크림 통부터 파우더, 눈썹 브러시, 치명적인 색깔의 립스틱까지 모조리 꺼내 화장에 열중했다. 두 남자는 작은 에스테틱을 방불케 하는 다양한 도구들이 작은 핸드백에 도로 집어넣어지는 광경을 잠잠히 지켜보았다. "저기 존 조셉 씨, 질문이 있어요. 홀리가 진짜 범인일까요?"

"아니라니까 그러네." 제이크 저스투스가 대신 답했다.

"자네도 참 답 없어." 말론이 말했다.

"바보 같으니." 제이크가 발끈했다. "자네도 그 여자 진술을 들었잖아."

"그 여자는 제 이모와 단둘이 집에 있었어." 말론이 평소보다 낮은 목소리로 또박또박 설명을 시작했다. "글렌과 파킨스 부부는 집에 없었고. 평소 그 여자는 이모를 싫어했지. 이모 때문에 오랜 세월을 공포 속에 살았다고. 노부인은 온실 속의 연약한 조카딸을 일부러 겁주며 살았어. 그러다 조카딸이 인생 최대의 고비를 맞이하게 되었네. 머릿속에서 뭔가가 툭 부러지면서……."

"이봐, 판단은 배심원들 몫으로 남겨두자고." 제이크가 말을 끊었다.

"더 들어봐. 어젯밤 일을 냉정하고 침착하게 따져 보면 정신 나간 자의 소행이라는 결론뿐이라고. 시계들. 전화 통화. 누운 흔적조차 없는 글렌과 파킨스의 침대들. 광기의 흔적이 역력해. 범인은 방에 올라가서 노부인을 3번 칼로 찔렀어. 왜 하필 3번일까? 창문을 열어 두었어. 무슨 이유로? 그러고는 노부인 발밑에서 기절해 버렸지. 그 여자는 정확히 거기서 발견되었으니까."

제이크가 응수했다. "홀리 침대를 정리한 사람을 빼먹지 말아야지. 홀리는 눈을 떴을 때 침대에 누워 있었어. 누군가가—"

"침대에 누워 있었다는 건 그 여자 주장일 뿐이야."

"집어치워, 말론. 계속 이딴 식으로 굴 거면 다른 변호사를

구할 거야. 그 여자 침대를 정리한 게 누굴까? 떠돌이 객실 청소부 짓이려나? 아니면 그 여자가 침대가 아니라 바닥에서 잠든 걸 수도 있지. 아냐, 이건 설득력이 부족한데."

둘 사이에서 헬렌이 고집스럽게 같은 말을 반복했다.
"카지노에 가서 딕네 밴드 연주나 들었으면."

블루 카지노에 출근한 딕 데이턴은 영혼 없이, 그러나 프로답게 기계적인 정확함을 잃지 않고 밴드를 지휘했다. 음악 소리는 안개 너머 머나먼 곳에서 나오듯 희미했고 댄스 플로어에 있는 손님들은 태엽 인형처럼 삐걱거렸다. 쉬는 시간이 되면 흐려지는 정신을 붙들어 매며 주변 사람들과 겨우겨우 잡담을 나눴으나 그들이 하는 말은 딕을 에워싼 안개를 뚫지 못했다.

제이크는 견뎌야 한다고 했다. 이런 게 유명세라나. 손님들은 전부 알고 있었다. 딕 데이턴의 연인이자 이제는 아내가 된 여자가 존속 살인 혐의로 블레이크 카운티 구치소에 갇혔다는 것을. 다들 알고서 그를 딱히 여겼다. 아무렇지 않은 척 무대에 서긴 했어도 힘든 내색을 다 숨기진 못하는 딕 데이턴을, 모두가 안 보는 체 하며 지켜보았다. 바로 이런 게, 제이크 말로는 *유명세*란다. 망할 작자. 정작 딕은 지금 무슨 곡을 연주하는지조차 모르겠는데.

홀리는 대체 왜 그런 짓을? 아니, 정말 그녀 짓일까? 알고 싶다. 홀리와 대화라도 할 수 있다면, 그녀가 그에게만이라도 진실을 털어놓는다면. 하지만 단둘만 대화하도록 허락해 줄 리 없지. 세상에 이런 일이! 단둘이 만날 날이 다시 오기는 할까? 홀리가 유죄 선고라도 받게 된다면 그녀가 전기의자에 앉기 직전에나 오붓한 시간이 잠시 주어지려나? *빌어먹을!*

손에 쥐고 있던 지휘봉이 툭 부러졌다. 스티브가 다가와 지휘를 대신 맡겠다고 제안했으나 딕은 손을 내저었다.

오늘은 두 사람의 첫날밤이었어야 했다. 그런데 지금 그는 블루 카지노에, 홀리는 블레이크 카운티 구치소 감방에 갇혀 있다. 감방에 갇히다니. 평생 그럴지도 모른다. 그러면 면회 날에만 그녀를 보게 될 테지. 어쩌면 20년 후에야 풀려날지도. 모범수가 되면 형량을 절반 정도 감형받기도 하니까. 뭐, 어쨌거나 딕은 기다릴 작정이었다. 평생 기다려야 하더라도, 상관없었다.

과연 말론은 홀리를 풀려나게 해 줄까? 제이크는 그렇게 믿는 눈치였다. 제이크가 똘똘하긴 하지. 말론도 자신 있어 보이고. 재판은 세간의 주목을 받을 것이다. 엄청나고 어마어마한 크기의 관심을. 얼마나 큰 *유명세*를 치를지! 망할 제이크 저스투스. 홀리는 틀림없이 무죄 선고를 받을 것이다. 말론은 초짜가 아니니까. 잠깐의 정신착란이 일으킨 우발적 사고이니 유죄일 리 없다. 홀리는 첫 평결에 무죄를 받을 것이다. 당연한 말씀!

풀려나고 나면 홀리가 진실을 고백하려나? 자기가 작은 피렌체풍 재단 칼을 들고서 이모 등 뒤로 몰래 다가가 그 노인네의 앙상한 가슴을 찌르고, 찌르고, 또 찔렀다는 사실을?

진실을 알게 되는 날이 오긴 할까?

아, 참! 제이크가 있었지. 제이크와 존 J. 말론, 그리고 아리땁고 화려해 눈을 사로잡던 금발의 처자. 물론 홀리만큼은 아니지만. 그래도 대단한 미인이긴 하던데. 다들 어디 있는 거지? 그 여자는 파자마 같은 걸 대충 걸쳤는데도 퀸카 같았어. 파란색 파자마만으로도 충분히 빛나는 외모. 파란색 파자마. 그래, 그 파자마!

딕은 소리 내어 웃기 시작했다.

스티브가 다가와 맥 빠진 딕의 손에서 지휘봉을 가져갔고 제이크가 와 있는 테이블로 그를 부드럽게 떠밀었다. 딕은 정중히 고개를 끄덕였다.

침착해, 침착하라고, 딕은 속으로 이 말을 되뇌었다. 티 내지 마. 사람들에게 들켜서는 안 돼. 딕은 중요한 손님들을 맞이하는 척 미소 어린 인사를 하며 제이크 일행이 앉은 테이블에 합석했다.

"어떻게 되고 있어?" 딕은 견디기 힘든 소식이 더 생기지 않았기만을 바라며 짐짓 태연한 체 물었다.

"잘되고 있어! 그렇고 말고! 홀리는 범인이 아니었어. 말론은 재판까지 가지도 않을 작정이야." 제이크는 이렇게 답하며 딕 몰래 말론에게 입조심하라는 눈빛을 보냈다.

"정말이에요." 헬렌이 테이블 밑으로 제이크의 정강이를 툭 치며 거들었다. "풀려나는 건 시간 문제죠!"

"술 마실래, 딕?"

"괜찮아. 난 됐어."

"마시지 그래요." 말론이 잠긴 목소리로 말했다. "한잔합시다. 축하할 겸."

"그래, 그거 좋네." 제이크가 맞장구쳤다. "축하해야지. 홀리가 범인이 아니란 게 밝혀졌으니까. 이제 남은 건 형식상 절차뿐이라고."

"베네딕틴이랑 메탁사 브랜디, 거기다 오렌지 비터를 살짝 곁들어 줘요." 헬렌은 이미 웨이터에게 술을 주문하고 있었다. 그리고 딕을 보며 싱긋 웃었다. "주문은 내가 했어요."

"뭘 시킨 거죠?"

"창의력을 좀 발휘해 봤어요. 이름하여 '시카고 파이어'."

참으로 적절한 이름이 아닐 수 없었다.

"제이크, 그게 정말이야?" '시카고 파이어'를 3잔째 비운 딕이 불쑥 물었다. "홀리가 한 짓이 아니라고? 진짜로?"

"내가 그런 거로 거짓말하겠어?"

헬렌이 끼어들어 밴드에 관한 질문을 던졌다. 그다음에는 제이크가 수다를 떨었고, 또 그다음에는 존 J. 말론이 수다를 한차례 늘어놓았다. 별안간 샛노란 원피스 차림의 검은 머리 여자가 나타나 일행에게, 그중에서도 존 J. 말론 옆에 찰싹 달라붙었다. 그렇게 모든 게 조금씩 흐릿해지기 시작했다.

어느새 일행 전원이 카지노를 나와 택시에 올라탔다. 어쩌다 그리되었는지는 제이크도 가물가물했다. 아무튼 '브라운' 바에서 헬렌이 슬롯머신을 돌려 685달러를 땄고 그 돈으로 술집에 앉아있던 손님 모두를 향해 골든벨을 울렸다. '럭키 조'라는 술집에서는 샛노란 원피스를 입은 여자와 헬렌 사이에 험한 말이 오갔다. '블루 도어'에서는 제이크가 바텐더와의 주사위 놀음 끝에 750달러를 잃었다. '로즈 볼'에서는 말론이 록아일랜드 출신 사내와 한바탕 붙었다.

딕은 이게 다 무슨 일인가 싶었다. 오늘은 분명 근사한 밤이었어야 했는데. 마음이 조금 느긋해질라치면 홀리가 감방에 갇혀 있다는 끔찍하고 괴로운 사실이 퍼뜩 떠올랐다. 그의 연인이, 아내가 감방에 있다. 오늘도, 내일도, 그리고 앞으로도 쭉!

딕의 머릿속에 이런 생각이 스칠 때마다 헬렌이 그의 손에 잔을 쥐여 주었고, 제이크는 축하하자고 바람을 잡았으며, 존 J. 말론은 "물론, 내일 당장 홀리를 빼내야지" 하고 고장 난

라디오처럼 중얼거렸다.

일행은 '조니 리든' 술집에 들렀고, 말론은 거기서 사우스 벤드 출신의 생판 모르는 남자와 다퉈 셔츠 칼라를 뜯기고 말았다. 다음 행선지인 '885클럽'에서 딕은 유쾌한 피아노 선율을 감상하며 꽤 오랫동안 홀리 생각을 떨쳐냈다. '리카르도'에서는 헬렌이 놀랍도록 고운 목소리로 기타 반주에 맞춰 노래했다. 다음으로 일행은 남쪽에 있는 술집으로 가 블랙 앤드 탠*을 마셨다. 이 여정 어딘가에서 존 J. 말론은 자취를 감췄다. 눈 씻고 찾아보아도 보이지 않았다.

이즈음 되자 딕은 자신에게 무언가 끔찍하게 잘못된 일이 벌어졌다는 생각이 어렴풋하게만 들 뿐, 그게 무언지는 도통 기억나지 않았다. 어떤 여자와 관련이 있었는데.

그러나 다시 택시를 타고 미친 듯이 쏘다니던 중에 갑자기 모든 것이 생생해졌다. 이 사람들은 여태껏 그를 속이는 중이었고, 딕은 제이크에게 할 말이 있었다. 제이크는 친구니까. 그러다 순식간에 모든 게 희뿌옇게 변했고, 어둠 속에 가라앉는 것처럼 사방이 새까매졌다. 딕은 그를 붙드는 제이크의 손길을 느끼며 정신을 잃었다.

"서둘러야겠어요." 헬렌이 쓰러진 딕을 내려다보며 말했다. 호텔로 돌아온 헬렌과 제이크는 벨보이와 택시 운전사의 도움으로 딕을 겨우 침대에 눕혔다.

헬렌이 한참 동안 딕을 바라보았다.

거나하게 취해 발그레한 얼굴은 잔뜩 구겨져 있고 두 눈은 퉁퉁 부어서 꼭 울다

* 블랙 앤드 탠 Black and Tan. 옅은 색의 페일 에일과 짙은 색의 흑맥주로 층을 쌓아 만든 맥주 칵테일.

지쳐 잠든 아이 같았다.

"이 사람은 지금 아무것도 몰라요." 그녀가 나직이 말했다. "아침에 일어나면 알게 되겠죠. 뭔가 잘못됐다는 느낌에 눈을 뜨지만, 그게 뭔지 떠오르지 않을 거고, 그러다 조금씩 모든 걸 기억하게 될 거예요."

헬렌이 허리를 굽혀 딕의 이마에 살짝 입을 맞췄다.

그녀와 제이크는 복도로 나와 제이크의 객실로 향했다. 새 양말 아래 감춰 둔 술병에 딱 2잔만큼의 술이 남아 있었다. 방 안은 쥐 죽은 듯 조용했다. 조금 전까지만 해도 소란스럽고 떠들썩했는데. 밤이 깊어진 만큼 무척이나 고요했다.

제이크가 헬렌을 쳐다보았다. 이럴 때는 뭘 해야 하더라? 메이플 파크에 사는 브랜드 양은 *그들이 사는 세상* 사람이었다. 그래도 지금처럼 어색함이 감도는 건 정말 질색인데. 헬렌은 무슨 생각을 하려나?

그가 잠시 망설이다 입을 열었다. "솔직히, 말해 줘요."

헬렌은 정신이 아주 말짱해 보였다. 그녀 얼굴에 상처 입은 듯한 표정이 스쳤고, 그걸 지켜보는 마음이 아파져 왔다. 제이크는 넬리 파킨스의 눈에서 본 것과 같은 공포를 헬렌의 눈빛에서 감지했다.

"뭡니까?" 그가 날카롭게 추궁했다. "*당신 대체 뭘 알고 있는 거야?*"

"묻지 말아요! 다시는!"

"그럴게요." 제이크는 진심으로 답하며 헬렌을 유심히 살폈다. 그녀의 얼굴이 굳는가 싶더니 두 눈이 초점을 잃고 몽롱해졌다.

"맙소사." 그가 허공에 대고 혼잣말했다. "완전히 필름이 끊겼군." 쓰러지는 그녀를 그가 간신히 붙들었다.

제이크는 헬렌을 부축해 침대에 눕힌 뒤 이제 뭘 해야 하나 곰곰이 생각하다 새파란 파자마 바지가 눈에 들어왔지만 그건 그냥 두기로 하고 담요로 그녀의 몸을 덮어 주었다. 그리고 전날 밤 홀리 잉글하트 데이턴이 했거나, 하지 않았을 일들을 생각하기 시작했다.

얼마 후 까무룩 잠들었다가 힘겹게 눈을 뜬 제이크의 눈에 베개에 흐트러진 금발 머리가 들어왔고, 이건 당최 무엇이고 이 여자는 왜 여기 있나 생각하던 제이크는 시계를 확인했다. 3시였다.

그가 상체를 벌떡 일으켰다. 그러자 헬렌도 잠결에 눈을 살며시 떴다.

"줄곧 궁금해하던 게 뭐였는지 이제 생각났어!"

그의 외침에 헬렌은 아주 적절한, 또는 아주 적절치 못한 말을 중얼거렸다. 어쩌면 둘 다였을지도. 어쨌거나 제이크 귀에 헬렌의 말 따위는 들어오지 않았다.

"*대체 뭐가 시계들을 멈추게 한 거지?*"

이 말을 끝으로, 제이크는 평화로이 입을 다문 채 깊은 잠에 빠져들었다.

14장

딕 데이턴은 잠에서 깼다가 다시 잠들려는 노력을 한참 동안 이어갔다. 답답하고 불편해 뒤척일 때마다 일어나고 싶지 않은 이유가 있었는데, 하는 생각이 피어올랐고 이내 거부할 수 없는 힘이 그를 다시 잠들게 했다.

그러나 갈수록 말똥한 정신으로 찝찝하게 깨어 있는 시간이 길어지고, 불쾌한 꿈에 시달리며 자는 시간은 점점 짧아졌다.

끝내 그의 몸을 일으킨 것은 요란한 전화벨 소리였다. 딕은 짜증 섞인 목소리로 전화를 받았다.

"뭐죠?"

데스크 직원이었다. "데이턴 씨. 기자분들이 데이턴 씨를 보겠다고 난리예요."

"썩 꺼지라고들 해요. 자는 중이니까."

신경질적으로 수화기를 쾅 내려놓았다. 기자들이 왜 몰려온 걸까. 밴드 멤버 중 누가 사고라도 쳤나?

아마 머리에 문제가 생긴 것일지도. 뭔가 단단히 잘못되었다.

지끈거리고 꼭 남의 머리 같았다. 누군가 그의 침대 곁을 지나치다 베개 위에 자기 머리를 떨구고 가기라도 한 걸까. 누가, 어째서 그런 짓을? 그나마 위장은 자신의 것 같은 느낌이 났지만 그게 어딨는지는 확실치 않았다. 한 침대에 누워있는 것 같지는 않고 건넛방 어딘가에 있는 듯했다. 어디 있는지 궁금하지는 않았다. 그런 상태의 위장이라면 거리를 두고 싶었다. 뭔지 몰라도 그의 위장은 몹시 몹쓸 일을 겪은 게 분명하다. 자세한 건 모르는 편이 나았다.

딕은 젖 먹던 힘을 다해 겨우겨우 눈을 떴다. 머리와 위장이 즉각 제자리로 집합해 그의 것들임을 주장하며 아우성쳤다.

어젯밤 도대체 무슨 일이 있었지? 술을 퍼마시며 놀던 게 머나먼 옛날 일처럼 느껴졌다. 기억을 더듬어 보았다. 제이크를 비롯한 몇몇 사람과 시카고 시내를 누비던 게 어렴풋이 떠올랐다. 단정치 못한 키 작은 남자와 금발의 여자. 파란, 파란 뭐였더라? 아 참, 파란색 파자마를 입은 여자. 헬렌. 메이플 파크에 사는 헬렌 브랜드. 단정치 못한 키 작은 남자는 말론.

모든 기억이 홍수처럼 콸콸 쏟아졌다.

제이크는 어딨지? 말론은? 지금 몇 시인 거야? 다들 어디 간 거냐고? 지금 뭐가 어떻게 돌아가고 있는 거야?

그때 문이 조심스레 열리더니 헬렌이 까치발로 들어왔다.

"어머, 일어났네요."

딕은 불쑥 들어온 헬렌에게 화를 내야 한다고 느끼면서도 한편으로는 그녀가 계속 있어 주었으면 했다. 이 세상에 진절머리가 나 버린 후였지만 죽을 때만큼은 혼자이기 싫었다.

"가만히 있어요. 몸이 말이 아닐 텐데." 그녀가 빙그레

웃었다. "그냥 등불을 든 여인*이 왔구나, 해요. 그것도 아주 훤한 등불."

그는 억지로 웃어 보였다.

"꿀꺽 삼켜요." 헬렌이 그의 입에다 알약을 집어넣고는 물이 담긴 유리잔을 들이밀었다. 물맛이 영 이상했다.

"이게 뭐죠?"

"몇 시간 더 재워줄 약. 다시 일어났을 때는 모든 게 제자리로 가 있을 거예요."

"홀리는?"

"무사하죠. 이제 눈을 감아요."

딕은 눈을 감았다. 익숙한 어둠에 마음이 편안해졌다. 헬렌이 그의 이마에 손을 얹었다. 차갑지만 부드러운 손길. 홀리가 기다리고 있는 꿈속으로 서서히 미끄러져 가면서, 홀리에 대해 뭐라 중얼거리는 헬렌의 목소리가 조금씩 희미해지는 걸 느꼈다.

몇 분 후 헬렌은 방을 빠져나오면서 '방해하지 마시오' 문패를 걸어 놓았다. 그리고 복도를 가로질러 제이크가 있는 방으로 건너갔다.

이불과 베개가 널브러진 방에는 담배꽁초도 아무렇게나 버려져 있었다. 빈 잔과 빈 병, 담뱃재로 어질러진 카펫 바닥 구석 곳곳에는 타다 남은 성냥개비가 보였다. 의자에는 제이크의 양말이, 다른 의자에는 넥타이가, 창턱에는 신발 한 짝이 떡하니 널려 있었는데 나머지 한 짝은 보이지 않았다. 헬렌의 털 코트만 플로어 스탠드에 우아한 자태로 걸려 있었다.

* 등불을 든 여인
The lady with the lamp. 등불을 들고 병사들을 간호하던 나이팅게일을 은유적으로 가리키는 표현.

"더 자고 나면 괜찮아지겠던데요." 헬렌은 방 안을 둘러보며 제이크에게 상황을 보고했다. "그나저나 여긴 쑥대밭이네."

"진짜 쑥대밭을 못 봤나 본데." 제이크가 경쾌하게 흥얼거렸다.

"아이참, 저스투스!" 헬렌이 하품과 동시에 기지개를 켜면서 부지런히 방을 정리하기 시작했다. "나는 뭐든 깔끔해야 직성이 풀리는 사람이라고요."

"깔끔해야 성질이 덜 풀리는 타입인 건 아니고요?"

헬렌은 수북이 쌓인 담뱃재와 파우더 가루를 털고, 화장대 위에 버려진 성냥개비를 치우고, 양말과 넥타이를 서랍장에 집어넣고, 헹군 유리잔을 책상 위에 가지런히 줄 세우고, 침구를 가지런히 정돈하고, 담배꽁초를 모아 빈 병과 함께 쓰레기통에 버리고, 반쯤 남은 술병을 화장대 위에 올려둔 뒤, 그걸 바라보다 진저리쳤다.

"당신도 괜찮아질 겁니다." 제이크가 말했다. "시간이 약이니까."

그가 다정한 눈으로 헬렌을 바라보았다. 맑다 못해 거의 청백색에 가까운 그녀의 피부는 광란의 밤을 통과했음에도 싱그럽고 깨끗했다. 부드럽게 물결치는 금발은 빛이 났다.

그때 전화가 울렸다.

"여보세요?" 제이크가 신중히 대화하며 "아, 응. 응. 아니. 응. 그럼." 따위의 말을 반복했다. 그러고는 수화기를 내려놓았다. "말론이에요. 아침 먹으러 오겠답니다."

"한 줌 남은 체면까지 모조리 쓸려 내려가게 생겼네." 헬렌이 심각하게 말했다.

"존 J.는 그런 거 신경 안 써요." 제이크가 대답했다. "그 인간은 당신이 상상도 못 할 만큼 자기 얼굴에 먹칠하며 살아왔거든."

"난 신경 쓰거든요." 그녀가 대꾸했다. "아무 짓도 안 했는데 의심받는 거 질색이란 말예요."

"실수라면 실수이긴 하네요." 그가 말했다. "애매한 시간에 여기서 기절해 버렸으니. 또 어차피……." 그 순간 자신이 어제부터 줄곧 원하던 게 무엇이었는가를 깨달은 그는 헬렌과 길고 격정적인 키스를 나눴다.

그때 바깥에서 문을 두드리는 소리가 났다.

"젠장! 타이밍 하고는." 제이크가 발칵 성을 내며 문을 열고 존 J. 말론을 맞이했다.

제이크는 키 작은 변호사 친구의 벌건 두 눈을 찬찬히 살피며 어젯밤 샛노란 원피스 여자와 통성명은 했는지 묻고 싶었다. 그러나 그런 걸 물을 겨를 따위는 없었다.

"망칠 일이 따로 있지." 말론은 들어오자마자 열불을 냈다. "하고 많은 것 중에 이걸 망치나. 당신들 지금 무슨 사고를 친 건지 알아? 이게 무슨 의미인지 아느냐고? 내가 얼마나 곤란해졌게? 당신들은 또 어떻고?"

말론이 바닥에다 신문을 내팽개쳤다.

"그때는 참 좋은 생각 같았거든." 제이크가 피로한 얼굴로 해명했다. "뭐, 참을 수 없는 충동에 사로잡힐 때가 있잖나."

"어디다 숨겼어?"

"말 못 해." 제이크가 눈치를 살피며 대답했다.

말론이 격한 욕설을 퍼부었다. "300만 시카고 시민 중에 왜

하필 내게 이런 일이! *그 여자 지금 어디 있어?*"

"말하지 말아요." 헬렌이 제이크를 향해 말하고는 말론을 똑바로 바라보았다. "정말 알고 싶어요?"

말론이 잠시 고민하더니 대답했다. "제기랄. 아니지."

"그럴 줄 알았어요."

"이게 무슨 상황이지?" 제이크가 물었다. "둘이 짜고 치는 카드 게임이라도 하는 거야?"

"그 여자가 어디 있는지 모르는 한 난 계속 결백할 거거든." 말론이 말했다. "내 직업적 평판은 무사하다 이 말이야."

제이크가 굉장히 무례한 말들로 존 J. 말론의 직업적 평판이 과연 어떠한지를 떠벌렸다.

"홀리는 아주 안전한 곳에 있어요." 헬렌이 말했다. "아무도 찾지 못할 거예요. 정 궁금하면 말해 드리고."

말론이 짜증 섞인 신음을 뱉었다. "어떻게 빼돌린 거야?"

다친 남자로 분장한 홀리를 데리고 시카고 시내를 누빈 일화를 제이크가 자랑하기 시작했다.

듣는 동안 한숨과 욕을 번갈아 가며 내뱉던 말론이 끝내 웃음을 터트렸다. "이 금발 언니 정말 못 말리는 분이시구먼." 그가 제이크를 보며 말했다. "당장이라도 우리를 감방에 처넣을 위인이야."

"이 언니 짓이라면 감당해야지." 제이크가 신이 나서 대답했다. "신문 좀 줘 봐. 아침은 자네가 시키도록 해." 말론이 룸서비스를 주문하는 동안 제이크는 신문 기사를 읽는 데 열중했다.

"사람들이 이걸 읽고 어떤 반응일지 짐작이 가는군."

제이크가 한참 만에 입을 뗐다. “들어 봐. ‘경찰은 삼엄한 감시에 둘러싸인 저택 인근에서 여태껏 수상한 인물이 목격되지 않은 것으로 미루어 보아 탈주 용의자가 외부인의 도움을 받지는 않았을 것이라 보고 있다. 메이플 파크 경찰서장 재스퍼 플렉은 용의자가 어떻게 걸어서 현장을 탈출할 수 있었는지의 경위를 아직 파악하지 못했다고 밝혔다. 하지만 현재로서는 용의자가 걸어서 탈출했다는 것 외에는 다른 가능성이 없는 상태로 보인다.’” 제이크가 소리 내어 웃었다. “실은 헬렌이 집 밖에 미리 차를 갖다 놨고 재스퍼 플렉이 계단을 내려오기 전에 운전사가 재빨리 홀리를 태워 루프로 빠져나갔지.”

“정말이지 정신 나간 짓을 벌였군.”

곧이어 도착한 아침 식사로 배를 채우자 다들 기분이 한결 나아졌다.

“까먹은 게 있는데.” 커피를 마시던 제이크가 귀를 후비며 말했다. “영 찝찝하단 말이야. 아주 중요한 거였는데. 에라, 모르겠다. 언젠가 기억나겠지. 그나저나 이제 뭘 하면 되지?”

“옷을 갈아입고 싶어요.” 헬렌이 힘주어 말했다.

“나도 그 파자마가 조금 질리려던 참이긴 해요.” 제이크가 대답했다. “하지만 지금 난 당신에게 물은 게 아닌데.”

말론이 미간을 찌푸렸다. “메이플 파크로 가 봐야지. 파킨스 부부가 숨기고 있는 게 뭔지 알아내야겠어. 페더스톤 씨가 그간 뭘 관리해 온 건지도 확인해야겠고. 파다 보면 구린 게 나올지도 몰라. 맹세컨대,” 그는 여기서 잠시 말을 끊었다. “이런 자질구레한 일로 골머리 앓은 적은 처음이야. 이제 와 진짜 탐정 노릇을 하기에는 나이도 먹을 만큼 먹었는데 말이지. 하지만 이번 사건만큼은,

궁금한 게 너무 많아!"

두 사람이 말론에게 미적지근한 격려의 말을 건넸다.

"게다가," 말론의 목소리가 살짝 신랄하게 바뀌었다. "댁들이 블레이크 카운티 구치소에서 살인범 하나를 빼돌렸으니 양심상 나라도 새로운 사람을 바쳐야 하지 않겠어?"

"저기, 선생님," 헬렌이 천연덕스레 받아쳤다. "이렇게 될 줄 알았다면 절대로 그런 짓을 하지 않았을 거예요."

제이크가 책상으로 가 부산하게 무언가를 끄적였다. "딕에게 쪽지로라도 자초지종을 알려야겠어. 우리가 연락하기 전까지는 입 다물고 평소처럼 리허설에 참여하라고 당부도 하고 말이야."

말론이 침대 아래서 자신의 모자를 꺼냈다. "차를 가져올 테니 메이플 파크로 가자고."

말론이 방을 나선 후 제이크가 화장대 위 술병을 집어 들었다.

"술을 남기는 건 예의가 아니지." 그가 말했다.

제이크와 헬렌은 남은 술을 정확히 반으로 나누어 마셨다.

제이크는 헬렌의 아름다움을 형용할 단어를 생각해 보았다. 그나마 가까운 말은 무결점이었으나 그걸로도 부족했다.

"말해 봐요. 이게 다 뭐죠? 당신은 누구고, 나는 누구고, 우리는 왜 여기 있지?"

헬렌이 몽롱하게 말을 받았다. "살인범이 누군지 말해주면 대답할게요."

"살인 얘기는 집어치워요. 그게 다 무슨 의미길래?"

"이건 다 꿈이에요." 그녀가 말했다. "당신은 지금 여기 없고 나도 없는 거예요. 이 방은 사실 존재하지 않아요. 죽은 사람도 없고. 홀리가 경찰에 쫓긴다는 것도 거짓이죠. 그리고 알렉스 이모는……, 에잇, 됐고 술이나 줘 봐요."

제이크가 사뭇 진지하게 술잔을 건넸다.

"고마워요."

"별말씀을."

헬렌이 빈 잔을 화장대 위에 내려놓았다.

"이건 다 가짜야." 그녀가 아주 부드러운 목소리로 속삭였다.

헬렌이 팔로 그의 목덜미를 감싸 손가락으로 어깨를 어루만졌다. 제이크는 보드라운 파란색 새틴이 자신의 손길 아래서 서서히 달아오르는 걸 느꼈다.

그때 전화가 울렸다. 말론이 차를 끌고 나온 것이다.

"예언 하나 하자면," 코트를 걸치던 헬렌이 작게 입을 열었다. "이러다 우리 둘 중 하나가 당하는 건 시간 문제겠어요."

그가 한참 동안 그녀를 끈적하게 쳐다보았다.

"그러게." 그리고는 망설임 없이 말했다. "만일 내가 당하는 쪽이라면, 난 저항하지 않을 겁니다."

15장

"홀리는요?" 글렌이 걱정스럽게 물었다.

예의 음산한 서재에서 글렌과 다시 마주한 제이크는 그가 밤새 잠을 설쳤다는 걸 대번에 알았다. 글렌의 얼굴은 무척 창백하고 피곤해 보였다.

"그쪽도 몰라요?" 제이크가 놀란 목소리로 되물었다.

"네. 그야 당연하죠. 난 당신들이 아는 줄 알았는데."

"아뿔싸." 말론이 말했다. "이런 우연이!"

글렌이 세 사람을 빤히 쳐다보았다. "설마 내가 그 애를 빼돌렸다고 생각하는 겁니까?"

"아닙니까?" 제이크가 상냥히 물었다. "세탁물 통로로 그 여자 등을 떠민 게 당신이라고 확신했는데."

"장난하지 마요." 글렌이 우는소리를 했다. "지금쯤 홀리는 죽었을지도 몰라요. 절벽에 몸을 던졌거나. 뭔 일을 당했을지 아무도 모른다고요. 나는 당신들이 그 애를—"

"맞아." 헬렌이 불쑥 답했다. "우리가 홀리를 안전한 곳에 숨겼어."

글렌은 그제야 안심한 표정이었다. "그럴 줄 알았어. 저번에 네가 궁금하다면서 세탁물 통로에 뛰어들었잖아. 홀리가 같은 행동을 했을 때 네가 왜 그랬던 건지 눈치챘어. 그래서 나도 일부러 엉뚱한 계단으로 사람들을 유인했던 거야."

"그 덕을 보긴 봤죠." 제이크가 말했다.

"다행이군요." 글렌도 고맙게 받아들였다. "맙소사, 홀리가 감옥에 갇히는 건 생각만으로도 견디기 힘들어요. 하지만 이렇게 그 애의 탈출을 도운 것도 마음에 걸리네요. 지금은 안전하다지만, 이대로 끝은 아니니까. 세상 사람들이 그 애를 살인자로 낙인찍는 게 싫어요. 그 애는 내 누이, 그것도 쌍둥이 누이인데." 그가 길게 한숨을 쉬었다. "이런 질문을 해도 되는지 모르겠지만, 혹시 그 애가 딕 데이턴과 함께 도망친 겁니까? 물론 나도 딕을 좋게 생각해요. 괜찮은 놈이죠. 알렉스 이모는 끝까지 반대했겠지만 나는 홀리가 딕과 결혼하기를 바랐어요. 돈이야 중요한 문제가 아니니까. 알렉스 이모가 나중에 돌아가셨어도 내가 그 애 몫의 유산을 챙겨줬을 테니까."

헬렌이 딱한 표정으로 글렌을 살폈다. "한숨도 못 잔 것 같네."

"맞아." 글렌이 짧게 대답한 뒤 잠시 망설였다. "저기, 홀리에게는 정말로 동기가 없습니다. 자기가 딕과 결혼하건 말건, 이모가 돌아가시면 내가 알아서 자기 몫을 챙겨주리란 걸 알았거든요. 그리고 생각해 봤는데, 그날 무슨 일이 있었는지 알 것 같아요."

"그래요?" 말론은 솔깃했으나 살짝 시큰둥한 체하며

반응했다.

“그 일, 그러니까 살인은 외부인의 짓이 분명해요. 우리가 집을 비운 사이 누군가 침입한 겁니다. 전화도 그 사람 짓일 테고요. 파킨스 아저씨와 내가 집을 비우도록 유인한 사람이 있다는 얘기죠. 또 그 사람은 넬리가 집에 없다는 사실도 알았어요. 그걸 알고 일부러 집에 전화를 걸어서 홀리인 척 꾸민 겁니다. 얘기가 조금 뒤죽박죽이긴 하지만, 어쨌든 누군가 빈 집에 들어와 알렉스 이모를 칼로 찔렀어요. 그렇게 살인이 벌어진 겁니다.”

“그러니까 정리하면,” 말론이 말했다. “당신은 그날 밤 전화를 걸어 온 사람이 홀리의 목소리를 흉내 냈다고 믿는 거군요.”

“맞아요.”

“그 목소리를 기억합니까?”

“아뇨. 하지만 홀리 목소리와 비슷했어요. 물론 잠이 덜 깬 상태에서 들은 거긴 해요. 그래도 분명 홀리 같았고 그 목소리가 ‘나 홀리야.’라고까지 말했다고요. 당연히 홀리겠거니 믿었죠. 뭐, 무의식적으로는 홀리 목소리가 평소와 다르다고 의심했을 수도 있지만, 사고를 당했으니 경황이 없어서일 거라고 대수롭지 않게 넘겼던 거예요. 이해하시죠?”

“그래요.” 존 J. 말론이 대답했다. “당신과 파킨스가 유인당해 집을 비운 사이에 누군가가 들어와 이모를 살해했다는 거 아닙니까?”

“네, 바로 그겁니다.”

“하지만,” 곰곰이 생각하던 제이크가 입을 열었다. “대체 당신 이모가 뭐라고, 누가 살인까지 계획한단 말입니까?

무례했다면 미안합니다만. 보통 살인이 일어나려면 4가지 요소가 모두 충족되어야 하죠. 살인자, 피해자, 살인 수법, 그리고 살인 동기. 피해자는 당연히 당신네 이모입니다. 블레이크 카운티가 지목한 살인자가 있긴 하지만 우리는 새로운 용의자를 찾고 있고. 살인 수법은 방금 당신이 그럴듯한 시나리오를 제시했죠. 그렇다면, *살인 동기는 대체 뭐란 말입니까?*"

"나야 모르죠." 글렌도 생각에 잠겨 중얼거렸다. "하지만 누군가는 틀림없이 이모를 죽이고 싶어 했어요."

제이크가 낮게 욕을 읊조렸다.

"페더스톤 씨라면?" 말론이 물었다.

"그분에게 살인 동기가 있느냐고요?"

"어쩌면 그 양반이 당신네 재산을 횡령했을 수도 있잖습니까." 말론이 덧붙였다. "조만간 그걸 내가 확인해 볼 겁니다만."

잠시 침묵이 흘렀다.

"그분은 오래전 알렉스 이모와 결혼할 뻔한 사이였어요." 헬렌이 말했다. "엄마에게 들었던 기억이 나요. 뭐 때문에 파토가 났는지는 모르지만."

"살인 동기일 수 있겠군." 말론이 말했다.

백발의 O. O. 페더스톤이 수화기를 들고 홀리인 척 사고당했다는 말을 꾸며내 글렌과 파킨스를 저택 밖으로 유인한 뒤, 외벽을 타고 알렉산드리아 잉글하트 방의 창문을 넘어 그녀를 살해하는 상상을 하느라 모두 한동안 말을 잇지 못했다. 당최 그림이 그려지지 않았다.

"좋아요. 그런데," 존 J. 말론이 자신의 넥타이에 담뱃재가

떨어지는 것도 모른 채 말했다. "그동안 홀리는 어디에?"

무거운 침묵이 이어졌다.

"홀리는 누군가를 보호하려는 거예요." 글렌이 나섰다. "아끼는 누군가가 살인을 저질렀다고 생각하니까 일부러 말도 안 되는 이야기를 늘어놓는 거죠. 예를 들면 딕 데이턴을 범인이라고 생각하는 거거나. 홀리는 딕을 사랑하니까……."

"하, 그날 딕은 새벽 4시까지 블루 카지노에서 밴드 공연을 했습니다만." 제이크가 대꾸했다.

글렌이 눈을 끔벅였다. "뭐, 그럼 다른 사람일 수도 있죠. 어쩌면……, 맙소사, 설마 나를 범인이라고 생각하는 거라면."

"정말 그런 건 아니고요?" 제이크가 짓궂게 물었다.

글렌이 못 들은 체 말을 이었다. "홀리가 감방에서 나오지 못하면 내가 거짓으로라도 자백할 생각이었어요."

"글렌," 헬렌이 그를 말렸다. "혹시라도 그럴 생각은……."

"나라고 동기가 없겠어?" 글렌이 말했다. "알렉스 이모는 늘 내 기를 죽였다고. 게다가 나는 수중에 돈 한 푼 없이 지냈어. 이모가 돌아가시기 전까지 아마 쭉 그랬겠지. 그러니 그냥 내가 한 짓이라고 해 버리고 홀리를 풀려나게 할 생각이었어."

"잊었나 본데," 말론이 친절히 반박했다. "새벽 3시에 당신이 파킨스 부부와 차를 타고 집에 돌아오는 중이었다는 걸 경찰이 모를 리 없잖습니까."

글렌이 한숨을 쉬었다.

"3시에 홀리는 어디 있었을까?" 헬렌이 물었다.

아무도 대답하지 못했다.

제이크는 애정 어린 눈길로 헬렌을 살피며 그녀의 매력은 아름다움이나 사랑스러움이 아니라 일종의 완벽함에 있는 게 아닐까 생각했다. 그녀의 진짜 모습을 알고 싶었다. 헬렌에게서 눈을 돌린 제이크는 방 안의 사람들을 한 명씩 훑어보았다. 작고 얼굴이 붉은 말론은 눈자위가 여전히 부어 있었고 넥타이는 한쪽 어깨 뒤로 넘어가 있었다. 올리브색 피부의 글렌은 부자연스러울 만큼 얼굴이 창백했고, 약간 젖은 검은색 머리가 마구 헝클어져 있었다. 제이크의 눈이 다시 헬렌에게로 돌아왔을 때, 대리석같이 차가운 얼굴을 한 그녀의 푸른 두 눈이 반짝였다.

방 안은 지나치게 고요했다. 제이크의 머릿속에 어둡고 차가운 무언가가 슬그머니 똬리를 틀었다. 제이크는 숙취 때문이라고 짜증스레 생각하면서도 실은 그게 아님을 직감했다. 그것은 죽음의 냄새였다. 죽음과 아직 미처 닥치지도 않은 공포의 전조, 말할 수도 표현할 수도 없는 두려움, 유혈, 폭력 그리고 벌겋게 미쳐 버린 세계에서 풍기는 것이었다. 초자연적 존재와 이어지기라도 한 걸까? 알 수 없었고 감히 알고 싶지도 않았다. 확실한 건 곧 비극이 벌어지리란 것, 누군가 속절없이 흉측한 죽음을 맞이하게 되리란 것, 그리고 제이크 자신이 그 죽음을 두 눈으로 보게 되리란 것, 벌겋게 타오르는 하늘 아래 허망히 죽어가는 누군가의 비명을, 그가 똑똑히 듣게 되리란 것이었다.

"이 집에는 성냥개비도 없나?" 침묵을 깨뜨린 헬렌의 말에 제이크는 번뜩 정신이 들었다.

누가 대꾸할 새도 없이 파킨스가 서재 문을 열고 뚱한 표정의 재스퍼 플렉을 들여보냈다.

플렉의 얼굴은 심통으로 가득했다. 메이플 파크의 사정을 누구보다 잘 아는 그는 골치 아픈 이번 문제로 인해 블레이크

카운티 당국에 협조할 책임을 떠안게 되었다. 참으로 불쾌하고 당혹스러운 책임이 아닐 수 없었다. 메이플 파크의 경찰서장으로 30년째 있으면서 이번처럼 골치 아픈 일은 처음이었다. 그동안은 주민들이 귀찮은 일을 겪지 않도록 보호하고, 주민들이 이따금 우연한 소동을 일으키면 나서서 수습하는 정도의 일만 하면 되었다. 이번 살인 사건 역시 우발적 사고이니 대충 덮고 지나가도 되지 않을까, 내심 기대했던 그였다.

"영 마음에 들질 않는 사건이라니까." 그는 방 안 사람들과 인사한 후 구시렁댔다. "브래드쇼 저택에서 집사가 요리사를 토막 내 죽인 사건 후로 메이플 파크에서는 살인 사건이 통 없었거든. 그게 벌써 25년 전인데. 그것도 이번 사건만치 고약하지는 않았다고."

"영 마음에 안 들기는 우리도 마찬가지입니다만." 말론이 씩씩하게 대꾸했다.

재스퍼 플렉은 다 들리게 한숨을 쉬었다. "정신 나간 여자라고밖에는 설명할 길이 없어. 어젯밤 도주만 보더라도 미친 게 틀림없지 않은가. 그딴 식으로 도망치지만 않았어도 결백을 믿어 줬으련만."

제이크와 헬렌은 자신들을 원망하듯 노려보는 말론의 시선을 느꼈다.

"구치소가 영 마음에 안 들었나 봐요." 헬렌이 말했다.

재스퍼 플렉은 골똘히 생각에 빠져들었다. "강도 사건은 아닌데……." 그는 말을 하다 말고 눈썹을 긁적였다. "강도 사건은 확실히 아니란 말이지……. 메이플 파크에서는 살인은 아니어도 강도 사건이 왕왕 벌어지긴 하는데."

"이제 살인 사건도 생겼잖아요." 제이크가 끼어들었다.

"자," 하지만 플렉은 아랑곳없이 혼잣말을 이었다. "창문이 열려 있었어. 이렇게 추운 날 누군가 들어오거나 또는 나가려고 한 게 아닌 이상 창문이 왜 열려 있었겠나? 집안 식구들이야 굳이 창문을 통해 밖으로 나가려 할 리 없고. 그렇다면 누군가 창문을 넘어 안으로 들어오려 했다는 소린데, 물건을 훔칠 생각이 아니고서야 대체 누가 창문을 넘어 집 안에 들어오겠나?"

놀랍도록 허술한 추리였다!

헬렌이 말했다. "하, 강도가 거동도 못 하는 쇠약한 노인네를 보고 신변 안전에 심각한 위협을 느껴 그분을 죽일 수밖에 없었단 거군요."

플렉이 침을 꿀꺽 삼켰다.

"심지어 아무것도 훔치지 않았고요."

"그러니까 내 말은," 재스퍼 플렉은 방어적으로 변명을 늘어놓았다. "강도 사건이었으면 그랬을 거란 얘기지요." 그는 땅이 꺼질 듯 한숨을 쉬었다. "그나저나 내가 여기 온 건 그 일 때문이 아닙니다. 아가씨 때문이에요. 옆집 사람들 말로는 아가씨가 여기 있을 거라던데요."

"내가 뭘 어쨌길래요?" 헬렌이 물었다.

"난폭 운전으로 신고가 들어왔습니다. 옆집 리지웨이 부인 말로는 그 집 잔디밭을 엉망으로 만들어 놨다던데요."

"빙판길에 잠깐 미끄러진 거예요." 헬렌이 대수롭지 않게 반응했다. "거기서 방향을 바꿀 수도 없었고요. 하여간 리지웨이 부인은 유난이라니까."

"그런데 어젯밤에 넌 차를 몰지 않았잖아." 글렌이 말했다.

“어젯밤이 아닐세.” 플렉이 대신 대답했다. “엊그제였네. 살인이 일어난 날 밤.” 플렉은 못마땅한 표정으로 헬렌을 보았다. “계속 이런 식이면 조만간 아가씨까지 체포할 수밖에 없어요.”

“걱정하지 마세요.” 헬렌이 다정한 목소리로 그를 안심시켰다. “리지웨이 부인과는 잘 이야기해 볼게요.”

플렉은 그제야 안심한 듯 모자를 집어 들었다. “아무튼, 어제 홀리의 도주와 당신들이 아무 관련이 없다는 건 다행이로군. 하임 멘델 그 양반은 화가 잔뜩 났어. 그 양반 말로는…….” 그는 말을 멈췄다. 하임 멘델이 한 말을 잉글하트 서재에서 꺼내기에는 부적절하다고 판단한 것이다. 플렉은 모두에게 작별을 고한 뒤 떠났다.

“뭐,” 한참 만에 헬렌이 입을 열었다. “우리 알리바이야 확실하잖아요. 나랑 제이크는 여기서 하임 멘델과 함께 홀리를 찾아다녔고, 말론 당신은 제이크 호텔 방에 있었죠. 딕은 밴드 연주 중이었고.”

말론이 언짢은 목소리로 대답했다. “당신들 때문에 나까지 곤란해졌어. 왜 이 사건에 얽힌 사람들은 죄다 거짓말뿐인지.” 그가 헬렌과 글렌을 노려보았다. “당신 둘. 홀리를 돕고 싶으면 뭐든 솔직히 털어놓는 게 좋을 거요.”

제이크는 듣는 체도 하지 않았다. 그는 방금 재스퍼 플렉이 한 말의 의미를 곱씹는 중이었다.

그러나 말론이 이어 꺼낸 말에 퍼뜩 정신이 돌아왔다.

“우선,” 말론이 말했다. “이 집 여주인이 자기 딸에게 못되게 굴었다는 파킨스의 말이 무슨 뜻인지 알아야겠는데. 왠지 당신들은 알고 있을 것 같단 말이지.”

헬렌과 글렌은 서로를 쳐다보았다. 헬렌이 천천히 일어나더니 의미심장하게 창가로 다가갔다. 그리고 한참을 거기서 있다 되돌아왔다.

"이 사람 말이 맞아, 글렌." 헬렌이 입을 열었다. "이 사람도 알아야 해. 나라도 말할래."

16장

"대단한 건 아니에요." 헬렌의 목소리는 차분했다. "말하지 못할 이유가 없죠. 글렌이 조금 곤란해지려나."

"다 지난 일이야." 글렌이 가라앉은 목소리로 대답했다. "날 감쌀 필요 없어." 그는 이렇게 말하며 말론을 돌아보았다. "메이벨도 이 집에서 함께 컸습니다. 어렸을 적 우리의 소꿉친구였죠. 그러다 나와 사랑에 빠졌고, 그걸 알게 된 알렉스 이모가 메이벨을 집에서 쫓아냈어요. 그렇게 끝이 났죠."

"글렌," 헬렌이 말했다. "글렌, 이제 그만해도 돼."

"헬렌, 가만히 있어. 내가 로저스 파크에다 메이벨이 살 아파트도 구해 주었어요. 이모가 길길이 날뛸 게 뻔해 결혼은 꿈도 못 꿨지만. 이모만 아니었으면 그녀와 결혼했을 겁니다."

잠시간의 침묵이 흐른 뒤 헬렌이 어깨를 으쓱했다. "글렌, 네 무덤을 네가 판 거야."

"그럼 당신에게도 살인 동기가 있군요." 말론이 차분히 말했다. "이런, 정말 오래 살고 볼 일이야."

"그럼 이제 그 여자와 결혼할 건가요?" 제이크가 물었다.

"맙소사! 지금이 그런 걸 생각할 땐가요? 모르겠어요. 겨를이 없어서. 어떻게 해야 할지 모르겠네요. 알렉스 이모가 곧 돌아가실 거란 건 진작 알았지만."

"그건 또 뭔 소립니까?" 말론이 얼빠진 목소리로 물었다.

"이모는 어차피 살날이 얼마 남지 않은 상태였어요. 주치의인 네빌 박사가 귀띔해 주었죠. 나와 홀리, 그리고 페더스톤 씨에게요. 우리 셋 외에 다른 사람들도 알았는지는 모르겠어요."

"이런," 말론이 말했다. "왜 여태껏 말하지 않은 겁니까?"

"글쎄요. 별로 중요한 것 같지 않아서."

"중요하지 않다니!" 말론은 짧고 굵은 욕을 뱉었다.

"어차피 곧 죽을 사람을 뭐 하러 죽였을까?" 제이크가 말했다.

"글렌이랑 홀리, 페더스톤 씨, 그리고 의사 아저씨만 알았다잖아요." 헬렌이 설명했다.

"그 의사는 어디 있습니까?" 말론이 물었다.

글렌이 주소를 불렀고 말론이 그걸 받아 적었다.

"노부인이 얼마 있지 않아 죽는다는 사실을 몰랐던 이라." 제이크가 생각에 잠겼다. "글렌, 당신이 말한 외부인 가설로 결국 돌아왔군요."

"아니면," 말론이 말했다. "*그날 밤 반드시 노부인을 죽여야 하는 이유가 있었던 사람.*"

"죽여야 하는 이유요?" 글렌이 되물었다.

"다음 날 유언장을 바꾸려 했잖습니까." 말론은 이렇게 대답하며 방문을 열고 큰 소리로 넬리를 불렀다. 넬리가

홀 저편에서 나타났다.

"파킨스 부인. 미스 잉글하트가 유언장을 바꾸려 했단 걸 다른 사람에게 말한 적 있습니까?"

"아뇨."

"아무한테도?"

"남편에게도 말하지 않았는데요, 말론 선생님."

말론이 문을 닫고 다시 서재로 들어왔다. "보나 마나 페더스톤 씨도 똑같이 말할 테지." 그가 멈춰 서서 얼굴을 문질렀다. "이제 불리해진 건 당신이에요, 글렌."

"내가 왜요?"

"이모가 유언장을 바꾸려 했단 걸 당신이 알았다면 당신의 상속권이 박탈당하리란 것도 예상했을 테고, 그래서 이모를 죽인 걸 수도."

"아니, 왜 내 상속권이 박탈당한다는 겁니까?" 글렌이 분연히 물었다.

"메이벨 파킨스."

헬렌이 얼굴을 찌푸렸다. "알렉스 이모가 이제 와 메이벨 파킨스 때문에 글렌의 상속권을 뺏으려 했다는 말이에요?"

"오래 고민했나 보지." 제이크가 대신 대답했다.

헬렌이 무례하게 코웃음 쳤다.

말론이 손목시계를 확인하더니 말했다. "일단 페더스톤 씨 사무실에 들렀다가 의사 양반을 만나러 가야겠어. 쓸데없이 늦잠을 잔 덕에 벌써 3시가 되어 버렸군."

제이크는 마음이 다시 켕기기 시작했다. 잊어버린 게 있는데. 뭐 언젠가는 생각나겠지. 그는 한숨을 푹 쉬었다. "계속 같은 질문을 던지게 되는데. 그날 새벽 3시에 홀리는 어디에?"

모두가 묵묵부답이었다.

말론이 모자를 약간 삐뚤게 쓰며 말했다. "이번 살인 사건에서 중요한 건 수법이 아니라 동기라는 직감이 들어. 동기가 뭔지 알아내면 수법이 뭔지도 명료해지겠지." 이어 그는 조끼에 묻은 담뱃재를 털어냈다. "제이크, 헬렌을 데리고 홀리와 이야기를 좀 나눠 봐. 자네는 홀리가 어디 있는지 알고 있으니까. 홀리가 이모의 유언장 변경 계획을 알았는지 한번 떠보라고. 또 그날 밤 있었던 일에 관해 모든 걸 빠짐없이 물어봐 줘. 이따 그 여자가 한 말을 내게 모조리 전해 주고." 그리고는 글렌 쪽으로 몸을 돌렸다. "당신은 여기 남아요. 경찰이 추궁하거든 홀리의 탈출 계획은 전혀 몰랐다고 하고. 그리고 헬렌, 제발 그 옷 좀 갈아입고요."

헬렌이 뭐라 대꾸하기도 전에 말론은 자리를 떴다.

헬렌은 지친 기색으로 자리에서 일어났다. "제이크, 출발하죠. 뒷문으로 나가요. 그게 지름길이니까."

헬렌과 제이크는 글렌에게 작별 인사와 격려의 말을 건넨 뒤 배달부들이 드나드는 뒷문으로 향했다.

두 사람은 매서운 바람이 부는 바깥으로 나가 나무 덤불이 우거진 길을 따라 걸었다. 그리고 잠시 멈춰 서서 저택과 호수 사이에 펼쳐진 눈밭을 물끄러미 바라보았다.

"사건과 관련은 없지만 여기 뒤뜰 참 멋지군요." 제이크가 말했다.

알렉산드리아 잉글하트의 앙상한 시신 곁에서 창밖 너머로 이 풍경을 보았을 때와는 또 다른 느낌이었다. 1에이커쯤 되는

눈밭에 짙은 색의 거목들이 군데군데 솟아 있고 지난여름 무성했을 관목과 덤불의 흔적이 여기저기 남아 얼룩을 만들었다. 다시 보니 황량한 풍경이긴 했다.

제이크가 벼랑 끄트머리에 보이는 특이한 생김새의 집 한 채를 손가락으로 가리켰다.

"아, 저거요?" 헬렌이 말했다. "잉글하트 가문의 여름 별장이에요. 홀리 할아버지가 만드셨대요. 방치된 지 엄청 오래됐을걸요. 어렸을 때는 귀신 들린 집인 줄 알았다니까요. 알렉스 이모는 늘 저곳을 잠가 놓고 얼씬도 못 하게 했죠. 안에 살림살이가 남아있기는 할 텐데. 구경할래요?"

"물론이죠."

두 사람은 무릎까지 쌓인 눈을 헤치며 호숫가로 향했다. 살짝 비탈진 땅이 갑자기 끊겨 낭떠러지가 되었고 그 아래로 세차게 바람 부는 회색빛 호수가 펼쳐졌다. 깎아지른 듯 가파른 낭떠러지를 울퉁불퉁한 암석들이 에워쌌고 호숫가 바닥에는 커다랗고 둥근 바위부터 찌를 듯 날카로운 회색빛 돌멩이들, 그리고 물결치다 그대로 얼어 버린 커다란 얼음덩어리가 보였다. 얼룩덜룩한 얼음덩어리들이 떠다니는 수면은 험한 바람에 일렁이며 규칙적으로 바위에 부딪혔다가 힘찬 물거품을 일으키며 부서졌다.

"추락사하기 딱 좋은 곳이군." 제이크가 혼잣말했다.

"여름에는 그나마 나아요."

"여름에도 똑같을 것 같은데요." 제이크는 성질이 뻗쳤다. "왜 아무도 난간 두를 생각을 안 한 거야?"

헬렌이 고개를 저었다. "옛날에 여기서 추락한 사람이 있긴 하대요. 하지만 이후로 아무 사건도 일어나질 않아서, 다들 아주 위험한 곳은 아니구나, 하고 신경 끈 거죠."

멀찌가니 심긴 나무 몇 그루가 바람에 흔들렸다. 그 너머로 음울한 분위기의 여름 별장이 눈에 덮인 채 어슴푸레 모습을 드러냈다. 나무 색깔의 어둑한 건물은 을씨년스러웠다. 헬렌이 창문에 쌓인 눈을 털어내고 안을 들여다보았다.

"제이크! 안에 누가 살고 있어요!"

"하여간 정신 나간 소리!"

"안 믿기면 직접 보시든가!"

제이크가 안을 들여다보았다. 어둠에 눈이 적응하자 실내에 놓인 의자들과 테이블이 어렴풋이 눈에 띄었고 누비이불과 담요가 흐트러진 소파도 흐릿하게나마 보였다. 테이블에 놓인 접시에는 식사를 하다 말았는지 빵 반 조각이 남아 있었고 이가 나간 접시에는 버터 한 덩이가, 그 옆에는 반쯤 빈 담뱃갑이 놓여 있었다.

"세상에, 정말 누군가 살고 있잖아!" 제이크가 말했다.

그가 주변을 살폈다. "발자국은 없는데."

"밤새 눈이 왔잖아요." 헬렌이 한심하단 투로 말했다. "설마 눈 온 것도 몰랐어요?"

"어젯밤에 내가 어디 있었더라? 옳지, 몰랐던 것 같군."

"제이크, 이제 어떡해요?"

"신고해야지요."

"하임 멘델에게 갖다 바치라고요? 그럴 수는 없어요."

"누군가에겐 말해야 해요."

"제이크." 헬렌이 그의 팔을 붙들었다. "잉글하트 본가가

저 위 언덕에 있잖아요. 저기 그 집의 큰 창문을 봐요. 바로 여기를 보고 있어요."

"경치 죽이겠군. 그런데 그게 왜요?"

"알렉스 이모 방 창문이라고요."

"그건 썩 나쁜 경치고. 그러니까 그게 왜 문제라는 겁니까?"

"이 집에 사는 사람이 이모를 봤을 거 아녜요? 우연히라도 저 위를 봤다면……."

"맙소사, 또 정신 나간 소리!"

"폐허나 다름없는 잉글하트 여름 별장에 대체 누가 사는 걸까요? 제이크, 우리가 모르는 뭔가가 있어요. 제삼의 인물이……."

"몸을 녹일 곳이 필요한 부랑자겠지."

"부랑자가 버지니아 그레이스를 피우진 않죠."

제이크는 할 말이 없었다. 그도 그 담뱃갑이 수상하기는 했다.

"어쩌면," 헬렌이 계속 말했다. "여기 사는 사람이 글렌과 파킨스 아저씨가 집을 비운 걸 확인하고는 저 집에 들어가서 알렉스 이모를 살해한 건지 몰라요. 글렌과 파킨스 아저씨를 유인하려고 전화를 걸었을 수도 있고."

제이크는 말없이 헬렌을 쳐다보았다.

"이제 이곳을 감시해야겠어요." 헬렌의 목소리는 단호했다.

제이크는 짜증이 치밀어 욕을 중얼거렸다. "대체 어디서 감시하잔 말입니까? 에스키모처럼 눈더미에 들어갈까요? 직접 이글루라도 만드시든가."

"우리 집 창고에서 지켜보면 되죠."

"이게 중요한 문제란 거 압니다." 제이크가 말했다. "하지만 지금은 홀리를 만나는 게 더 중요해요."

"맞는 말이긴 하네요." 헬렌이 손목시계를 확인했다. "메이벨 파킨스도 보러 가야하고. 내 생각엔 그 여자도 수상해." 헬렌은 한숨을 곁들여 ‹당신이 쌍둥이라면 좋을 텐데›의 가사 한 대목을 흥얼거렸다.

"버치!" 그러다 그녀가 난데없이 외쳤다.

"버치가 왜요?"

"우리가 일을 보는 동안 버치더러 여기를 감시하라고 해야겠어요. 말론한테는 나중에 말하기로 해요. 버치라면 알아서 잘하겠죠. 어서 가요."

두 사람은 낡은 석문으로 걸음을 옮겼다.

"내 생각엔," 헬렌이 천천히 말했다. "지금 우리는 대단한 발견을 한 거예요. 어쩌면 살인범을 찾아낸 건지도. 아니면 최소 살인 목격자라거나." 헬렌이 몇 걸음 떼다 다시 입을 열었다. "궁금하네요. '그 사람'이 과연 홀리를 보았을지."

17장

"메이벨을 마지막으로 본 게 15살 때예요." 헬렌이 로저스 파크의 아파트 앞에 차를 대면서 조심스레 말을 꺼냈다. "깡말랐고 머리는 금발이었는데 그때부터 갈색으로 변할 기미를 보였죠."

"그래서 하려는 말이?" 제이크가 애정 어린 눈길로 그녀를 훑었다. 파란색 파자마와 털 코트 대신 갈아입은 트위드 코트와 털 숄은 딱 봐도 비싸 보였고 무척 고왔다. 제이크는 네글리제*를 입은 헬렌의 모습을 머릿속으로 상상했다.

"그러니까 이제 그 애는 금발로 염색을 하고 다닐 거예요. 촌스러운 황동색으로. 화장은 보나 마나 두꺼울 거고 립스틱 색깔은 피부색과 따로 놀겠죠. 유행하는 원피스를 입었겠지만 끽해 봐야 4.98달러 정도일 테고. 왠지 원피스에 땀 얼룩도 있을 것 같아. 목덜미도 깔끔하지 못할 거고. 굽 높은 구두는 뒤축이 한쪽만 닳아 있겠지."

문을 열어 준 여자는 놀랍게도 헬렌의

* 네글리제 negligee. 실내에서 잠옷으로 입는 얇은 원피스.

묘사와 거의 일치했지만 단 하나가 달랐다. 굽 높은 구두 대신 낮은 실내화를 신고 있었다.

"무슨 일이시죠?" 여자는 경계심을 드러내며 두 사람을 번갈아 보았다.

"파킨스 양 맞습니까?" 제이크가 물었다.

"맞지만. 죄송한데 나가 주세요. 뭘 파는 분들인지는 몰라도 살 생각 없거든요." 그러다 그녀가 먼저 헬렌을 알아보았다. "어머, 헬렌? 못 알아볼 뻔했어."

"많이들 그러더라고." 헬렌이 중얼거렸다.

메이벨은 놀라울 정도로 너절한 아파트 안으로 둘을 안내했다.

"너무 지저분해 어쩌지. 누가 올 거란 생각을 못 해서."

"괜찮아." 헬렌이 밝게 웃었다. "아늑하고 좋네."

"그런가." 메이벨도 환히 미소 지었다.

메이벨은 두 사람에게 의자에 앉기를 권했다. 원색의 재떨이 그릇은 특이하게도 작은 새 모양이었다. 그녀가 건넨 위스키를 마시자 제이크는 입속 보철물이 빠질 것처럼 시렸다.

"살인 사건 때문에 온 거겠지. 정말 끔찍한 일이지 않니? 글렌도 무척 상심했던데." 메이벨은 이렇게 말하며 자기 머리칼을 쓰다듬었다. "그러잖아도 신문 기사를 오려서 스크랩북에 정리하고 있었지."

야한 잡지 더미 아래서 스크랩북이 나왔다.

"굉장히 관심이 가더라고. 솔직히 이런 일이 처음이거든. 뭐랄까, 가까운 사람이 이런 일을 당한 건." 그녀는 수줍게 스크랩북을 자랑했다.

알렉산드리아 잉글하트의 시신이 발견되었다는 기사부터 홀리 데이턴의 실종 기사까지, 모든 게 빠짐없이 정리되어 있었다. 제이크는 속이 약간 안 좋아졌다.

"홀리가 달아났다니 얼마나 다행이니." 메이벨은 쉬지 않고 종알댔다. "데이턴 씨도 무척 안도하셨겠지." 이 말을 하는 메이벨의 눈이 동그래졌다. "밤마다 라디오로 그분의 연주를 들으면서 흠모했었는데 글렌의 누이와 결혼하다니, 정말 신기하더라니까."

"세상에," 헬렌이 말했다. "누가 들으면 벌써 홀리 시누인 줄 알겠네."

메이벨이 입을 다물고 헬렌을 똑바로 보았다.

"글렌을 사랑하긴 하니?" 헬렌이 연극조로 물었다.

메이벨은 립스틱 자국이 묻은 손수건을 집어 들어 과장되게 코를 풀었다. "죽도록 사랑하고 말고. 글렌을 위해서라면 뭐든 할 거야. 내 평생 다른 남자는 없어. 절대."

제이크는 요즘 메이벨이 형편없는 싸구려 통속 소설에 지독히 빠져있을 거라고 확신했다.

"그와 결혼하게 된다면……." 헬렌이 운을 뗐다.

"어머나. 그럴 수는 없어." 메이벨은 또 한 번 코를 팽 풀었다.

"왜?" 헬렌이 되물었다. "이제는 알렉스 이모도 어쩌지 못할 텐데."

"이모 때문이 아니야. 글렌이 더는 날 사랑하지 않으니까." 메이벨의 눈이 당장이라도 오열할 것처럼 그렁그렁해졌다. "난, 그를 위해 최선을 다했어. 원래는 미용술을 배워서 내 이름을 건 조그만 가게를 열고 싶었지. 하지만 전부 포기하고 이 집에 틀어박혀 지내면서 글렌이 내게 오기만을 기다렸어. 글렌 때문에 아빠와도 갈라서야 했고 정말 모든 걸 포기했는데."

제이크는 메이벨이 행복했던 시절을 그냥 다 잊어버린 게 아닐까 생각했다.

메이벨은 위스키병을 기울이며 스스로 슬픔을 달랬다.

"살인이 일어난 날 밤을 기억합니까?" 제이크가 불쑥 물었다.

"당연히 기억하죠! 평생 못 잊을 거예요. 정신이 하나도 없었답니다. 정말로요. 어머니가 와서 저녁 내내 머물렀고 원래는 자고 가시려 했는데 자정쯤 떠나야 했어요. 아니다, 자정은 넘었을 거예요. 글렌 말로는 메이플 파크에서 여기로 오는 동안 도로 사정이 엉망이었대요. 다들 홀리가 사고를 당했다면서 호들갑을 떨었고 특히 글렌은 유령처럼 넋이 나가 보였어요. 세 사람이 병원으로 떠난 후에 혼자 여기서 얼마나 걱정했는지 몰라요." 메이벨이 잠시 숨을 골랐다. "아무도 나한테 다시 연락할 생각을 안 하더라니까요. 날이 밝고 가게에서 신문을 사 읽고서야 무슨 일이 일어난 건지 알았답니다."

메이벨은 달달 외우기라도 한 듯 말을 쏟아냈다.

"미스 잉글하트가 당신에게 유산 1,000달러를 남겨 놓았단 사실을 알고 있습니까?" 제이크가 물었다.

메이벨의 둥그런 턱이 떡 벌어졌다. "그럴 리가!"

제이크는 말없이 고개를 주억거렸다.

"이런 횡재가! 아니, 그러니까……, 믿기지 않는데요!"

메이벨은 제이크에게 시선을 고정한 채 말을 잃었다. 상속받은 돈을 어떻게 쓸지 벌써 궁리하기 시작한 모양이었다.

어쨌거나 메이벨 파킨스는 제이크와 헬렌이 원하던 정보를 아는 사람이 아니었다. 제이크는 메이벨이 위스키를 더 권하기 전에 요령껏 에둘러 아파트에서 빠져나왔다.

"메이벨은 영화 취향부터 바꿔야겠어요." 돌아가는 차 안에서 헬렌이 말했다.

"그 여자라면 전화를 걸어서 홀리의 목소리를 흉내 냈을 수도 있어요." 제이크는 혼자 생각에 잠겨 다른 말을 했다. "홀리와 평생 알고 지낸 사람이니까. 글렌과 파킨스 부부가 집을 비운 사이에 그 집에 가서 노인을 죽인 거지."

"이유는?"

"1,000달러." 제이크가 대답했다. "보니까 그녀라면 1,000달러를 위해 스무 명쯤은 살해하고도 남을 겁니다."

"고작? 나는 마흔 명이라는 데 걸겠어요. 그치만 메이벨은 1,000달러의 존재를 아예 몰랐잖아요."

"그거야 그 여자 말이지." 제이크가 심술궂게 말했다

"사람 참 못 믿네." 헬렌이 혼잣말했다.

"게다가 그 노인네는 메이벨과 글렌의 결혼을 막는 훼방꾼이었잖습니까."

"설마 글렌이 진심으로 메이벨과 결혼하려고 했을까요?" 헬렌이 물었다.

"그럴 리가. 하지만 책임감을 느꼈을 수는 있죠."

"그렇겠네요." 헬렌이 말했다. "좋아요, 메이벨이 글렌과 파킨스 부부를 집 밖으로 유인한 뒤 잉글하트 저택에 몰래 들어갔고 알렉스 이모를 찌른 다음 다시 몰래 빠져나온 거네요. 그러는 동안 홀리는 어디 있었다는 거죠?"

제이크가 끙, 하고 신음을 뱉었다. "홀리에게 직접 물어봅시다. 푹 자고 나서 뭐 떠오른 게 있으려나." 제이크가 멈칫했다. "잠시. 메이벨이 그렇게까지 머리가 잘 돌아갈 것 같진 않네."

"일리 있어요. 그럼 계획을 세운 건 파킨스 아저씨일까요? 아니면 넬리 아줌마?"

"확실한 건, 넬리 파킨스는 사악한 꿍꿍이가 있어 보여요." 제이크가 말했다. "그 여자가 살인범이라면 참 그럴싸한데. 정황상 그 여자 짓일 순 없다는 게 문제지."

"눈 깜빡 않고 살인을 저지를 위인이긴 해요." 헬렌이 말했다. "냉정하고 치밀하니까. 표정도 숨길 줄 알고. 하지만 확실한 건, 넬리 아줌마가 홀리에게 누명을 씌울 리 없다는 거예요."

"그거야 파킨스도 마찬가지 아닙니까."

"후. 제이크, 알렉스 이모를 살인한 사람은 대체 누굴까요?"

제이크는 힘없이 고개를 저었다. "차라리 그 노인네가 살해된 적이 없다고 믿는 게 속 편할 지경입니다. 아니면 내가 범인이라는 결론을 내거나."

18장

도착해 보니 프레이저 부인이 홀리에게 복잡한 뜨개질을 가르치고 있었다.

제이크와 헬렌이 방에 들어서자 은발의 부인이 "어머, 어서들 와요." 하고 인사했다. 그러더니 곧바로 홀리에게 "아뇨, 아가씨. 그게 아녜요. 실을 2번 감은 다음에 이렇게……." 하고 훈수를 뒀다.

"어디, 나도 볼래요." 헬렌이 끼어들었다.

셋 사이에 뜨개 문양과 그것이 주는 효과, 그리고 뜨개실 종류에 관한 짧은 토론이 이어졌다. 듣고 있자니 제이크는 살인 사건이고 뭐고 느긋해지는 기분이었다.

"어때요?" 프레이저 부인이 방을 나간 후 홀리가 물었다. "어떻게 돌아가고 있나요?"

"모두 당신을 찾느라 난리예요." 제이크가 대답했다. "하임 멘델은 미치기 일보 직전이고. 오마하, 네브래스카, 랜싱, 미시간, 심지어 보스턴 스토어 여자 화장실에서 당신을 봤다는 제보가 있다더군요. 오늘 아침 블루밍턴에서는 단지 빨간 머리라는 이유로 여자 여섯이 붙잡혔답니다. 모두 메이플 파크에서 도주한 살인범으로 의심을 받은 거지."

"딕은 왜 나를 보러 오지 않는 거죠?"

"그러기가 어려워." 헬렌이 답했다. "어딜 가나 사람들이 딕을 알아보니까. 우리도 사람들 눈을 피해 몰래 온 거고."

제이크가 말했다. "경찰은 딕이 당신을 보러 가리라 예상할 겁니다. 딕이 가는 곳마다 경찰이 따라붙겠죠."

홀리가 벌떡 일어나 창가로 다가갔다. "사실 무서워요……."

"뭐가?" 헬렌이 물었다.

"딕이 날 범인으로 생각하면 어쩌나 싶어서……. 그래서 오지 않는 거라면."

"말도 안 되는 소리." 제이크가 단번에 말을 잘랐다. "처음부터 딕은 당신 짓이 아니라고 믿었어요. 당신이 이모 50명을 연쇄 살인했다 하더라도 상관하지 않을 겁니다. 일단 당신이 억울한 혐의에서 벗어나기만 하면……."

"내가 정말 억울하긴 한 걸까요?" 홀리가 느리게 물었다.

"자, 똑똑히 들어." 헬렌이 나섰다. "그날 기억이 성치 않다는 거 알아. 그런데 확실한 건, 알렉스 이모를 살해한 범인은 그날의 기억을 결코 잊을 수 없다는 거야."

"그렇지만……." 홀리가 말끝을 흐렸다.

"명심해요." 제이크가 딱 잘라 말했다. "가능성은 2가지입니다. 당신이 이모를 살해했거나, 아니거나. 나는 후자라고 믿어요. 물론 내 의견 따위야 중요하지 않지만, 그래도 내 의견이 옳다는 걸 증명해 보고 싶군요."

홀리가 엷게 미소 지었다.

"이 사건에는 확실한 동기가 존재해요." 제이크가 이어 말했다. "당신에게도 동기는 있지요. 하임 멘델은 그래서 당신을 의심하지만 우리는 그게 아니란 걸 압니다."

그가 말을 멈추고 홀리를 향해 씩 웃었다. "글렌이 말한 대로 누군가는 틀림없이 당신 이모를 죽이고 싶어 했습니다. 그렇게 작은 피렌체풍 칼로 누군가를 죽일 수 있으려면 이전부터 살의를 품어왔어야 하고 실제 죽이는 상상까지 해 봤어야 해요."

"특히," 헬렌이 굼뜨게 말했다. "이번처럼 치밀하게 계획된 살인이라면 더더욱."

"그래, 이건 계획 살인이야." 홀리가 불쑥 입을 열었다. "틀림없어. 정말 그렇다면……." 그녀는 잠시 말을 멈추더니 무언가를 골똘히 생각했다. "그 일을 저지르러 이모 방에 올라간 사람이라면 분명 흉기를 준비해 갔겠지……. *그 방에 칼이 원래 있다는 걸 아는 사람*이 아니고서야."

"그 방에 칼이 원래 있고 그걸로 사람을 죽일 수 있다는 걸 알았던 사람." 제이크의 목소리가 커졌다. "맙소사, 왜 이 생각을 못 한 거지."

헬렌이 말했다. "홀리, 좋은 지적이었어!"

"그 칼의 존재를 알았던 사람이 누굽니까?" 제이크가 물었다.

"나랑 글렌이요. 그리고 파킨스 부부."

"메이벨은?"

"아마도 알았겠죠. 맞아요, 알았어요."

"다른 사람은 없습니까? 페더스톤 씨라거나?"

"그럴지도 모르죠. 그 외에는 정말 없는데."

제이크는 한숨을 쉬었다. "여섯 명이라. 그중 셋은 집 밖에 있었으니 제외. 그 셋이, 그러니까 글렌과 파킨스 부부가 살인을 공모한 게 아니라면 말이지요. 왠지 그랬을 것 같지는 않고."

"나도 그렇게 생각해요." 헬렌이 맞장구쳤다.

"진술에 따르면 알렉스 이모가 살해될 당시 그 사람들은 시카고 도로 위였습니다. 보나 마나 O.O. 페더스톤 씨는 확실한 알리바이를 가지고 있을 테고."

헬렌이 말했다. "결국, 이 사건에 우리가 모르는 제삼의 인물이 연루되었을 거란 결론으로 되돌아왔네요."

"하지만 대체 누가?" 홀리가 물었다.

"그걸 알아낸다면 많은 의문이 풀리겠죠." 제이크가 말했다. "알렉산드리아 잉글하트를 살해할 동기를 가진 사람. 그 방 테이블에 칼이 있으며 그걸로 사람을 죽일 수 있다는 걸 알았던 사람."

홀리가 고개를 저었다. "말이 안 돼요."

"하지만 분명 누군가가 있어." 헬렌이 힘주어 말했다. "의심 가는 이가 있긴 해." 헬렌은 홀리에게 여름 별장에 누군가 살고 있더라는 얘기를 들려주었다.

홀리의 눈이 휘둥그레졌다. "그 *사람*이 누군데?"

"이제 알아내야지."

순간 제이크가 잊고 있던 질문을 떠올렸다. "알렉스 이모가 유언장을 바꾸려 했단 걸 알았습니까?"

홀리가 느리게 고개를 끄덕였다.

"너도 알았다고!" 헬렌이 외쳤다.

"어쩌다 엿들었어. 집에 늦게 들어와서 몰래 방으로 올라가는데 넬리가 페더스톤 씨와 통화 중이더라. 이유는 모르겠지만 그때는 그걸 전혀 심각하게 생각하지 않았어. 딕과 도망칠 생각에 들떠서 다른 생각이 머릿속에 들어오지 않았던 것 같아."

"젠장할!" 제이크가 분통을 터트렸다. "알면 알수록 당신에게 불리한 증거뿐이군요."

"알렉스 이모가 살날이 얼마 안 남았다는 것도 알았어?" 헬렌이 물었다.

홀리가 또 고개를 끄덕였다. "네빌 박사님이 알려줬어."

세 사람은 저녁을 먹고 밤이 깊을 때까지 이야기했다. 그러나 제이크와 헬렌은 알렉산드리아 잉글하트 살인의 내막에 대해 끝내 뭐 하나 새로 알게 된 것 없이 떠날 채비를 해야 했다.

홀리가 마지막으로 물었다. "창문은 왜 열려 있었을까?"

"바람을 타고 들어온 악령이 저지른 살인이려나." 헬렌이 숄을 두르며 실없는 말을 했다. "딕을 여기로 몰래 데려올 수 있을지 고민해 볼게."

홀리가 눈을 반짝였다. "곧 다 해결되겠지? 얼른 그랬으면 해. 그러고 나면 딕과 평생 붙어서 떨어지지 않을 거야. 무슨 일이 있어도. 다시는."

"돌아가서 여름 별장을 감시하려고요." 차에서 헬렌이 제이크에게 말했다. "당신은?"

"함께 가야죠. 하지만 딕을 먼저 만나야겠습니다. 말론과 의논도 좀 하고."

두 사람은 길모퉁이에 있는 잡화점에 들렀다. 거기서 말론네 아파트로 전화를 건 제이크는 말론이 호텔 방에서 자신을 기다리고 있다는 소식을 전해 들었다.

"별장에는 나중에 같이 가 봐도 되는데." 제이크가 헬렌에게 넌지시 말했다.

"지금 가 볼래요. 가는 길에 호텔에다 내려줄게요."

호텔에 도착하자 제이크는 한숨을 쉬었다. "드디어—"

"드디어." 헬렌도 말했다.

제이크는 호텔 입구에서 헬렌에게 부드럽게 입을 맞춘 뒤 로비에 있는 도어맨에게 신문을 한 부 샀고 그걸 겨드랑이에 낀 채 계단을 올랐다.

존 J. 말론은 침대에 앉아 있었다. 주변에는 신문과 온갖 종이, 옷, 술병이 산만하게 널려 있었다.

"페더스톤 씨한테 가봤는데 허탕만 쳤어. 잉글하트 집안 재산을 98센트까지 기록해 놨더군."

"그 사람이 실연에 앙금을 품고 살인을 저지른 건 아닐까." 제이크는 이렇게 말하며 헬렌을 떠올렸다. "여기서 얼마나 기다린 거야?

"저녁부터. 눈 좀 붙였지."

"네빌 박사는 뭐래?" 제이크가 사 온 신문을 펼쳐 들며 물었다.

"새로운 사실은 없더군."

하지만 제이크는 말론의 대답이 귀에 들어오지 않았다. "세상에, 말론!"

"뭔데 그래?"

"이것 좀 봐!" 제이크가 말론에게 신문을 디밀었다.

신문을 확인한 말론의 얼굴이 사색으로 변했다.

딕 데이턴 실종되다

아내 탈옥 후 행방이 묘연해진 밴드 리더

제이크가 곧장 전화기 앞으로 달려갔다. 얼마 후 그의 얼굴 또한 창백해졌다.

"정오 이후로 아무도 딕을 못 봤대. 호텔을 나가서는 감쪽같이 사라진 거야. 리허설에도 나타나지 않았고. 지금껏 코빼기도 안 보인다는데. 세상에, 말론. 무슨 일이 벌어지고 있는 거지?"

19장

"자네가 할 수 있는 건 없어." 말론이 거듭 말했다. "괜히 방해만 될 거라고. 정말 할 수 있는 게 없다니까." 그는 고장 난 축음기판처럼 했던 말을 자꾸 되풀이했다.

"그래도 상관없어." 제이크는 구두끈을 조여 매며 대꾸했다.

"잠이나 자둬."

"잠은 어젯밤에 실컷 잤어. 당분간은 끄떡없어." 제이크는 담배에 불을 붙인 뒤 초조한 기색으로 연기를 내뿜었다. "보나 마나 경찰은 홀리의 탈출과 딕의 실종을 연결할 거야. 둘을 동시에 찾으려 들겠지. 큰일이군."

"큰일이라니 뭔 소리야?" 말론이 제이크를 멀뚱히 올려다봤다.

"남자 하나 여자 하나 따로 찾는 게 아니라 도피 중인 커플을 찾으려고 야단법석일 거 아냐. 그러면 홀리를 찾아낼 가능성은 줄어든 셈이지. 거의 제로에 가깝다고 볼 수 있어. 문제는, 딕을 찾아낼 가능성도 줄어든 거야. 빌어먹을."

"그렇기야 하지." 말론이 대답했다. "하지만 그를 홀로 내버려 둔 건 자네인걸."

"나라고 이렇게 될 줄 알았나?" 머리를 빗질하는 제이크의 손길에 초조함이 묻어났다.

"자네도 참 대책 없어." 말론이 꾸짖듯 말했다. "그래서 이제 뭘 어쩌려고?"

"딕을 찾아야지."

"그러니까 어디서?"

"어디에 있건 간에 찾아야지, 이 답답한 친구 같으니."

"그러니까," 그러자 말론도 차갑게 쏘아붙였다. "어디를 가겠다는 건데?"

"일단 <트리뷴> 분실물 보관소부터 가 봐야지." 제이크가 빈정거렸다.

"딕이 어디로 갔는지 모르잖아. 갔을 법한 곳도 도통 모르고. 무슨 일을 당했을지 누가 알아. 할 수 있는 게 없다니까 그러네."

"흔적이라도 따라가 봐야지. 일단 데스크에 물어봐서—"

"지금처럼 야심한 시각에 잘도 도움이 되겠군. 일단 눈이나 붙이라니까."

"안 돼. 당장 나가서 딕을 찾을 거야."

말론이 복잡한 표정으로 제이크를 바라보았다. 제이크는 전전긍긍하느라 몸을 가만두지 못했고 충혈된 회색빛 눈이 퉁퉁 부어 있었다.

"고집 그만 부리고 누워."

"됐어. 길 막지나 말—"

말론은 하는 수 없이 주먹을 한 방 날려 제이크를 쓰러트려야

했다. 말론은 벨보이와 함께 기절한 제이크를 침대에 눕힌 뒤 방문을 잠그고 나갔다. 열쇠를 아래층 데스크에 맡기면서 다음날 오전 8시에 저스투스 씨를 깨워 달라고 부탁까지 해두었다.

말론은 밤새 딕과 홀리를 수색하는 경찰의 교신 내용을 확인하다 아침 8시가 다 되어서야 호텔 방에 돌아왔다. 제이크는 여전히 자고 있었다. 말론은 얼음물을 끼얹어서 제이크가 쉰 목소리로 불경한 욕을 지껄이며 허겁지겁 잠에서 깨어나도록 만들었다.

"딕은?"

"감감무소식."

제이크는 서둘러 옷을 입으며 중얼거렸다. "그나저나 어젯밤 밴드는 어떻게 됐으려나?"

"그 깡마른 클라리넷 연주자가 알아서 잘 처리했다더군."

"오, 스티브 말이로군. 그거 하나 다행이네."

"카지노는 요즘 성황이라던데."

"그럴 테지. 설마 딕이 죽진 않았겠지?"

"아니. 누가 뭐 하러 죽였겠어."

"나야 모르지."

"술집 구석에서 곯아떨어졌는지도 몰라." 말론이 말했다.

"딕은 그럴 놈이 아냐."

"다들 한 번씩은 그러잖아. 자네도 예전에 닷새 동안 통 보이질 않아서—"

"그래, 난 그랬었지. 하지만 딕은 그럴 놈이 아니라고."

"그럼 대체 어딨다는 건데?"

"내가 궁금한 게 바로 그거야." 제이크가 넥타이를 고쳐 매며

신경질적으로 답했다. 그러고는 모자를 거칠게 눌러 썼다. "거기 망할 양동이 치우고 얼른 따라오기나 해."

"그를 찾아온 손님이 있을지도 모르겠군." 말론이 곰곰이 생각하다 말했다. "혼자가 아니라 누군가와 함께 호텔을 나섰을 수도 있어. 혹은 전화를 받았다거나."

전화 교환수는 하필 비번이라 집에서 잠을 자는 중이었다. 제이크에게서 걸려 온 전화를 그녀는 나른하고 짜증 섞인 목소리로 받았다.

"저스투스 씨. 쉬는 날 이 시간에 전화를 받는다면 선생님이라도 짜증이 나실 겁니다. 예, 맞아요. 어제 이른 오후에 데이턴 씨한테 걸려 온 전화가 있었어요. 딱 1통이요. 1시쯤 됐으려나. 확실해요. 그분한테 오는 전화는 다 기억하거든요."

"통화 내용은 모르고요?"

"데이턴 씨의 전화 통화를 엿듣는 것 말고도 해야 할 일이 많아서요."

"아, 물론이겠지요. 그다음엔 어떻게 됐습니까?"

"데이턴 씨가 선생님을 찾았어요."

"나를?"

"네, 선생님을요. 선생님이 있을 법한 곳에 모조리 전화를 돌리느라 30분은 족히 썼죠. 그래서 말인데 저스투스 씨……."

"내 얘기는 잠시 미뤄 둡시다." 제이크는 마음이 급해졌다. "그다음에는요?"

"데이턴 씨가 내려오더니 데스크 직원 앨에게 메시지를 남기고는 밖으로 나갔어요. 제가 아는 건 그게 다예요."

"고마워요." 제이크가 말했다. "도움이 되었어요. 이제 다시

자러 가도 좋아요."

"전화 딱 1통이라. 전혀 감이 안 잡히는데." 말론이 말했다.

데스크 직원 앨은 막 출근해 있는 터였다. 앨은 딕을 찾아온 방문객은 없었으며 한 시 넘어 내려온 딕이 데스크에 메시지를 남겼다고 기억했다.

"저스투스 씨에게 남긴 메시지였습니다. 한두 시간 후 돌아올 테니 저스투스 씨가 전화를 걸어오거나 찾아오거든 기다리라는 말을 전해 달라는 거였죠. 중요한 일이라 저스투스 씨를 꼭 만나야 한다고도 했어요."

제이크가 끙 소리를 냈다. "하지만 돌아오지 않았어, 말론. 딕은 날 찾아 나선 거야. 연락이 닿지 않으니 직접 찾으러 나간 거라고. 그러고는 돌아오지 않았어. 돌아오겠다고 했는데, 그러지 못했어."

"자네 탓이 아니야." 말론이 그를 위로했다.

"전혀 위로가 안 돼." 제이크는 담배에 불을 붙여 빼끔 들이마신 뒤 곧장 발로 비벼 껐다. "도어맨에게 가 봐야겠어."

도어맨은 데이턴이 택시를 불렀고 운전사에게 '리켓츠' 술집으로 가 달라고 말했었다는 걸 기억했다. 제이크는 안도의 한숨을 쉬었다.

"일단 실마리는 구했어. 술집에 가면 목격자들이 나올 거고, 딕이 누구와 동행했거나 합석했는지 알 수 있을 거야."

"그러길 바라자고!" 말론이 진심으로 맞장구쳤다.

두 사람은 차를 몰고 '리켓츠'로 갔다.

"데이턴 씨요?" 바텐더는 바를 닦으며 한참 생각했다. "아, 어제 오후에 왔어요. 2시 조금 전에요. 상당히 피곤해

보이더라고요. 대단한 밤을 보낸 사람처럼. 또 생각이 많아 보였어요. 뭐 아내가 그런 곤경에 처했으니 그럴 만도. 평소처럼 사근사근하지도 않고 아주 그냥 풀이 죽어 있더라고요. 누가 뭐라 하겠어요. 여기서는 맥주를 2잔 마시고 갔어요."

"맥주라니," 제이크는 질색했다. "술도 다 안 깼을 놈이!"

"맞아요. 맥주 딱 2잔. 30분 정도 앉아 있었는데 계속 손목시계만 확인하더라고요. 그러다 택시를 불러서 떠났어요."

제이크는 욕을 중얼댔다.

"그 택시 운전사를 찾아 드릴 수는 있어요." 바텐더가 반가운 말을 꺼냈다. "여기 단골손님이라."

"세상에!" 제이크가 반색하며 말했다. "얼른 좀 부탁합니다!"

사환 소년이 운전사를 찾으러 나섰다. 끝나지 않을 것 같던 기다림 끝에 드디어 소년이 운전사를 대동해 나타났다. 운전사는 근처 가게에서 아침을 먹던 중이라고 했다.

운전사는 2시가 조금 넘은 시각, 딕 데이턴을 태운 것을 기억했다.

"3시까지 그냥 아무 데나 돌아다니라고 하던데요."

"3시까지요?" 제이크가 되물었다.

"그러더라니까요. 아무 데나 돌아다니다가 3시에 미시간 애비뉴 다리 북서부 끝쪽에 내려달라고 했어요. 그래서 미시간 애비뉴에서 출발해 링컨 파크를 찍고 스테이트 거리까지 내려왔다가 쉴러로, 거기서 다시 드라이브로, 드라이브에서 오크로, 또 거기서 우회전을 해서—"

"어디를 돌아다녔는지는 궁금하지 않아요." 제이크가

서둘러 말을 끊었다. "딕을 내려준 곳만 말해 줘요."

"그분 말대로 다리 끝에 내려줬죠. 정확히 3시에. 이 일을 하다 보면 목적지까지 얼마나 걸릴지 정확히 계산할 수 있게 되거든요. 내린 곳은 리글리 빌딩 바로 앞이었어요. 내릴 때 팁으로 50센트를 주셨지요. 마지막으로 봤을 때 그분은 다리 끝에서 누군가를 기다리는 것처럼 주변을 둘러보고 있었어요. 그게 딱 3시였어요."

딕의 흔적은 여기서 끝이었다. 다리 근처에서 그를 보았다는 사람은 나타나지 않았다. 근처의 신문팔이 소년도 도어맨도 그를 기억하지 못했다. 다리를 오간 사람만 족히 수백 명일 텐데 그중에서 훤칠한 금발 청년을 기억하는 사람은 몇 없을 테고 그중에서도 그게 딕 데이턴이라는 걸 알아본 사람은 더 적을 것이다. 그를 목격한 사람을 이제 와 찾아 나설 수도 없는 노릇이었으며 설사 목격자가 있다 한들 미시간 애비뉴 다리 북서부 끝쪽에서 자취를 감춘 딕 데이턴의 행방까지 그가 알 리 없었다.

두 사람은 결국 딕의 흔적을 쫓는 걸 포기한 뒤 할 수 있는 일에 집중하기로 했다. 일대 병원들에 신속하고 빠짐없이 연락을 취했고 경찰서와 영안실에도 모조리 전화를 돌렸다. 딕과 관련된 모든 곳을 수소문했으나 그의 행방을 아는 사람은 없었다. 지역 신문은 발칵 뒤집혔다. ‹아메리칸›은 딕의 잘생긴 얼굴을 1면에다 대문짝만하게 실었고 ‹타임스›는 '딕과 새 신부의 행방은?'이라는 제목을 표지에 달았다. ‹뉴스›도 '전 국민 이목 쏠린 딕과 홀리 실종 사건'을 보도했다. 제이크와 말론은 잠시 의논을 할 겸 제이크의 호텔 방에 돌아왔다.

제이크는 몇 분간 가만히 생각에 잠겼다. "여기저기 쏘다니면서 술을 진탕 마시느라 아직 숙취에 시달리는 중인 걸까. 아니면 갑자기 기억상실에라도 걸렸나. 그것도 아니면 싸구려 술집에 들어갔다가 돈을 털렸는지도. 하지만 평소의 딕이라면 그렇게 될 때까지 술을 퍼마실 리가 없지. 어쩌면 내 말을 무시하고 홀리를 찾으러 나간 걸까. 하지만 그걸로는 그 자식한테 걸려 왔다는 전화가 설명되질 않는단 말이지."

"전화를 걸어 온 사람과 미시간 애비뉴 다리에서 만나기로 한 게 아닐까." 말론이 덧붙였다. "하필 그곳에서 말이야."

"3시라고 했어." 제이크가 말했다. "그놈의 3시가 빌어먹을 노래 후렴구처럼 계속 따라붙는다고." 제이크는 저번에 말론에게 물으려다 말았던 질문이 뭐였더라 생각했다. 만일 그걸 기억해 내어 제때 물었더라면, 잉글하트 살인 사건은 하루 일찍 해결되었을 것이고, 누군가는 목숨을 건졌을 수도 있었다. 하지만 지금 제이크의 머릿속은 딕의 생각으로만 가득 차 있었다. "말론, 딕은 대체 어디 있을까?"

"그걸 왜 나한테 물어." 말론이 대꾸했다.

"누군가가 딕을 방 밖으로 유인하려고 했어." 제이크가 말했다.

"누군가 그를 유인했지." 말론이 제이크의 말을 바로잡았다.

"이유가 뭘까?"

"이 망할 사건에 이유 같은 건 없어." 말론이 짜증 섞인 말투로 대답했다.

"알았어. 그럼 대체 누구일까?"

바로 그때 전화가 울렸다. 헬렌이었다.

"신문 봤어요." 수화기 너머로 그녀의 목소리가 흘러나왔다. "아래에 와 있어요. 친구 데리고 얼른 내려와요. 나는 먼저 바에 가 있을게요. 입구 왼쪽에 있는 바 3번째 자리에 앉아 있을 거예요. 혹시 안 보이거든, 검은 옷을 입고 머리에 빨간 장미를 단 여자를 찾아봐요."

제이크가 뭐라 대답할 겨를도 없이 전화는 끊겼다.

20장

바에 들어서자 바텐더를 열심히 구경 중인 헬렌이 보였다. 그녀는 늘씬한 몸에 딱 달라붙는 검은색 반짝이 원피스를 입고 있었다. 어깨에는 털 숄을 아무렇게나 걸쳐 놓았다. 우윳빛의 고운 얼굴이 챙 넓은 중절모와 대비를 이뤄 더욱더 희어 보였다.

제이크는 골치 아픈 문제도 잠시 잊은 채 멈춰 서서, 저렇게나 완벽하게 우아한 사람은 처음이라고 감탄했다. 귀한 집 자제인 티가 철철 흘렀다.

"좀 더 꺾어야 해요." 바텐더가 그녀에게 말하고 있었다.

바텐더가 별안간 맥주잔을 휙 미끄러트렸다. 맥주잔은 바의 맨 끝까지 미끄러져 덩치 좋은 손님 앞에 정확히 정지했다.

그를 유심히 관찰하던 헬렌이 고개를 끄덕이고는 방금 바텐더가 했던 것 그대로 맥주잔을 휙 미끄러트렸다. 맥주잔은 매끈한 바에서 쭉 미끄러져 와장창 소리를 내며 바닥으로 떨어졌다.

"너무 갔네." 헬렌이 멍하게 중얼거렸다.

“힘 조절을 해야죠.” 바텐더가 조언했다.

제이크와 말론은 그 광경을 넋 놓고 구경했다.

바텐더가 헬렌에게 새 잔을 건넸다. 이번 잔은 쭉 미끄러지다 재떨이에 굴절되더니 예의 덩치 좋은 손님의 무릎에 고꾸라지고 말았다.

“미안해요.” 헬렌이 사과했다.

손님이 자리에서 일어나 무릎을 살피며 구시렁댔다. “못 피한 내 잘못이지 뭐.”

바텐더가 말했다. “일단은 빈 잔으로 연습하는 게 좋겠어요, 브랜드 양.”

헬렌은 고개를 가로저었다. “빈 잔은 제대로 꺾이지 않는다고요. 몇 잔만 더 줘 봐요.”

제이크와 말론은 이제 끼어들 때가 되었다고 판단했다.

“이 시간에 맥주를?” 말론이 물었다.

그녀가 고개를 끄덕였다. “아침 식사죠.”

“그렇군요. 아침 식사로 맥주라.”

“가끔 아침 식사로 맥주가 당길 때가 있거든요. 그러다 또 아침 식사로 맥주가 당기고, 또 어떤 때가 되면…….”

“아침 식사로 맥주가 당기겠지요. 난 어떤지 압니까? 아침 식사로 아침 식사가 당기고, 그러다 또 아침 식사로 아침 식사가 당기고, 또…….”

“아침에 맥주를 마시면 재밌어요.” 헬렌이 말했다. “마시는 것보다 던지는 게 더 재밌기는 하지만.”

헬렌이 또 한 번 잔을 아슬아슬하게 미끄러트렸는데 이번에는 신통하게도 잔이 목표 지점에 정확히 정지했다.

손님들이 일제히 환호했다.

"환장하겠군!" 제이크가 와락 성을 냈다. "딕이 납치당했거나 죽었을지도 모르는 판국에 아침엔 맥주니 뭐니 헛소리나 해대고."

"아침부터 맥주잔 앞에서 질질 짜느니 헛소리가 낫지 않나." 헬렌이 대꾸했다. 미끄러트린 마지막 맥주잔은 보기 좋게 바닥으로 떨어졌다. "오늘은 여기까지." 헬렌은 흘러내린 숄을 여미고 당당히 칸막이 자리로 걸어갔다. 두 남자가 그녀를 뒤따랐고 몇 걸음 뒤에서 웨이터가 그들을 따랐다.

"난 맥주로." 헬렌이 말했다. "나는 호밀 위스키." 말론이 말했다. "난 커피요." 제이크가 말했다. "이러기예요?" 헬렌이 눈치를 줬다.

"술은 못 마시겠어요." 제이크가 변명했다. "속이 안 좋아서."

헬렌은 어깨를 으쓱했다. "뭐 그렇다면야. 그나저나 말론, 어떻게 되어가고 있어요? 딕이 그냥 사라진 건가요? 아니면 납치당하거나 죽거나 그런 거예요?"

"오, 헬렌. 제발!" 제이크가 말했다.

헬렌은 무표정한 얼굴로 제이크를 바라보며 담배에 불을 붙였다. "솔직히 당신도 이런 식으로 곤경에 빠진 사람들을 취재하면서 '나라면 할 수 있는 게 없으니 그냥 체념하고 말 텐데'라는 생각을 해 봤을 거 아네요. 그게 차라리 속 편하니까."

"내가 그렇게 생각한 줄은 어떻게 알았지?" 제이크는 이날 처음으로 환히 미소 지었다.

헬렌은 또 한 번 어깨를 으쓱했다.

세 사람 사이에 긴 침묵이 흘렀다.

침묵을 깨트린 건 다시 헬렌이었다. “바텐더한테 체스판이나 빌려와야겠다.”

“주여, 맙소사.” 제이크가 별안간 큰소리를 냈다. “맙소사. 이게 다 무슨 일이람. 앉아서 기다리는 것밖엔 할 수 있는 게 없다니. 딕이 죽었는지 살았는지도 모르는 판에!”

헬렌의 눈빛이 싸늘해졌다. “더 징징댈 말이 없거든 그때 우리한테 말 걸어요.”

“자극 좀 작작 해요.” 말론이 헬렌을 말렸다.

“당신 생각은 어떤데요?” 헬렌이 물었다.

“별생각 없습니다만.”

“딕은 납치된 거라고요.” 제이크가 불쑥 말했다. 그는 지금껏 알아낸 것들을 헬렌에게 전했다.

“하지만 누가 딕 데이턴을 납치한담?”

아무도 답하지 못했다.

“딕이 혼자서 길 잃은 적 없나요? 아니면 기억상실증에 걸린 적이라거나.”

제이크는 대답 대신 낮게 상욕을 읊조렸다.

“아니면 그 친구 부담감이 엄청났던 거야.” 말론이 느리게 말했다.

“그걸로는 딕에게 걸려 왔다는 전화를 설명할 수 없잖아. 그리고 왜 하필 오후 3시에 딕이 미시간 애비뉴 다리 끝에 서 있었는지도.” 제이크가 반박했다.

“누군가를 기다리고 있었나 보지.” 헬렌이 말했다.

“누구를?”

"정말 누구를 기다리고 있었을지도 모르잖아요. 결국 다른 사람을 기다린 셈이 됐지만."

"빈틈이라곤 없는 완벽한 추리군! 그래서 당신이 맘에 든다니까." 말론이 말했다.

"예를 들면, 누군가 딕에게 전화를 걸어서 말론 당신인 척 연기를 했고, 거기에 속은 딕이 당신을 만나는 줄 알고 나갔다가 누군가에게 납치당한 걸 수도 있잖아요."

"나라면 미시간 애비뉴 다리 같은 데서 약속을 잡지는 않을 텐데. 그렇지 않겠습니까?" 말론이 이죽거렸다.

"그걸 왜 나한테 물어요? 그럼 주로 어디서 사람들을 만나는데요? 너무 알고 싶네요. 말론 당신이 워낙에 사람들을 많이 만나시니까."

"사람들을 어떻게 만나는지 정말 알고 싶어요?"

"어휴, 그럼요. 대체 어떻게 만나서 친구란 걸 사귀시는지."

"술집에서 50달러짜리 지폐를 잔돈으로 바꿔 달라고 말을 걸면 됩니다." 말론이 대답했다. "아무튼, 딕 데이턴 얘기를 마저 해 봅시다."

"누군가 당신인 척 접근해서 딕과 하필 그런 곳에서 만나기로 약속을 잡은 거라니까요."

"훤한 대낮에 붐비는 다리 한복판에서 딕을 납치했을 리가." 제이크가 끼어들었다. "또 그걸 차치하더라도……."

"아니면 약에 취했거나." 말론이 걱정 어린 투로 말했다.

"누가 그런 짓을 하면서까지 딕을 납치했을까요?" 헬렌이 질문했다.

제이크는 두 사람을 향해 다 들리게 욕을 지껄였다.

바텐더가 술을 가지고 왔다.

"아휴, 저스투스 씨. 데이턴 씨가 무사해야 할 텐데요. 뭐가 좀 나왔나요?"

"나도 몰라요." 제이크가 대답했다.

"어제저녁에 밴드 사람 몇몇이 여기 왔었어요. 다들 걱정하는 눈치더라고요. 이렇게 말도 없이 오래 사라진 적은 없었대요. 아휴, 정말 무사해야 할 텐데."

"같은 생각입니다." 제이크가 말했다.

"그런데 말입니다." 바텐더가 테이블을 닦다가 뜬금없는 말을 했다. "어제 여기서 데이턴 씨에게 전화를 건 남자를 제가 봤어요."

"뭐요?"

"정말요. 중산모와 노란색 장갑으로 멋을 낸 사람이었죠. 여기 꽤 오래 있다 갔어요. 저기 뒤편에 있는 전화로 데이턴 씨와 통화를 하던데요."

"뭐라고 말하던가요?" 제이크가 짐짓 무관심한 투로 물었다.

"그거야 모르죠. 그 사람이 데이턴 씨에게 전화했다는 것만 알아요. 크게 귀를 기울이진 않았거든요. 수화기를 내려놓기 전에 '내가 찾아가겠소.' 하고 말한 건 기억해요. 딱 그 말만요. '내가 찾아가겠소.'"

바텐더에게 몇 차례 더 질문한 끝에, 세 사람은 그 남자가 체스터필드 코트를 입었고 등나무 지팡이를 짚었으며 잘 다듬어진 콧수염을 가졌다는 정보를 건질 수 있었다. 바텐더가 아는 건 그게 다였다.

"딱히 중요해 보이진 않는데. 그냥 잊어버려요." 제이크가 바텐더에게 말했다.

바텐더도 고개를 끄덕였다. "어쨌거나 데이턴 씨가 얼른 돌아왔으면 좋겠어요." 그는 이렇게 말한 뒤 물러났다.

"역시," 헬렌이 입을 열었다. "택시 운전사나 바텐더에게 물어보는 게 최고라니까."

"그 남자 인상착의는 알아냈군." 제이크가 말했다. "그런데 대체 누구지?"

짐작 가는 인물이 없었다.

"뭐, 어쩌면," 말론이 가능성을 제시했다. "잉글하트 살인 사건과 무관한 사람일지도."

"하필 이때를 골라서 딕을 납치한 사람이라." 제이크가 머리를 굴려 보았다. "대체 누가? 딕은 그렇게까지 부자도 아니라고."

"딕네 밴드 안티인가?" 이렇게 말하던 헬렌은 잊고 있던 게 퍼뜩 떠올랐다. "어머나, 깜빡하고 있었네. 우리가 정체를 모르는 사람이 한 명 더 있잖아요."

"그게 무슨?" 말론이 되물었다.

"여름 별장에 사는 남자. 부랑자일 리 없는 부랑자. 제이크가 말 안 해줬어요?"

"깜빡했군." 제이크가 대답했다. "만나자마자 말하려고 했는데 갑자기 이런 일이 터지는 바람에." 그제야 제이크는 여름 별장에서 본 것들을 말론에게 전했다.

"버치랑 밤새 그곳을 감시하다 왔어요." 헬렌이 거들었다. "아직 뭘 건지진 못했지만 그 사람, 곧 나타날 거예요."

"물론." 제이크가 말했다. "담배를 두고 갔으니까."

말론은 골치가 아파져 신음을 내뱉었다. "한번 캐 봐야겠군."

"어제 딕에게 전화를 걸어서 3시에 약속을 잡은 사람도 더 알아봐야 해. 그런데 무슨 수로?" 제이크가 물었다.

"글쎄," 말론이 말했다. "내가 직접 흔적을 따라가 봐야지. 당신들이 움직이면 잉글하트 사건과 관련 있단 걸 단박에 눈치챌 테니 안 돼. 나라면 의심받을 일 없이 조사할 수 있을 거야." 말론은 손목시계를 확인했다. "제길, 오늘 다른 의뢰인도 만나기로 했는데."

"여름 별장에 사는 남자는 어떡해요?" 헬렌이 물었다.

"알렉산드리아 잉글하트를 죽인 범인은 또 어떡하고?" 제이크도 물었다. "홀리를 계속 숨겨둘 수는 없다고."

"차근차근 해결해야지." 말론이 대답했다.

"아무리 생각해도 내가 처음 생각한 계획이 좋겠어요." 헬렌이 말했다. "제이크와 내가 우리 집 창고 뒷방에 숨어서 여름 별장을 감시하는 거예요. 거기 불이 켜지는지 살피다 누가 나타나면 급습하는 거죠."

"좋아, 하지만 그 사람이 누구건 덤비려고 하면 달아나요." 말론이 충고했다. "무슨 일 생기면 바로 내게 연락하고."

"엽서를 부칠게요." 헬렌이 천연덕스럽게 약속했다.

"이왕이면 블레이크 카운티 감옥이 그려진 엽서가 좋겠군요." 말론도 맞받아쳤다. "당신 감방 창문에 X 표시도 해 주고." 말론이 일어나 의자 밑에 떨어진 모자를 집어 들고 옷깃에 앉은 담뱃재를 툭툭 털어 보았으나 소용없었다. "아침은 내가 사지. 이게 당신들 최후의 만찬은 아니길." 말론은 계산 후에 바를

떠났다.

제이크와 헬렌은 차에 올라타 북부로 향했다. 빙판길은 반짝였고 오가는 사람은 보이지 않았다. 두 사람은 엉금엉금 기다시피 움직이는 차의 창밖으로 회색빛 호수에 커다란 얼음덩어리들이 둥둥 떠다니는 걸 물끄러미 보았다.

"저 얼음덩어리들이 이 비싸고 커다란 수입차보다 빠르니 더 낫다고 생각하고 있죠?" 제이크가 헬렌을 보며 말을 건넸다.

헬렌은 고개를 저었다. "취하지 않은 멀쩡한 상태로 차를 몰면 너무 떨려요."

제이크는 지난날 메이플 파크에서 헬렌의 차를 처음 얻어 탔던 기억을 떠올리며 몸서리쳤다.

"솔직히," 헬렌이 가만히 생각하다 다시 입을 열었다. "나만큼 안전 운전하는 사람도 없을걸요. 버치가 어느 상황에서든 차를 컨트롤할 수 있게 나를 가르쳤거든요. 잘 봐요."

그녀는 난데없이 핸들을 돌려 사람이 다니지 않는 널찍한 빙판길로 돌진하면서 페달을 요란하게 밟아댔다. 커다란 차가 팽이처럼 빙그르르 돌며 한참을 미끄러졌고 정확히 네 바퀴를 회전한 후에 급히 제자리를 되찾았다.

"맥주잔도 이렇게 미끄러지면 좀 좋아." 헬렌이 중얼거렸다.

제이크는 간담이 서늘해지다 못해 배 밖으로 나가떨어진 것 같은 느낌에 공허함마저 느꼈다. 그가 간신히 입을 열었다. "나랑 있을 때는 맥주잔으로만 연습해 주면 고맙겠어요."

"와, 이제 알겠네!" 커다란 차가 삐끗해 하마터면 보도 위 가로등 기둥을 박을 뻔했다. "어머, 미안!"

제이크는 아랑곳하지 않았다. "왜 그래요? 뭐가 생각난 건데?”

헬렌이 호탕하게 웃으며 신이 나 운전대를 쾅쾅 두드렸다.

“누굽니까?”

“뭐가요?”

“살인자.”

“아, 그거요. 그건 모르죠. 제이크, 이제 알았어요. 맥주잔도 이렇게 미끄러트리면 되는 거였어요. 빠르게 꺾어서 이렇게 순간적으로 확…….”

성질이 뻗친 제이크는 몸을 뒤로 기대며 헬렌을 향해 입에 담지 못할 욕을 나불거렸다.

헬렌은 메이플 파크를 지나쳐 노스 클라크 스트리트까지 차를 몰았고 작은 술집 앞에 차를 댔다. 제이크는 한숨을 쉬며 그녀를 뒤따랐다.

“5잔.” 헬렌이 장갑을 벗으며 말했다. “딱 5잔만 해 보고 가자고요.”

21장

제이크는 헬렌 집 창고의 구석진 창문 너머로 너른 눈밭 위의 외딴 잉글하트네 여름 별장을 못마땅하게 바라보았다. 버치는 간이 주방에서 푸짐한 저녁을 요리해 주고는 자동차를 손봐야 한다며 자리를 비웠다. 말론은 노란색 장갑을 꼈다는 수상한 남자를 찾아내는 데 실패했다는 비보를 전화로 알려 왔다. 실종된 딕 데이턴은 여전히 감감무소식이었다.

제이크는 기력이 밑바닥까지 서서히 떨어지는 걸 느꼈다. 이따금 고개를 돌리면 반쯤 어둠에 잠긴 맑고 하얀 헬렌의 옆얼굴이 눈에 들어왔다.

빌어먹을 별장에는 아무도 살지 않았다. 설령 누군가 산다고 하더라도 할 수 있는 게 없었다. 모든 게 오리무중이었다. 무엇 하나 속 시원하게 밝혀진 게 없다. 딕은 사라졌고, 어쩌면 죽었을지도. 정말 엉망진창이로군. 그냥 확 절벽으로 뛰어내릴까. 제기랄, 정말 그러고 싶은데. 하지만 그는 지금 여기, 헬렌과 함께였다. 그걸 무시할 순 없었다.

아니 실은, 그게 가장 중요했다.

제이크는 헬렌을 품으로 끌어당겨 손가락으로 그녀의 흰 볼을 매만졌다. 차가워 보이는 피부인데 이렇게나 따뜻하다니 이상했다. 인생은 짧건만 두 사람은 벌써 세월을 너무 낭비해 버렸다.

바로 그때, 창밖 어둠 속에서 어슴푸레한 불빛이 일렁였다. 연약하게 흔들리며 이쪽저쪽으로 움직이던 불빛은 사라졌다가 이내 다시 나타났다.

"제이크, 누가 손전등을 들고 있어요."

"나도 봤어요."

"이제 어떻게 하죠?"

"내가 나가볼게요. 헬렌 당신은 여기 있어요."

"여기 있으라고? 허튼소리!"

"알았어. 알았다고요, 젠장. 같이 가 봅시다."

두 사람이 추운 바깥으로 나왔을 때 불빛은 별장 안에서 새어 나오고 있었다. 두 사람은 숨죽인 채 천천히 별장으로 다가갔다. 불빛이 반딧불이처럼 사라졌다가 나타나기를 반복하는 것으로 보아 안에서 사람이 움직이고 있었다.

창밖에서 훔쳐보니 바닥에 드러누운 사람의 형체가 눈에 들어왔다.

그러다 갑자기 불빛이 사라지고, 뒷문이 쾅 닫혔다.

"우리를 봤군!" 제이크가 낮게 말했다. 제이크는 몸을 낮춰 별장 모퉁이를 돌았고 헬렌이 그를 뒤따랐다.

사람 하나가 뒷문으로 휙 나가 호숫가로 달아났다. 제이크는 눈밭에 감춰진 돌부리에 걸려 휘청대면서도 그를 쫓았다. 헬렌도

열심히 달렸다. 사방에 깔린 안개는 당장 눈으로 변할 것처럼 무겁고 끈적했다.

뾰족한 바위에 부서지는 물소리가 들렸다. 낭떠러지에 가까워졌다는 뜻이었다. 남자는 기슭에 바짝 붙어 도망치고 있었고 안개에 가려 거의 보이지 않았다.

갑자기 뒤쪽에서 비명이 터져 나왔다. 뒤를 돌아본 제이크의 눈에 고꾸라져 넘어진 헬렌이 보였다. 그가 붙잡을 새도 없이 헬렌은 낭떠러지 쪽으로 미끄러졌다. 제이크는 눈밭 위로 몸을 쭉 뻗어 추락 직전인 헬렌의 팔을 붙들었고 한참을 그렇게 버텼다. 다행히 눈밭에 솟은 뾰족한 바위가 제이크의 무게를 지탱해 주었다.

"디딜 곳을 찾아봐요." 제이크가 숨을 헐떡이며 말했다.

아주 천천히, 그가 그녀를 끌어올렸다. 헬렌의 손이 미끄러질 뻔하여 그가 이를 악물고 그녀를 붙들어야 했다. 손목과 팔이 바위에 짓눌려 고통스러웠다. 마침내 헬렌이 발 디딜 곳을 찾았고 아주 천천히, 조금씩 낭떠러지 위로 올라왔다.

탈진한 채 눈밭에 드러누운 헬렌을 제이크는 서서 한동안 내려다보았다. 그녀의 얼굴이 새하얀 눈만큼이나 창백했다. 제이크는 만일 헬렌이 또 낭떠러지로 떨어지거든 자신도 함께 가리라 다짐했다.

"제이크, 난 괜찮아요. 이제 일어날 수 있어요." 헬렌이 자리에서 일어나며 말했다. "하지만 그 사람. 아예 안 보이네요. 우리가 놓쳤어요."

"상관없어요, 헬렌. 당신만 괜찮으면, 상관없어."

헬렌이 그에게 살며시 몸을 기댔고 제이크는 자신의 팔로 그녀를 부드럽게 감쌌다.

“저번에는 세탁물 통로더니,” 제이크가 한숨 섞인 목소리로 중얼거렸다. “이번에는 낭떠러지군.”

무심코 뒤를 돌아본 헬렌의 눈이 휘둥그레졌다. 제이크도 뒤를 돌아보았다.

두 사람 앞에 서 있는 건 별장에 사는 남자였다. 뿌연 안개에 가려 희미하고 비현실적으로 보였지만 그가 손에 든 게 무엇인지는 똑똑히 알 수 있었다.

“멈춰. 가까이 오지 마.”

“그 총이나 치워.” 제이크가 외쳤다.

“멈추라니까.” 남자가 말을 되풀이했다.

제이크가 물었다. “당신 누구요? 왜 여기 있는 거지?”

괴상한 웃음이 적막한 밤을 뚫고 울려 퍼졌다. “궁금한 것도 많군.”

“그야 당연한 소리.”

“이 말만 해 주지. 나는 당신들을 찾고 있었어.”

“제이크, 어쩌면 좋아요.” 헬렌이 속삭였다.

남자가 안개 사이로 한 발짝 가까이 다가왔다.

“원하는 게 뭐요?” 제이크가 말했다.

“내가 원하는 게 아냐. 당신들이 원하는 거지. 알렉산드리아 잉글하트를 죽인 범인을 알고 싶은 거잖아.”

“이거 순 미친놈이잖아!” 헬렌이 낮게 중얼거렸다.

“입 다물어요.” 제이크가 사납게 속삭였다. “당신이 그걸 안다는 건가?”

괴상한 웃음소리만이 또다시 허공에 울려 퍼졌다.

"당신이 그걸 어떻게 알지?" 제이크가 큰소리로 물었다.

"거기 있었으니까. 창문도 내가 열어 두었지. 창문이 왜 열려 있나 의아했겠지? 내가 그런 거야."

제이크는 헬렌의 손이 얼음장처럼 차가워지는 걸 느꼈다.

"그리고 그 노인네가 왜 죽었는지, 왜 살해당할 수밖에 없었는지도 나는 알고 있어. 그게 가장 중요한 것일 테지. *살인 동기* 말이야."

"그게 대체 뭔데?" 제이크가 물었다.

"그게 뭐냐고? 바로 내가 살인 동기거든." 희뿌연 형체의 남자가 킬킬댔다.

"제이크, 이제 어떡해요?" 헬렌이 속닥였다.

"정보를 넘기면 값을 얼마나 쳐줄 수 있지?" 남자의 목소리가 안개를 뚫고 나왔다.

"본심이 나왔군." 제이크가 투덜댔다. "얼마면 되는데?"

"현금으로 1,000달러. 수표는 안 돼."

"알겠다고 해요." 헬렌이 또 속닥였다.

"다 들린다고, 브랜드 양." 안개 속 목소리가 말했다. "그럼 그렇게 하지."

"잠깐만요." 헬렌이 남자를 향해 말했다. "당신이 가진 정보가 진짜란 걸 우리가 어떻게 믿죠?"

"증거를 갖고 오지."

"어디로?"

"저기 별장으로. 내일 아침 10시에."

"좋아요." 헬렌이 대꾸했다.

"잠깐!" 제이크가 외쳤다. "손전등으로 당신 얼굴을 비춰 보쇼. 그래야 내일 아침에 만나면 당신인 줄을 알지."

잠깐의 머뭇거림 끝에 남자가 손전등을 켜서 얼굴을 비췄다. 왜소하고 말쑥한 남자였다. 두 사람이 예상했던 부랑자의 모습과는 거리가 멀었다. 중산모, 체스터필드 코트, 왁스로 손질한 콧수염. 주변의 칙칙한 눈밭이나 얼음 바위와는 어울리지 않았다. 순식간에 불빛이 사라졌고 괴상한 남자도 자취를 감췄다.

"이게 뭐지. 꿈인가!" 헬렌은 참았던 숨을 내몰아 가쁘게 쉬었다.

"꿈은 무슨. 현실이지." 제이크의 목소리는 심각했다. "또 뭐가 현실인지 압니까. 아까 별장 바닥에 쓰러져 있던 사람. 살인 현장인지도 몰라요."

"어머나, 제이크! 방금 그 사람! 누군지 모르겠어요?

"평생 처음 본 사람인데."

"바보 같기는! 바텐더가 말한 남자잖아요. 딕에게 전화를 걸었다는 그 사람!"

"맙소사, 그자가!"

"그럼, 설마 딕이……."

"설마 별장 바닥에 쓰러져 있던 게……." 제이크의 목소리가 거칠어졌다. "당장 가 봅시다."

두 사람은 쌓인 눈을 힘겹게 헤치며 별장으로 돌아갔다. 문은 잠겨 있었다. 제이크는 얼마간 문을 두드리며 기다리다가 안 되겠다 싶어 문 바로 옆 창문에다 냅다 돌을 던졌다. 그리고 깨진 유리 구멍으로 손을 집어넣어 문을 열고 별장 안으로 들어갔다. 헬렌이 그를 뒤따랐다.

"헬렌, 당신은 밖에 있는 게 더 나을 것 같은데."

“이미 들어왔잖아요. 제발 멍청한 소리 좀 관둬요.”

“우물 밑바닥도 여기보단 밝겠군.”

제이크가 옷을 뒤적여 성냥을 하나 찾아냈고 그걸로 불을 피운 다음 테이블에 놓인 랜턴에 불씨를 옮겨 붙였다. 불빛이 깜빡이며 타올라 천천히 주변을 밝혔다. 이윽고 코를 박은 자세로 바닥에 쓰러진 사람의 형체가 눈에 들어왔다. 키가 훤칠한 밝은 금발의 사내였다. 옆머리에 검붉은 피딱지가 말라붙어 있었다.

남자의 몸을 돌려 눕힌 제이크의 눈에 들어온 것은, 미동 없이 창백한 딕 데이턴의 얼굴이었다.

22장

연락을 받고 급히 달려온 버치가 딕 데이턴을 부축해 창고로 데려갔다. 그리고 자기 방 침대에 그를 눕혔다.

"헬렌, 믿을 만한 의사를 압니까? 지금 당장 올 수 있는 사람으로."

헬렌이 고개를 끄덕였다. "버치, 켄달 박사님한테 전화해 줄래요? 제이크, 경찰에 신고할까요?"

"지금은 곤란해요."

"하지만 이러다 딕이 죽기라도 하면……."

"그럴 일은 없어요." 제이크가 단칼에 말을 잘랐다.

"딕이 어떻게 여기로 온 걸까요?"

"글쎄, 스키 타고 왔나." 제이크는 이렇게 말하며 담배에 불을 붙였다.

"제이크, 나 농담할 기분 아니에요."

"빌어먹을, 나라고 알겠습니까. 깨면 말해 주겠지. 내 생각엔, 아까 그 수상한 남자가 우리에게 했던 수법 그대로 딕을 꾀어서

유인한 게 아닌가 싶긴 한데."

"그런데 어쩌자고 딕을 때려눕혔을까요?"

"그러게, 얼굴이 마음에 안 들었나."

"난 당신이 마음에 안 들려고 해요, 제이크 저스투스 씨."

"뭐, 딕이 남자를 속이려 했을 수도 있죠. 그러고도 남을 인물이거든. 딕이 실종 전에 은행에서 돈을 빼 간 내역도 없고. 말론과 내가 제일 먼저 연락해 본 곳이 은행이었거든요. 뒤통수 맞았다는 걸 안 남자가 딕을 때려눕힌 거지."

"정신을 잃은 지 꽤 지난 것 같아요." 헬렌이 조심스레 말했다. "우리가 조금만 늦게 도착했더라면……."

"몰랐어요? 내가 이래 봬도 해병 출신이에요."

"이제 뭘 해야 하죠?"

"의사를 기다리는 수밖에. 실력 좋은 양반이어야 할 텐데."

"물론 유능한 분이에요. 예전에 버치가 총에 맞았을 때도 도움을 줬고."

"누가 작정하고 쏜 겁니까?" 제이크가 공손히 물었다.

"제이크, 아까 그 남자가 알렉스 이모를 죽인 걸까요?"

"그럴지도 모르죠."

"자기가 살인 동기란 말은 무슨 뜻일까요?"

"모르겠는데요."

"진짜 중요한 정보를 알고 있는 걸까요?"

"모른다니까요."

헬렌은 눈치껏 입을 다물었다.

이윽고 통통한 몸집의 의사가 부산스레 도착했다. 상냥한 얼굴에 긴장감이 어려 있었다.

"헬렌 양, 이번에는 무슨 일이지요?"

헬렌은 침대에 의식을 잃고 쓰러진 딕을 말없이 가리켰다. 그를 본 의사는 휘파람 소리를 냈다.

"대체 무슨 짓을 저지른 거죠?"

"내가 한 게 아녜요. 우리는 발견만 했다고요."

의사가 딕을 찬찬히 살폈다.

"이런, 세상에나. 헬렌, 이 자가 누군지 알아요?"

헬렌이 고개를 끄덕였다. "알고 말고요. 그래서 박사님을 불러온 거예요. 박사님이라면 비밀을 지켜 주실 테니까. 제이크, 당신이 설명 좀 해 줘요."

의사가 딕을 치료하는 동안 제이크는 자초지종을 최대한 간단히 설명했다. 제이크의 설명과 의사의 진찰은 동시에 끝이 났다. 켄달 박사는 알겠다는 듯 고개를 끄덕였다.

"그러니까 꼭 비밀로 해 주세요." 헬렌이 의사에게 당부했다.

"그나저나 딕," 제이크가 물었다. "아니 그러니까 이 남자는 괜찮은 겁니까?"

"괜찮을 겁니다. 머리를 세게 얻어맞기는 했지만. 조금만 늦었으면 큰일 날 뻔했어요."

"언제쯤 말을 할 수 있게 될까요?"

"그건 장담 못 합니다만."

제이크가 끙 한숨을 뱉었다.

"잘하면 내일. 아니면 모레. 더 걸릴 수도 있고. 마음을 느긋하게 가져야 합니다. 간병인도 붙이고."

"버치에게 부탁할까요?" 헬렌이 물었다.

“그거 좋죠. 버치라면 잘할 겁니다. 좋은 간병인이지.”

의사가 버치를 불러다 해야 할 일을 알려주었고 내일 아침 다시 들를 테니 너무 걱정하지 말라며 모두를 달랜 뒤 떠났다.

제이크는 헬렌 쪽으로 몸을 돌렸다. 여태껏 의사를 포함한 모두가 딕 데이턴만 걱정하느라 헬렌의 상태를 미처 살피지 못했다. 그녀의 얼굴은 분필처럼 창백했고 옅은 금발은 엉망으로 흐트러져 있었다. 진흙과 눈으로 얼룩진 옷은 누더기처럼 너덜너덜했다. 이제 보니 이마에 흉한 상처까지 나 있었다.

“꼭 어디 떨어진 사람 같네.” 제이크는 더 이상의 말을 아꼈다.

제이크는 비틀거리며 정신을 잃은 헬렌을 부축해 아담한 거실 소파에 조심히 눕혔다. 버치가 따뜻한 물을 들고 왔고, 제이크를 도와 헬렌의 찢기고 멍든 상처 부위를 닦아낸 다음 파래진 헬렌의 입술 사이로 브랜디를 조금 흘려보냈다. 한참 만에 눈을 뜬 그녀가 뭐라 중얼거리며 제이크를 향해 미소 지었다. 그러고는 손으로 턱을 괸 채 말없이 잠들었다.

제이크는 그녀의 몸에 담요를 덮은 뒤 온수병을 그녀 발치에 두었다.

“괜찮을 겁니다.” 그리고 버치에게 말했다. “뭐 아무리 심해 봤자 이중 폐렴보다 심각하겠어요.”

제이크는 오랫동안 헬렌 곁을 지켰다. 곤히 잠든 얼굴이 꼭 칭얼대다 지쳐 살짝 웃음을 머금은 아이 같았다. 곱고 가느다란 손은 턱 밑에 포개져 있었고 긴 속눈썹은 위를 향한 채 뽀얀 볼 위에 살포시 내려앉아 있었다.

그는 그녀 이마에 아주 조심스럽게 입을 맞춘 뒤 조용히 돌아섰다.

밤은 아직 한참이었다.

창밖을 내다보았다. 안개가 서서히 걷히고 있었다. 바로 그 순간, 시커먼 형체가 눈밭에 나타났다. 남자는 잉글하트 저택에서 나와 절벽 위 별장으로 향했다. 아까 보았던 말쑥한 남자는 아니었다.

그럼 누구지?

어딘가 낯익은데. 글렌? 아냐. 하지만 분명 낯이 익어.

제이크는 직접 확인해 보기로 마음먹고 황급히 계단을 내려가 석문 너머의 눈밭을 가로질렀다. 남자도 제이크를 발견하고는 우뚝 멈춰섰다. 그리고는 냅다 몸을 돌려 잉글하트 저택 쪽으로 달아나기 시작했다. 하지만 얼마 못 가 제이크에게 붙들리고 말았다. 제이크가 남자의 어깨를 잡아 돌렸다.

파킨스!

가뜩이나 겁 많은 파킨스는 공포에 질려 사색이 되었다.

"저스투스 씨……. 이거 놔 주세요."

"어림없는 소리." 제이크는 발발 떠는 파킨스를 마구 흔들었다. "도망칠 생각 마. 어디로 가려던 건지 다 아니까. 별장에 사는 그 *사람* 정체가 뭡니까?"

파킨스는 숨을 헐떡였다. "저기는 아무도 안 살아요."

"얼른 말해요. 안 그러면 몸을 산산조각 낼 테니까."

"저……, 저기 별장은 오래도록 비어 있었어요. 누가 저런 데 살겠어요."

"분명 누군가 살고 있단 말입니다. 조금 전에 내가 두 눈으로 똑똑히 봤고."

파킨스는 사시나무 떨듯이 두려워하면서도 시치미를 뗐다. "저는 아무것도 몰라요. 정말이에요."

"지금부터 내 말 잘 들어요. 당신도 홀리를 돕고 싶다면서? 그 여자를 구해야 하지 않겠어?"

"아, 물론이지요, 선생님. 저야 당연히 그렇지요."

"나도 마찬가집니다. 그 여자 편이라고. 그러니까 별장 안에 사는 사람이 누군지 알아야겠습니다."

그러나 파킨스는 묵묵부답이었다.

"얼른 말해요. 아니면 당장 경찰에 신고할 겁니다. 그럼 경찰이 저기 사는 사람의 정체를 밝혀내겠지. 난 반드시 그럴 겁니다, 파킨스 씨. 경고했어요."

그러자 파킨스가 제이크를 똑바로 보며 대꾸했다. "그럼, 그렇게 하시든가요, 저스투스 씨."

제이크가 힘주고 있던 손을 풀었고 파킨스는 겁에 질린 토끼처럼 황급히 뒤돌아 부리나케 저택으로 내달렸다.

어차피 파킨스에게서 얻어낼 수 있는 건 없었다. 하지만 저 남자는 분명 뭔가를 알고 있다. 말론이라면 알아낼지도 몰랐다.

제이크는 다시 천천히 창고로 발걸음을 옮겼다.

파킨스의 말이 전부 진실일 가능성도 무시할 수는 없지. 물론 그럴 리 없겠지만. 대체 파킨스는 이 사건과 무슨 관련이 있는 걸까? 무슨 속셈인 거야?

파킨스 부인은 뭘 어디까지 알고 있지?

여름 별장에 사는 놈은 대체 누구고?

누구건 간에 그 사람은 틀림없이 돌아올 것이다. 누군가 별장에 들어와 딕을 데려갔다는 것도 알게 되겠지.

알게 되면 겁을 먹고 줄행랑치려나?

아냐, 어차피 그 사람은 누가 딕을 데려갔는지 바로 눈치챌 것이다. 그리고 제이크 일행이 섣불리 경찰에 신고하지 않으리란 것도 잘 알 것이다. 어찌 되었건 간에, 약속한 시각 전까지 기다리는 수밖에 없었다.

9시 무렵이 되자 호숫가에서 희미한 불빛이 깜빡였다. 그 빛은 얼마 후 별장 안에서 다시 나타났다. 그 사람이 돌아온 것이다. 제이크는 몇 분 더 지켜보았다. 그자는 떠나지 않고 별장에 머물기로 한 모양이었다.

제이크는 존 J. 말론에게 연락하고 싶었으나 변호사는 행방이 묘연했다. 제이크는 여러 군데 전화를 돌려서 날이 밝거든 곧장 창고로 오라는 메시지를 말론에게 남겼다. 그리고 여전히 의식이 돌아오지 않은 딕과 그를 돌보는 버치가 있는 방으로 살금살금 올라갔다. 딕의 상태는 조금 전 그대로였다.

헬렌 역시 옅은 미소를 머금은 얼굴 그대로 잠들어 있었다.

창가에 더 있어 볼까? 아니, 당장은 그럴 필요가 없다는 결론에 이르렀다. 어차피 오밤중에는 아무도 움직이지 않을 테니까. 망할 놈의 창문. 별장 안의 사내도 망하라지. 그냥 몽땅 망해 버려라. 제이크는 잠시 눈을 붙이기로 했다.

그는 담요로 감싼 몸을 빈 소파에 구겨 넣었다. 그리고 30초도 안 되어 곯아떨어졌다.

제이크는 꿈에도 몰랐다. 창밖을 딱 몇 분만 더 감시했더라면, 굉장한 걸 목격해 많은 진실을 알게 되었으리란 사실을. 어쩌면 몇몇 일들은 막았을 수도 있었다는 것을.

그가 창밖을 조금만 더 오래 내다보았더라면, 잉글하트 살인

사건은 훨씬 더 일찍 해결되었을 것이었지만.

제이크는 곯아떨어지고 말았다.

23장

"혼자 쓰러진 겁니까, 아니면 어디에 걸리기라도 했어요?" 제이크가 안쓰러워하며 물었다.

헬렌은 옅은 신음을 뱉으며 벽 쪽으로 돌아누웠다. "조심하라고 엄마한테 항상 말만 들었지 정말 이렇게 될 줄은 몰랐네." 이윽고 상체를 일으켜 기지개를 켜던 헬렌은 갑자기 멈칫했다. "그런데 누가 나를 밀었더라? 어디서, 그것도 왜?"

"나였어요." 제이크가 대꾸했다. "내가 절벽으로 밀었잖아요."

"아, 맞다. 이제 기억나네." 자리에서 가까스로 일어난 헬렌이 가냘픈 어깨를 담요로 감쌌다. "영 찝찝한 곳에서 잠을 잔 것 같은데."

"그것도 영 찝찝한 시간에 말이지요." 제이크가 덧붙였다.

"우리 환자는 이제 좀 어떠시려나?"

"딕이요? 여전하죠. 말론이 여기로 오는 중이랍니다."

"그 사람은 꼭 이럴 때 오더라." 헬렌이 서둘러 머리를

매만졌다. "나 어때 보여요?"

"못 봐주겠어요." 제이크는 마음에도 없는 말을 했다.

헬렌이 손목시계를 확인했다. "어제 그 남자랑 10시에 만나기로 했잖아요. 왜 이렇게 일찍부터 난리죠? 나 은행에도 다녀와야 하는데."

"그 돈을 꼭 당신이 부담해야겠어요?"

"지금 그런 걸 따질 때가 아니잖아요. 그리고 무슨 일이 있어도 돌려받을 거예요."

제이크가 생각에 잠긴 채 그녀를 바라보았다. "만일 내가 빈털터리 홍보 담당자가 아니고 당신이 아리따운 금발 상속녀만 아니었다면 우린 제법 잘 어울리는 커플이 되었을 텐데. 나는 아마 당신에게 청혼했겠죠. 하지만 나는 빈털터리 홍보 담당자고 당신은 상속자고 그러니 우린 커플이 될 일이 없어서, 내가 청혼할 일도 없겠죠."

"아유, 고마워라."

"뭐 그렇더라도, 이 망할 사건이 잘 해결돼서 사람들이 우릴 더 귀찮게 하지 않으면, 그때는 제대로 식사 한 번……."

기막힌 타이밍에 존 J. 말론이 도착했다.

제이크는 말론에게 간밤에 일어난 대모험을 들려주었고 옆에서 헬렌이 자랑스레 이마의 상처를 보여주었다.

버치가 아침 식사를 들고 왔다.

"뭐 하러 돈을 챙겨가?" 말론이 물었다. "그냥 숨어 있다가 덮치면 될 것을."

제이크가 고개를 저었다. "통하지 않을 거야. 꽤 약삭빠른 놈이더라고. 일단 돈을 들고 가서 그 사람이 하는 이야기를 들을 거야. 잡는 건 그다음에."

"그 남자, 뭘 알고 있는 걸까요?" 헬렌이 물었다.

"그걸 알면 내가 돈을 받고 팔고 싶군요." 제이크가 씁쓸한 투로 대답했다.

"저기," 헬렌이 또 말했다. "내가 생각해 본 게 있어요. 글렌과 메이벨, 또 파킨스 아저씨에 관해서요. 파킨스 아저씨는 메이벨의 친부니까 가족의 위신을 높여줄 글렌과의 결혼을 성사시키고 싶었을 거예요. 하지만 알렉스 이모가 기를 쓰고 반대하리란 것도 알았겠죠. 따라오고 있어요?"

"그럭저럭."

"그래서 파킨스 아저씨와 메이벨이 이 일을 꾸민 거예요. 홀리의 목소리를 흉내 낸 사람은 메이벨일 거고요. 어려서부터 홀리를 알았으니 어렵지 않았겠죠. 그 후에 메이벨 아니면 파킨스 아저씨가 이모를 살해한 거예요."

"잊었나 본데," 제이크가 말했다. "파킨스가 집에 돌아와 살인을 저지르기에는 시간이 부족해요. 내내 글렌과 함께 있었잖습니까."

"글렌도 한패인가 보죠."

"그럼 뭐 하러 글렌을 집 밖으로 유인하려고 그 전화 쇼를 벌였답니까? 게다가, 설마 글렌이 메이벨과 진짜 결혼하려 했겠어요?"

"파킨스 아저씨가 무섭게 몰아붙이면 글렌도 별수 없었을걸요."

"우악스럽게 남을 위협할 위인은 못 되어 보이던데."

"알았어요. 글렌은 몰랐다고 쳐요. 그럼 파킨스 아저씨가

메이벨을 못살게 굴었던 알렉스 이모에게 원한을 품고 혼자 이모를 살해한 거예요."

"어떻게 아무도 몰래 홀로 집에 돌아와서 살인을 저질렀다는 건데요?"

"그것까지는 내가 모르죠." 헬렌이 말했다.

"그 시간에 홀리의 행방도 설명 못하지 않습니까. 자기가 살인 동기라고 주장하는 남자는 또 뭐고?" 제이크가 말했다.

"바-로 그걸," 헬렌이 해맑게 대꾸했다. "당신들이 밝혀낼 차례예요."

"좀 더 머리를 굴리다 보면 괜찮은 게 떠오를지도 모르겠군." 말론이 말했다.

"홀리!" 갑자기 뒤에서 쉬어 갈라진 목소리가 들렸다. "당신들 홀리에게 무슨 짓을 한 거야?"

딕 데이턴이 문가에 몸을 힘겹게 지탱한 채 서 있었다. 붕대를 감아 놓은 그의 얼굴은 볼썽사나운 잿빛이었다.

"맙소사." 제이크가 말했다. "좀 더 누워 있지 그래."

"홀리!"

"그 여자는 무사해. 우리가 잘 숨겨 놨다고." 제이크가 딕을 침실로 데려갔다. "누워. 뇌진탕 때문에 안정을 취해야 한대."

"뇌진탕이 전염병이면 얼마나 좋을까." 딕은 화를 삭이지 못해 씩씩거렸다. "그럼 네 녀석한테 확 옮겨 버리는 건데." 그는 제이크를 밀친 뒤 비틀거리며 소파로 다가가 풀썩 앉았다. "무슨 일이 있었던 거야? 내가 꽤 오래 정신을 잃은 모양인데."

"너한테 무슨 일이 있었느냐고?"

"내가 바보 같은 짓을 했군." 딕이 실토했다. "그 전화 때문이었어. 제이크 너한테도 알리려 했는데 연락이 닿지 않더라. 그러니 나라도 뭘 해야 했지. 그 전화에 대해서 말이야. 가만히 있을 수는 없었다고. 그리고 미시간 애비뉴 다리만큼 안전한 곳이 또 어디 있겠어. 내가 거기를 혼자 못 갈 이유가 없잖아?" 딕은 인상을 찌푸렸다. "이런, 영 횡설수설이긴 한데."

"그럼 클라리넷이라도 불면서 말해 보시든가." 제이크가 빈정거렸다.

하는 수 없이 말론이 나섰다. "다리 얘기를 더 들려줘요, 데이턴. 거기서 누구를 만나기로 한 거죠?"

딕이 끄덕였다.

"어떻게 생겼던가요?"

딕이 만났다는 자의 생김새는 별장에 사는 남자와 정확히 일치했다. "그 사람은, 살인이 일어난 날 밤 자기가 그 방에 갔었다고 했습니다. 누가, 왜 살인을 저질렀는지도 안댔어요. 하지만 그걸 순순히 털어놓으려 하진 않더라고요."

"그자가 당신을 별장으로 데려간 겁니까?" 말론이 다그치듯 물었다.

"아뇨. 나중에 거기서 만나자고 했어요. 자기한테 증거가 있다면서. 1,000달러를 주기로 약속하고 거기서 만나기로 했죠."

"금액까지 똑같네." 헬렌이 중얼거렸다.

"하지만 돈을 가져가지 않은 거지?" 제이크가 물었다.

"그렇지. 뭐, 그게 실수였어. 그 사람 정도면 붙어 볼 만하다고 생각했거든……. 비실비실해 보였으니까. 내가 잡아서 넘길 생각이었어."

"하지만 그쪽이 선수를 쳤고?"

딕의 표정이 아리송해졌다. "아니. *그 사람이 아니었어.* 그게 참 이상하지."

"대체 무슨 일이 있었던 거야?" 제이크는 마음이 급해졌다.

"도착했더니 별장 문이 열려 있더라고. 들어가서 그자를 기다렸지. 곧 있으니 그자가 걸어오는 게 보이더라. 호수 쪽 문으로 들어왔어. 그리고 내가 기다리는 방으로 건너왔지. 분명 그자가 들어오는 걸 봤는데." 딕이 말을 멈췄다. "다음 부분이 이해가 가지 않아."

"제기랄, 빨리 좀 말해 봐." 제이크가 채근했다.

"갑자기 그자가 문가에 우뚝 멈춰서는 거야. 놀란 얼굴로. 그 표정이 아직도 눈에 선해. 내가 기억하는 마지막 장면이거든. 바로 그 순간 뭔가가 내 뒤통수를 후려갈겼고 기억은 거기서 끊겼어."

방 안의 모두가 어안이 벙벙해져 선뜻 말을 꺼내지 못했다.

"그러니까," 정신을 가다듬은 말론이 물었다. "별장에서 만나기로 한 남자가 당신을 때려눕힌 게 아니군요?"

"그 사람은 그냥 내 앞에 있었어요."

"그러니까 그 사람 짓이 아니란 말이잖아." 제이크가 한참 만에 입을 뗐다.

"그럼 누구란 거죠?" 헬렌이 물었다.

집히는 인물이 없었다.

"홀리를 만나고 싶어." 딕이 말했다.

제이크가 고개를 저었다. "더 누워 있어."

"나 완전히 멀쩡해. 그리고 홀리를 못 본 지 벌써, 벌써 며칠이 지났는데."

이번에는 말론이 난색을 표했다. "훤한 대낮에, 그것도 시카고 경찰이 눈에 불을 켜고 당신네를 찾고 있는데도요? 홀리를 감옥에 다시 보내려는 거요? 당신도 그건 원치 않겠지. 홀리가 숨은 방문 앞까지 경찰을 모시고 갈 생각 말아요."

"그래, 참으면 복이 온다잖아요." 헬렌이 한마디 거들고는 손목시계를 확인했다. "어머! 30분 안에 돌아올게요."

"헬렌은 파킨스 부부를 의심하던데 자네 생각은 어때?" 헬렌이 떠난 후 제이크가 말론에게 물었다.

말론은 고개를 저었다. "글쎄. 그래도 헬렌이 말한 시나리오처럼은 아닐 거야. 분명 관련 없지는 않겠지만." 그는 잠시 말을 멈추고는 구두끈을 고쳐 맸다. "난 그보다 그 여자가 뭘 숨기는지가 궁금한데."

"헬렌 말이야?"

"그러면 그레타 가르보*겠어?" 말론이 대꾸했다. "헬렌은 뭔가를 숨기고 있어. 글렌 잉글하트도 마찬가지고. 아마 똑같은 비밀일 테지."

"뭐 그럼," 제이크가 생각에 잠겨 말했다. "내가 한번 떠볼게."

말론이 어이없다는 표정을 지었다. "하, 그 여자가 아직도 우리나라 대통령이 후버*라고 하면 철석같이 믿을 놈이."

"그 여자와 함께라면," 제이크가 꿈결 같은 목소리로 농을 쳤다. "다음번 선거에는 내가 대통령에 출마하겠어." 그러더니 돌연 인상을 찌푸렸다. "말론, 설마 헬렌을 범인으로 의심하는 건

* 그레타 가르보 Greta Garbo (1905~1990). 우아하고 세련된 매력으로 무성영화와 유성영화 시대에 모두 인기를 끈 스웨덴 출생의 할리우드 배우.

** 허버트 후버 Herbert Hoover (1874~1964). 미국 31대 대통령으로 1929년부터 1933년까지 집권. 후임은 프랭클린 D. 루스벨트.

아니지?"

"그거야 모르지. 이런 경우 내 관심사는 누가 거짓말을 하느냐거든. 거짓말에는 대부분 이유가 있기 마련이니까. 헬렌은 거짓말을 하고 있고 글렌도 마찬가지야. 파킨스 부부도. 이유가 뭘까?"

"말론, 별장에서 만나기로 한 남자는 어째서 자기가 살인 동기라고 주장하는 걸까?"

"그러게 대체 왜일까?" 말론이 나직이 되물었다.

"'바로 내가 살인 동기거든' 하더니만 웃더라고. 그게 무슨 뜻이었을 것 같아? 홀리에 관해 뭔가를 아는 게 틀림없어. 분명해."

말론이 바로 이어받았다. "당연히 뭔가를 알고 있겠지. 알렉스 이모 귀에 들어갔다가는 홀리가 영영 이모 눈 밖에 나게 될 뭔가를 말이야. 홀리는 그 남자를 저지할 자신은 없어도 다 늙은 이모를 없애 버릴 수는 있었던 걸까. 아냐, 하지만 어느 쪽이든 말이 안 돼. 어차피 홀리는 결혼 소식이 세상에 알려지자마자 영영 이모 눈 밖에 나게 될 걸 알았을 텐데."

"남자가 글렌의 비밀을 아는 거라면." 제이크가 가능성을 제시했다. "글렌과 메이벨 파킨스의 관계라거나."

"아니." 말론이 반박했다. "그건 노부인도 이미 다 아는 사실이었어."

"그 남자는 자기가 창문을 열었댔어. 그때 홀리는 어디 있었던 걸까? 또 남자가 창문은 왜 연 거고?"

"신선한 공기를 쐬고 싶었나 봐."

"창밖으로 몸을 빼서 새라도 잡고 싶었던가." 제이크가 응수했다. "제길, 면도나 하고 좀 씻으련다. 버치한테 면도기를 빌려도 되려나. 이런 생활도 정말 지긋지긋하군."

10시 직전에 헬렌이 돌아왔다. 짙은 녹색 코트에 도톰한 갈색 털을 허리에 두르고 챙 넓은 녹색 모자를 쓴 그녀에게서 기품과 화려함이 물씬 풍겼다.

"돈은 준비했어요?"

헬렌이 봉투를 꺼내 빳빳한 100달러 지폐 열 장을 보였다. "은행원은 내가 협박당한 줄 알아요."

말론은 별장을 에워싼 나무 덤불 끝자락까지만 동행한 뒤 거기서 숨어 기다리기로 했다. 문제가 생기면 창가에서 제이크와 헬렌이 말론에게 신호를 보내기로 했다.

제이크와 헬렌은 말없이 걸었다. 아침 일찍부터 내리던 싸라기눈의 눈발이 꽤 굵어져 앙상한 나뭇가지와 갈색 관목에 쌓이기 시작했다. 헬렌은 제이크의 팔을 꼭 붙들고 걸었다.

"무서워요?"

헬렌은 고개를 저었다. "신나는데요. 제이크, 그 사람이 뭐라고 할 것 같아요?"

"뭐라도 털어놓기를 바라야죠."

"이제 30분만 지나면 사건의 진상과 살인 동기까지 전부 알게 되겠네요."

"그러고 나면," 제이크가 말했다. "그러고 나면……"

헬렌이 그의 팔을 지그시 눌렀다.

별장에 도착한 두 사람은 문을 가볍게 두드린 뒤 기다렸다. 인기척이 없었다. 이번에는 조금 더 세게 문을 두드렸다.

"도망친 걸까요?" 헬렌이 숨죽인 채 물었다.

"그야 모르죠." 제이크가 문을 흔들어 보았다. 문은 잠겨

있지 않았다. 천천히, 문을 밀고 들어갔다.

"아무도 없는데."

"너무 일찍 왔나." 제이크가 말했다.

헬렌이 주변을 살폈다. "모든 게 어제 본 그대로예요."

"그럼 뭘 기대했어요?"

"아니, 내 말은, 그 남자가 여기 계속 머무는 것 같다는 거죠."

"가만히 있어 봐요." 제이크가 말했다. "내가 좀 살펴볼 테니."

제이크는 작은 주방으로 이어지는 문을 열고 들어가 안을 살폈다. 그러나 이내 고개를 저으며 나왔고 호수와 마주 보는 길쭉한 방으로 들어갔다. 그런데 이번에는 들어가기가 무섭게 튀어나와 곧장 문가로 달려가서는 큰 소리로 말론을 불렀다.

말론이 눈밭에서 모습을 드러냈다.

"왜 그래?"

"당장 와 봐. 헬렌 당신도."

두 사람은 제이크를 따라 텅 빈 방으로 들어갔다.

먼지와 거미줄이 굴러다니는 방바닥에 남자의 시체가 덩그러니 놓여 있었다.

말론이 무릎을 꿇고 다급히 시체를 살폈다. "죽은 지 몇 시간은 지났어."

"사인은?" 제이크가 물었다.

"칼에 찔렸군. 그리고, 그래, 자상은 3개야. 3번 찔렸다고."

세 사람은 한동안 말을 잃었다.

"저기." 헬렌이 이상하리만치 침착한 목소리로 말했다. "말론. 이 사람도 시계를 차고 있나요?"

"예." 잠시 침묵하던 말론이 대답했다. "여기 손목시계가." 하고는 남자의 소맷동을 들췄다.

이미 예감하고 있음에도, 제이크와 헬렌은 차마 믿을 수 없다는 눈을 하고 말론의 어깨너머로 손목시계를 들여다보았다.

죽은 자의 시계가 멈춰 있었다.

정확히 3시에.

24장

새하얗게 질린 얼굴과 달리 헬렌의 목소리는 차분했다. "누구 짓일까요, 말론? 알렉스 이모를 죽인 범인일까요?"

"동일범이거나, 동일범처럼 보이고 싶은 모방범이거나." 말론이 두 사람을 보며 말했다. "이 사건의 열쇠는 숫자 3인 것 같군요. 시신에 남은 자상도, 시계가 멈춘 시간도 모두 3이니까. 서둘러야겠는데."

"왜죠?"

"이러다가는 살인도 세 건 일어날 겁니다."

"다시 원점으로 돌아왔으니 서둘러야지." 제이크가 말했다. "이 불쌍한 놈한테서 뭘 건지기는 이제 글렀어."

"그런 것 같군." 말론이 대답했다.

말론은 꼼꼼하고 체계적으로 시체를 살피기 시작했다. 손수건을 두른 손으로 칼을 집어 들어 관찰했다. 평범한 부엌칼이었다.

"아무 데서나 살 수 있는 칼인데." 말론이 말했다.

다음으로는 죽은 남자의 옷 주머니에 손을 넣어 보았다. 종이 한 뭉텅이가 나왔다. 말론은 대충 그걸 훑어보다 자기 주머니에 쑤셔 넣었다.

"이건 나중에 보기로 하고."

다음으로는 지갑을 뒤졌다. 새로 산 지갑이었다. 안에는 지폐가 한가득 들어 있었다.

말론이 지폐를 세어 보았다. "356달러."

"그런데 말이야," 제이크가 입을 열었다. "좀 이상해. 모든 게 새 물건이잖아. 옷이랑 외투, 신발, 거기다 모자, 셔츠, 넥타이, 양말까지. 설마 속옷도 그러려나. 참 이상하지. 한꺼번에 모든 걸 쇼핑하는 남자는 잘 없는데."

"정체를 숨겨야 했다면." 헬렌이 가능성을 제시했다.

"아니면 단순하게," 이번에는 말론이 말했다. "막 돈이 생긴 걸지도."

"다른 누군가에게 정보를 팔아서?" 제이크가 되물었다.

"팔았다기보다 협박했을 가능성이 훨씬 크지."

"이를테면 누구?"

"알렉산드리아 잉글하트를 살해한 범인." 말론은 이렇게 말한 뒤 시체를 좀 더 살폈다. 한동안 시체를 들여다보던 말론은 죽은 자의 신원을 알려줄 단서를 하나씩 없애기 시작했다.

"왜 그러는 거야?"

"그냥. 혹시나 경찰들이 심심할까 봐."

별장 안을 모두 뒤졌으나 별다른 걸 찾지 못한 말론은 떠날 채비를 했다.

"두 사람, 여기서 손댄 것 없겠지?"

제이크와 헬렌 모두 고개를 저었다.

"잘했어. 블레이크 카운티가 당신들 지문을 채취했다가는 곤란해질 테니까."

세 사람은 밖으로 나왔다.

"그런데." 헬렌이 말했다. "그런데 말이에요. 저 남자는 어떻게 하죠? 저렇게 두면 안 되잖아요."

"우리가 어떻게 할 건 없어요."

"그럼 경찰에 신고하게요?"

"아뇨. 파킨스가 알아서 하겠죠."

"파킨스 아저씨가요?" 헬렌이 영문을 모르겠다는 투로 되물었다.

말론은 말없이 고개를 끄덕였다. 헬렌은 도움을 요청하는 표정으로 제이크를 보았다.

"말론이 저런 상태일 때는 아무리 말 걸어봤자 소용없어요." 제이크가 설명했다.

헬렌은 한숨을 푹 쉬었다. "창고로 가서 술이나 마시죠."

"그것참 좋은 생각이군요." 말론이 대답했다.

소식을 들은 딕은 얼굴이 하얗게 질렸다. "그러면 아무것도 못 건진 거네."

"그런 셈이지." 제이크가 대답했다. "그래도 다행인 소식이 하나 있어. 이번 살인은 홀리가 이모를 살해하지 않았다는 결정적 증거가 될 거야."

"증거는 무슨." 말론이 딴지를 걸었다.

"이번 살인은 홀리 짓일 수가 없잖아." 제이크가 퉁명스레 대꾸했다. "이번 살인범이 노부인도 살해한 게 분명해."

"말했다시피 동일범처럼 위장하고 싶어 하는 자의 짓일 수도 있어." 말론이 다시 딴지를 걸었다.

"그렇다 치더라도 홀리는 아니야. 죽은 남자는 첫 번째 살인의 범인이 누군지 알았어. 그래서 살인범을 협박했을 거고. 그러다 첫 번째 살인과 같은 방식으로 살해당한 거야. 나한텐 이걸로도 증거는 충분해."

딕이 끼어들었다. "홀리가 결백하다는 증거 따위는 내게 필요하지도 않아."

"오, 그러시겠죠. 하지만," 말론이 말했다. "경찰은 그렇게 생각 안 할 겁니다."

제이크는 말론의 혈통을 싸잡아 욕하는 말을 중얼거렸다.

말론은 못 들은 체하며 말을 이었다. "분명 누군가 있단 말이지." 그리고는 잠시 입을 다물었다. "홀리인 척 전화를 걸어 글렌과 파킨스를 집 밖으로 유인한 다음 알렉산드리아 잉글하트를 칼로 찌르고, 별장의 신사가 딕에게 진실을 털어놓으려던 순간 딕을 기절시키고, 끝내는 어젯밤 그 신사까지 칼로 찔러 죽인 사람. 그놈이 아직도 바깥을 활보하는데 우리는 아직도 그놈의 정체조차 알지 못하다니."

"그리고 모든 *게 숫자 3과 관련이 있어요.*" 헬렌이 거들었다. "살인은 벌써 2건이나 벌어졌고요."

말론이 고개를 끄덕이며 의미심장하게 말했다. "이런 식이라면, 다음번 희생자는 헬렌 당신이거나, 글렌, 홀리, 아니면 파킨스 가족 중 한 사람이겠죠. 아니면 새로운 사람일 수도 있고."

"말하려던 게 있었는데 뭐였더라." 제이크가 볼멘소리로

혼잣말했다.

“아까부터 혼자 뭐라고 중얼거리는 거야?”

“말하려던 게 있었어. 그저께 밤부터 생각하던 건데. 중요한 얘기였어. 그런데 통 생각이 나질 않아.”

“뭔가가 그냥 휙 스쳐 지나가 버렸네요.” 헬렌이 말했다.

모두가 제이크를 초조하게 지켜보았다.

“그 생각을 했을 때 술에 취해 있었어, 아니면 말짱했어?” 말론이 물었다.

“취해 있었지.” 제이크가 대답했다.

테이블에는 반쯤 남은 호밀 위스키병이 놓여 있었다. 제이크는 한동안 그걸 뚫어지게 보다가 뚜껑을 땄고 옆에 놓인 유리잔을 치워 버린 다음 병을 통째로 입에 갖다 댔다.

헬렌이 작게 초를 세기 시작했다.

“30초 지났어요!”

그때 제이크와 헬렌의 눈이 마주쳤다.

“맙소사! 기억이 났어!” 제이크가 턱에 묻은 술을 훔치며 소리쳤다.

순간 헬렌의 표정도 밝아졌다. “잠깐. 나도 기억났어요. 시계에 관한 거였죠.”

“바로 그거야!” 제이크가 흥분한 눈을 반짝이며 말론을 쳐다보았다. “시계가 동시에 멈춘 이유가 뭘까?”

말론은 전혀 모르겠다는 표정이었다.

“시계 말이야.” 제이크가 반복해 말했다. “알지? 째깍째깍 시계. 전부 다 3시에 멈췄잖아. 젠장, 자네도 무슨 말인지 알겠지. 그 시계들 말이야.”

"시계가 뭔지는 당연히 알지."

"*무엇 때문에 시계가 멈춘 걸까?* 시계가 한꺼번에 멈춘 이유가 뭐냐 이 말이야."

찬 공기가 방 안에 불어닥치듯, 침묵이 쌩하고 지나가는 게 느껴졌다.

"글쎄." 한참 만에 말론이 반응했다.

"시계는 저절로 멈추지 않아." 제이크가 말했다.

"그런데 그 시계들은 그랬어."

"왜일까? 말론, 우리가 밝혀내야 하는 건 그거야. 그게 열쇠라고. 그것만 알면 모든 게 풀릴 거야. 집 안의 모든 시계를 3시 정각에 멈추게 한 게 뭔지 찾아내야 해."

"그걸 찾아낼 수 있을까." 말론은 시큰둥했다. "내 말은, 그걸 사람의 힘으로 밝혀낼 수 있느냐고."

"아휴, 정말 왜 저런담." 헬렌이 질색하며 중얼거렸다.

"어떤 건 말로 설명할 수 없기도 하니까." 말론이 덧붙였다.

"그야 당연하지." 제이크가 말을 하다 말고 멈췄다. "하지만 설마 자네가 그런 걸 믿진 않겠지. 자네처럼 많이 배운 사람이 그런 걸 믿을 리가. 우리더러 그딴 사악한 헛소리를 믿으라고 강요하지는 말아."

"헛소리인지는 모르겠다만 사악한 건 확실해." 말론이 대꾸했다.

"아이참, 무슨 소리예요." 창백한 얼굴로 헬렌이 말했다. "말론, 그렇지 않아요. 꼭 그렇지는 않거든요."

"알았어요. 그럼 어디 한번 당신이 설명해 봐요."

"그러죠." 헬렌이 대답했다. "내 의견은 좀 달라요. 이모가

살해되는 순간에 집 안의 모든 시계가 한꺼번에 멈춰 버린 게 아니에요. 한꺼번에 멈춘 게 사실이라 해도, 난 믿지 않을래요."

"할아버지의 시계—" 딕이 별안간 뜬금없는 말을 하더니 입을 다물었다.

"할아버지의 시계가 왜?" 제이크가 물었다.

"...노래 가사야."

"정신을 놨네, 놨어." 헬렌이 중얼거렸다.

"말짱합니다만." 딕이 짜증스럽게 대꾸했다. "정말 노래 가사를 생각 중이라고요. 할아버지의 시계……." 딕은 작게 흥얼거리다 본격적으로 노래를 부르기 시작했다. "돌아가시던 날 멈춰 다시는 움직이지 않았네—"

"내가 말하려던 게 바로 그겁니다." 말론이 말했다. "그거예요. 누군가 죽으면 시계가 멈춘다는 미신."

"그걸 믿어?" 제이크가 미심쩍은 눈치로 물었다.

"내가 믿는다고는 안 했네." 말론이 짓궂게 응수했다. "하지만, 그런 미신이 존재하는 건 사실이고 누군가 그걸 이용했을 수 있지."

"그게 무슨 소리죠?" 헬렌이 물었다. "시계가 멈춘 이유를 알아낸 거예요?"

"아직은 아닙니다. 아직은. 하지만," 말론의 목소리가 무거워졌다. "곧 알게 될 것 같군요!"

25장

퀭하고 창백한 낯의 파킨스는 글렌이 시내로 나가 집을 비웠다고 했다.

"상관없습니다." 말론이 말했다. "우리는 집 안을 살피러 온 거니까."

"네, 그러세요. 혹시 도움이 필요하시거든……."

"당신을 부를게요."

세 사람은 홀리의 방으로 올라갔다. 살인이 일어난 밤의 광경 그대로였다. 폭이 좁은 침대에 보드라운 복숭아색 이불이 가지런히 정리되어 있었다. 뒤져 보아도 별다른 게 나오지 않았다. 머리 위 높이에 외투 걸이가 설치된 어둡고 좁은 붙박이 옷장도 들여다보았다. 아무것도 없었다. 의미 있는 거라곤, 구김 자국 하나 없이 깔끔하게 정리된 침대와 탁자 위 작은 대리석 시계뿐이었다.

말론이 시계를 유심히 살피다 주머니에 슬쩍 집어넣었다.

"잠에서 깬 홀리가 여기서 어디로 갔다고 했더라?"

"글렌의 방이요." 헬렌이 대답했다. "복도를 지나면

나와요."

세 사람은 복도를 지나 깔끔하고 군더더기 없는 방 안으로 들어갔다. 헬렌의 사진이 담긴 작은 액자가 서랍장 위에 떡하니 있었다. 헬렌이 눈썹연필을 꺼내어 사진 속 자신의 얼굴에 턱수염과 콧수염을 그려 넣었다.

글렌의 방에도 이렇다 할 건 없었다. 다만 하나, 작고 묵직한 가죽 시계만 빼고. 그날 밤 이후 아무도 건든 흔적이 없는 시계의 야광 바늘이 여전히 3시를 가리켰다. 말론은 그 시계도 가만히 주머니에 집어넣었다. 세 사람은 말없이 방을 나갔다.

복도에 마호가니색 골동 시계가, 홀리가 그것을 보았던 때 서 있던 그대로 서 있었다. 말론은 시계를 유심히 관찰했다.

"저 시계까지 슬쩍하진 못하겠지." 제이크가 투덜댔다. "시계광이야, 뭐야?"

세 사람은 복도를 쭉 따라가 파킨스 부부 방으로 이어지는 비좁은 계단을 올랐다. 부부 방에도 싸구려 자명종 시계가 하나 있었는데 그날 밤 울리지 않았다고 했다. 말론이 손끝으로 시계 종을 툭 건드려 보고는 어슬렁거리다 자리를 떴다.

복도에 놓인 테이블에도 작은 에나멜 시계가 하나 있었다.

"세상에." 제이크는 더 이상 참을 수 없었다. "시계들이 살아 숨 쉬는 집이구먼."

"죽은 시계들이 살아 숨 쉬는 거죠." 헬렌이 정정했다.

세 사람은 알렉산드리아 잉글하트의 방문 앞에서 잠시 망설이다 안으로 들어갔다.

방 안은 무척이나 괴괴했다. 어떤 미동이나 생명력도 없었다. 둥그런 유리 덮개 안에 놓인 프랑스산 금시계도 마찬가지였다.

초록빛이 감도는 대리석 벽난로 선반에 놓인 금시계의 작은 바퀴는 꿈쩍하지 않았고 얇게 금박을 입힌 시곗바늘은 변함없이 3시를 가리키고 있었다.

그 작은 프랑스산 시계는 하루 한시도 빠짐없이 돌며 알렉산드리아 잉글하트의 일평생을 지켰다. 그리고 누군가 알렉산드리아 잉글하트의 앙상한 가슴팍에 칼을 3번 꽂았던 그때, 시계도 동시에 멈춰서 생명을 잃었다. 정확히 3시에.

집 안의 모든 시계가 마찬가지였다.

"아래로 내려갑시다." 말론이 이상하리만치 차분한 목소리로 말했다.

그가 앞장서서 서재로 들어갔고 챙겨 온 시계들을 테이블 위에 나란히 내려놓았다.

"하나가 더 필요한데. 옳지, 전자시계." 주위를 둘러보자 벽 앞 테이블 위에 전자시계가 보였다. 시곗바늘은 어김없이 3시를 가리켰다. 말론이 그 앞으로 성큼 다가가 시계를 살폈다.

"제이크, 와서 이것 좀 봐."

"뭐를?"

"보여?" 말론이 전선 플러그를 가리켰다. "전선은 연결됐는데 움직이지를 않아. 다른 전자제품들은 멀쩡히 돌아가는데 말이야."

"제길!" 제이크가 말했다. "미칠 노릇이군. 아니, 시계란 게 그렇잖아. 전기가 연결되기만 하면 멈출 이유가 전혀 없다고. 그런데 이 시계는 멀쩡히 연결되었는데도 멈춰 버렸다니."

말론이 알아들을 수 없는 말을 중얼대더니 전선을 홱 뽑아서는 반질거리는 목재 느낌의 전자시계를 테이블 위의

시계들 옆에 나란히 두었다.

그리고는 아주 몰두해서, 시계들을 본격적으로 하나씩 관찰했다.

첫 번째 관찰 대상은 홀리 방에서 가져온 작은 대리석 시계였다. 그는 시계 뒷면의 태엽 감개를 괜히 만져보기도 했다. 그러더니 만족한 듯한 소리를 내며 내려놓고 두 번째 시계로 옮겨갔다.

제이크와 헬렌은 입을 다물고 초조한 마음으로 말론을 지켜보았다.

드디어 전자시계 차례였다. 말론은 유독 조심스럽게 전자시계를 조사하고 전선을 앞뒤로 만지더니 급기야 플러그 나사를 풀기 시작했다.

"제이크." 그가 천천히 입을 뗐다. "시계태엽을 너무 조이면 어떻게 되지?"

"시계가 멈추지." 제이크가 당연하단 듯 대꾸했다. "그걸 고치려면 수리점에 맡겨야 할걸."

"바로 그거야." 말론은 플러그를 계속 만지작거리며 중얼거렸다.

제이크가 테이블 위 시계를 하나 집어 들어 태엽 감개를 비틀어 보았다. 꿈쩍도 하질 않았다. 다른 시계도 마찬가지였다.

"이거 왜 이러지?"

"이걸 봐." 말론이 플러그를 내밀어 보였다.

"플러그 안쪽에서부터 전선이 끊겼잖아. 보기에만 멀쩡해 보이지 고장 난 거였네."

말론이 고개를 끄덕였다. "금시계건 벽시계건 다른 시계들이 멈춘 이유는 아직 모르지만 결론은 나왔어. 누군가 시계를 멈추게 하려고 교묘한 수를 쓴 거야. 태엽이 끊어질 때까지 감거나 플러그 안의 전선을 자르는 것처럼 간단하고 효과적인 방법으로."

말론은 들고 있던 플러그를 테이블 위에 아무렇게나 내팽개쳤다. "여기 시계들과 별장 남자의 손목시계를 멈추게 한 건 초자연적 힘이 아니었어."

"사람이 시계들을 멈춘 거네요." 헬렌이 말했다. "일부러. 의도적으로. 대체 누가?"

"아마도, 알렉산드리아 잉글하트의 살인범."

"이유가 뭔데?" 제이크가 둔하게 물었다. "대체 뭔 생각으로? 살인 시각을 홍보라도 하려던 건가? 노부인이 정확히 3시에 죽었다는 걸 온 세상에 알리려던 게 아니라면 이유가 뭐냐고."

"이유야 있지." 말론이 대답했다. "그걸 우리가 모를 뿐. 분명 어떤 패턴을 따르고 있어. 그게 뭔지는 아직 밝혀지지 않았고. 왜 그럽니까, 헬렌?"

"잠깐만요. 뭘 좀 생각 중이에요." 헬렌이 에나멜 시계를 이리저리 살폈다. "들어 봐요. 분명한 건 이거죠. 모든 시계가 누군가의 손에 의해 멈췄다는 것. 누군가 집 안 곳곳을 돌아다니면서 일부러 시계들을 고장 냈어요. 알렉스 이모 방에 있는 프랑스산 시계부터 여기 있는 전자시계까지 모조리. 파킨스 부부 방에 있는 자명종 시계도 빼놓지 않았고. 그쵸, 말론? 이건 의심의 여지가 없는 사실이잖아요?"

"물론 의심의 여지가 없지요." 말론이 말했다.

"답답해라. 지금 제일 중요한 걸 놓치고 있잖아요.

이 시계들이 대놓고 그걸 말해 주는데 당신들은 바보처럼 그 앞에 앉아만 있네요."

"뭘 말하고 싶은 거예요?" 제이크가 짜증 섞인 목소리로 물었다.

"잘 들어요. 3시 정각에 맨 위층에서부터 시계를 멈췄다고 칩시다. 아래층까지 내려오면서 발견하는 시계를 족족 망가트려 멈추게 했겠죠. *맨 마지막 시계를 집었을 때 과연 몇 시였을까요?*"

"하나님, 맙소사." 제이크는 말문이 막혔다.

"첫 번째 시계는," 말론이 더듬더듬 추리하기 시작했다. "3시 정각을 가리켰겠죠. 두 번째 시계를 집었을 때는 2~3분이 흐른 후였을 테고, 그다음 시계는 아마 3시 5분을 가리켰을 겁니다. 그게 아니라면……."

"그게 아니라면," 헬렌이 말을 끊었다. "누군가 시곗바늘을 직접 하나하나 3시 정각에 맞춘 다음에 시계를 멈춘 거예요. 베일에 싸인 범인이 그런 거라고요. 그리고 눈치챘는지 모르겠지만, 이 정보가 가리키는 사실이 또 있죠."

"당연히 눈치챘지." 말론이 발끈해 대꾸했다. "게다가 그건 모든 걸 뒤집어 버릴 만한 사실이기도 하죠. 지금까지는 알렉산드리아 잉글하트가 3시에 사망했고 집 안 시계들도 그 시각에 멈춘 거라 가정했습니다만, 이제는 그것조차 확신할 수 없게 되었어요."

"시계들은 아무 때고 멈출 수 있었던 거네." 제이크가 말했다. "3시, 아니면 2 시, 제길, 아무 때고 가능하잖아. 살인 전일 수도 있고 후일 수도 있고."

헬렌이 한숨을 쉬었다. "알렉스 이모가 3시 정각에

돌아가셨다고 너무 단순하게 생각했어요. 물론 정말 그랬을지도 모르지만."

"노부인의 사망 시각과 관련해 확실한 건 하나입니다." 말론의 목소리는 심각했다. "글렌과 파킨스가 집을 비운 사이에 살인이 벌어졌다는 것. 두 사람이 집을 비우기 전까지 노부인은 살아 있었으니까."

"글렌과 파킨스가 집을 떠난 시각과 홀리가 제 이모 방에 들어가서 시신을 발견한 시각 사이 어디쯤." 제이크가 덧붙였다.

"맞아." 말론이 대답했다. "그 가설을 밀고 가 보자고. 하지만 홀리가 그 방에 들어간 시각을 모르는데."

"3시 이후인 건 확실해." 제이크가 이내 말을 멈췄다. "아니지, 이제 그것도 알 수 없게 되었군."

"그래. 시계는 아무 때고 멈출 수 있었으니까." 말론이 무겁게 한숨을 지었다. 그리고 주머니를 뒤적거려 반쯤 닳은 연필과 낡은 봉투를 꺼냈다.

"자, 한번 정리해 볼까. 글렌과 파킨스가 집을 떠난 시각은 대략 11시가 조금 넘어서야. 11시 15분이라고 해 두지. 집에 돌아온 시각은 4시 조금 전. 대충 3시 45분쯤. 좋아. 그러면 4시간 30분의 공백이 생기는군. 노부인은 글렌과 파킨스가 돌아왔을 때 죽어 있었어. 그렇다면 살인과 이 요망한 시계 장난질은 11시 15분에서 3시 45분 사이에 일어난 거로군. 젠장, 드디어 확신할 수 있는 게 생겼네."

"그 4시간 30분 동안 알리바이가 있는 사람들은 누구죠?" 헬렌이 물었다.

"어디 보자. 홀리부터 따져 볼까." 제이크가 말했다.

"홀리는, 확실치 않아." 말론이 말했다. "딕 데이턴은?"

"카지노에서 딕을 본 목격자만 2~300명은 되지." 제이크가 대답했다. "나도 3시 30분까지 거기 있었고. 로켓을 타지 않은 이상 여기에 4시 전에 도착할 수는 없었어. 그러니 우리 둘은 명단에서 빼 줘."

"그것참 아쉽군." 말론이 꿍얼댔다. "자네가 걸리기만을 수년째 벼르고 있는데 말야. 좋아, 다음으로 글렌과 파킨스 부부. 이자들은 그 시간에 시카고 시내를 오갔어. 그건 틀림없는 사실이야. 셋이 짜고 거짓말하는 게 아니라면 말이야. 게다가 셋의 진술은 세인트 루크스 병원 직원의 진술과도 일치해."

"그러면 남는 게……?" 제이크가 물었다.

"헬렌. 헬렌 당신은 3시에 어디 있었죠?"

헬렌이 입을 열었다. "솔직히 말하면, 알리바이가 없네요. 그냥 운전 중이었어요."

"그럼 당신일 수도 있겠군." 말론이 말했다. "당신이 홀리인 척 전화를 걸어서 이 집 사람들을 밖으로 유인했을 수도. 당신이야말로 홀리를 잘 아니까. 그리고 이 집에 들어오는 것도 가능했겠지. 이 집 열쇠를 가지고 있다고 했잖습니까."

"살인 동기는?" 제이크가 물었다.

"나랑 좀 더 지내다 보면, 내게는 거의 모든 것에 대한 동기가 있다는 걸 알게 될걸요." 헬렌이 대답했다.

침묵이 흘렀다.

"그렇지만," 헬렌이 미간을 찌푸렸다. "그렇지만, 그 시간에 홀리의 행방은 설명되질 않는데요."

"설명되지 않은 거야 많아요." 제이크가 말했다.

말론의 눈빛이 매서워졌다. "뭐, 어쨌든 수확은 있군. 당분간은 우리끼리만 알아 두자고. 홀리가 3시에 이모를 살해했다고 블레이크 카운티 경찰이 믿도록 내버려 두자는 거야."

"하, 빌어먹을." 제이크가 상욕을 내뱉었다. "외부인 짓이라는 결론으로 다시 돌아왔어. 어쩌면 아까 죽은 그자가 범인인지도 몰라. 그자를 죽인 건 제3의 인물인 거고. 아니면, 우리가 아직 짐작도 못 한 누군가가 있는 거겠지."

"그게 아니면, 범인은 홀리야." 말론이 걱정스레 덧붙였다.

홀에서 묵직한 발걸음 소리가 들려 왔다.

헬렌이 아주 태연하게 테이블에 폴짝 올라앉아 풍성한 코트 자락을 펼쳐 시계들을 감췄다. 말론은 잽싸게 테이블 아래로 전자시계를 쓱 밀어 넣었다.

그러기가 무섭게 서재 문이 벌컥 열리더니 하임 멘델과 절망한 표정의 재스퍼 플렉이 등장했다.

26장

훗날 헬렌은 그때 난생처음 암탉의 심정을 실감했노라고 고백했다. 코트 자락 안의 그 불길한 시계들이 당장이라도 부화할 것만 같았더라는 것이다. 부화했다면 아마도 뻐꾸기들이었겠지. 헬렌은 정말이지 난감한 자세로 몇 분을 버텨야 했다.

물론 시계가 없었더라도 난감하기는 마찬가지였을 것이다.

하임 멘델은 머리끝까지 화가 나 보였다. 추측하건대 전날 거나하게 술을 마신 듯했다.

설마 별장의 시체를 발견한 건가. 웬 남자가 거기 있다는 소식을 듣고 곧장 눈 덮인 비탈을 내려가 그 남자의 시체를 보게 된 거라면?

그럼 이제 어떻게 되는 거지?

하임 멘델이 말론을 노려보며 벌컥 역정을 냈다. "당신을 만나니 정말 기쁘군요!"

말과 달리 얼굴은 험상궂었다.

존 J. 말론이 오른쪽 눈썹을 치켜떴다. "무슨 볼일이라도?"

"있고 말고. 당신도 잘 알 텐데." 하임 멘델은 더 험한 말을 하지 못해 입이 근질거리는 모양이었다. "그 여자를 어디다 숨긴 거지?"

"누구 말씀이신지?" 말론이 온화하게 대꾸했다.

"잉글하트 양이지 누구겠어." 재스퍼 플렉이 친히 덧붙였다.

"정확히는 데이턴 부인." 하임 멘델이 말을 정정했다.

"모르는데요." 말론은 아쉽다는 투로 대답했다.

"여기서 어떻게 빼돌린 거야?" 멘델이 추궁했다.

"내가 그런 게 아닙니다만." 말론이 맞받아쳤다. "그 여자를 숨겨둔 것도 당연히 내가 아니고. 나도 어디 있는지 몰라요. 실은," 그가 덧붙였다. "그걸 안다면 나도 소원이 없겠습니다."

"젠장!" 하임 멘델이 분통을 터트렸다. 그러고 나자 화가 한풀 꺾인 듯 보였다.

"정 못 믿겠으면," 말론이 말을 이었다. "탈옥, 아니지, 그 여자가 탈출한 날 저녁의 내 행적을 확인해 보시든가요. 정확히 말하면 탈옥이 아니죠. 감옥에서 도망친 건 아니니까. 어쨌거나 내가 그 일과는 아무 관련이 없다는 걸 알게 되실 겁니다. 왜냐면 내가 한 짓이 아니거든. 나도 다음날 신문 기사로 읽기 전까지는 꿈에도 몰랐다고요."

하임 멘델이 그를 빤히 쳐다보았다. "사실인가?"

"당연히 사실이죠."

하임 멘델은 뒤이어 헬렌을 수상쩍게 살폈다. 헬렌은 웬 놈의 자명종이 이렇게 큰가 하면서 속으로 파킨스 부부를 탓하는 중이었다.

"브랜드 양……."

“어머,” 헬렌은 눈을 둥그렇게 뜨며 반응했다. “설마 저를 의심하는 건 아니죠? 저스투스 씨와 저는 이 집에서 멘델 선생님과 함께 있었잖아요. 함께 홀리를 찾아 놓고는.”

“당신이 빼돌린 건 아니더라도 그 여자가 어디 있는지는 알 것 같은데…….”

“제가 그걸 알면,” 헬렌이 대들었다. “진즉에 말론 씨에게 말하지 않았을까요? 이렇게나 열심히 말론 씨를 돕고 있는데?”

하임 멘델은 잠시 고민했다. “좋아.” 그리고 말론을 향해 말했다. “좋다 이거요. 지금은 당신들 말을 믿는 수밖에. 하지만 확실히 말해 두지. 말론, 당신은 어떻게든 그 여자를 찾아내야 할 거요. 24시간 안에 그 여자를 내 앞에 데려오지 않으면 공무집행 방해죄로 당신을 감옥에 집어넣겠어.”

“그래요, 그럼.” 말론이 짓궂게 대꾸했다. “곧바로 탈옥해서 미치고 환장할 꼴을 만들어 드리죠.”

멘델은 말론의 말에 또 잠시 생각에 잠기더니 대화 주제를 바꿨다. “브랜드 양, 묻고 싶은 게 있습니다만.”

“제가 알렉스 이모를 죽였느냐고요? 아뇨.” 헬렌이 대답했다.

“그걸 묻는 게 아닙니다. 그날 밤 이 저택에서 뭘 하고 있었느냐고 묻는 겁니다.”

“홀리한테 빌린 스카프를 돌려주려고 왔었어요.” 헬렌이 즉각 대답했다. 너무 즉각적인데, 하고 제이크는 생각했다.

“왜 여태껏 말하지 않았습니까?”

“아무도 묻지 않았으니까요.”

“증거를 은폐했군요.” 하임 멘델의 목소리에 짜증이

묻어났다. "당신은 줄곧 그랬어. 옆집 부인이 자정 전에 당신이 여기로 차를 몰고 온 걸 봤다고 진술했어요. 그러니까 당신은 그날 현장에 있었으면서 입을 싹 다문 겁니다. 마음만 먹으면 지금 당장 당신을 체포할 수도 있어요. 알아요?"

멘델은 그냥 누구라도 체포해야 기분이 나아질 듯해서 저러는 게 아닐까, 하고 제이크는 속으로 생각했다.

"중요한 줄 몰랐어요." 헬렌이 둘러댔다. "아주 잠깐 들른 게 전부인 걸요. 또 방금까지는 아예 까먹고 있었고요."

"그때 데이턴 부인이 집에 있었습니까?"

"네." 헬렌이 대답했다. "침대에 누워서 자려고 하는 참이었어요."

"젠장, 그럴 리가 없는데." 지방 검사는 성을 냈다.

"젠장, 정말 그랬다니까요." 헬렌이 차갑게 응수했다.

"브랜드 양." 플렉이 목소리를 내리깔고 충고했다. "말을 가려서 하면 좋겠어요."

하지만, 그의 말에 귀 기울이는 사람은 아무도 없었다.

"됐고," 하임 멘델이 화를 삭이며 말했다. "알겠소. 당신들한테서 더 얻어낼 건 없겠군. 다시 말하지만, 24시간 안에 데이턴 부인을 내 앞에 대령하지 않으면 지옥문이 열릴 줄 알아."

말론이 싸늘한 눈빛을 던졌다. "분부대로 합지요."

멘델이 외투를 가다듬으며 자리에서 일어났다. 중산모 챙을 잡고 몇 바퀴 돌리려던 것이 그만 바닥에 떨구는 바람에 민망해 붉어진 얼굴로 떨어진 모자를 도로 주워야 했다. "꼭 그래야 할 거요."

그는 얼굴이 울그락불그락한 재스퍼 플렉을 데리고 서재를

빠져나갔다. 얼마 후 현관문이 닫히는 소리가 났다.

제이크가 헬렌을 돌아보았다. "이제 진실을 말해 보시지." 목소리가 심상찮았다.

바로 그 순간, 파킨스 부부의 자명종이 눈치도 없이 요란하게 울려 퍼졌다.

헬렌은 잡고 있던 인내의 끈을 놓치고 말았다.

자명종을 품고 있던 제 둥지에서 펄쩍 뛰어오른 헬렌은 히스테리컬한 비명을 내지르며 의자에 풀썩 쓰러졌다.

제이크가 그녀를 붙들어 진정시켰다. "실밥이 자명종 버튼을 건드려 소리가 난 거예요."

"아까 그 사람들 앞에서 이랬으면 어쩔 뻔했어요!" 헬렌이 숨을 헐떡였다.

"뭐, 어쨌든 그런 일은 피했잖습니까."

헬렌은 길게 숨을 골랐다. "이렇게 대책 없이 사는 사람들이 또 있을까."

제이크는 계속 그녀를 살폈다.

"참, 그런데 자명종 소리 말이에요." 헬렌이 말했다. "그날 밤 홀리가 들은 자명종 소리는 어디서 나던 거였을까요?"

제이크는 여전히 그녀에게서 시선을 떼지 않았다.

"물론," 헬렌이 말을 이었다. "홀리가 정말로 자명종 소리를 들은 거라면 말이에요."

"홀리가 들었다고 하면 들은 거죠." 제이크가 대답했다. "그런데 정말 어디서 울린 거지? 이유는?"

"왜 나한테 묻는담. 험한 말 듣고 싶지 않으면 내게 그런 것까지 묻지는 말아 줘요." 헬렌은 이렇게 말하며 어깨를 으쓱했다. "홀리는 처음에 자명종 소리가 글렌 방에서 들렸다고 했어요. 그런데 정작 그 방에 가 보니 소리가 멈췄고. 그다음에는 파킨스 부부 방에서 자명종이 울렸다고 했죠. 그런데 거기서 나는 소리도 아니었어요."

"당연히 그 방 시계는 아니었죠." 말론이 거들었다.

"그다음에는 알렉스 이모 방에서 자명종 소리가 났댔는데. 시계들이 전부 어디 숨어 있었다는 거죠?"

"틀림없이 어딘가에 숨어 있었다는 건데." 제이크도 동조했다.

"내 말이 그거예요. 숨겨진 게 아니면 홀리가 분명 봤을 거예요. 알다시피 그날 밤 홀리는 시계 생각에 사로잡혀 있었다고요. 숨겨진 게 아니면 출동한 경찰도 분명 발견했을 테고. 이건 너무 당연한 추리잖아."

"그 당연한 추리를 그쯤에서 멈춰 봐요." 제이크가 부탁했다. "따라가기 버거운데."

하지만 헬렌은 못 들은 체했다. "말론, 그 시계들이 어디 있을까요?"

"글쎄."

"저기," 제이크가 끼어들었다. "살인이 일어난 다음 날 아침에 경찰이 이 집을 샅샅이 수색했잖습니까. 앤디 어히언이 떨떨하긴 해도 꼼꼼하긴 하거든. 자명종 시계가 있었다면 분명 발견했을 겁니다."

"하지만," 헬렌이 말했다. "홀리가 자명종 소리를 들었다고 믿는다면서요."

"숨긴 사람이 도로 치운 거라면?" 제이크가 차분히 질문을

던졌다.

헬렌은 곰곰이 따져 보았다. "그랬겠네. 그럼 그 시계들은 지금 어디에?"

"호수 바닥에 처박혔으려나." 말론이 대꾸했다.

헬렌이 한숨을 지었다. "자, 한번 들어 봐요. 보통 사람은 자명종 시계를 3개나 갖고 있지 않잖아요. 만약 어느 가게에서 자명종 시계를 한꺼번에 3개나 사 간 사람이 있으면, 그 가게 직원이 분명 기억하겠죠."

말론의 반응은 시큰둥했다. "자명종 시계를 파는 가게가 얼마나 많을지는 생각해 본 겁니까? 또 시계를 산 사람도 직원 눈에 수상하게 띌 걸 의식해서 여러 가게를 돌아다니며 시계를 하나씩 샀을 거라는 생각은 해 봤고?"

"요 며칠 사이 자명종 시계를 사 간 사람들을 찾아내서 그중에 이 사건과 연관 있을 법한 사람들을 추리면 되죠."

제이크가 끙 소리를 냈다. "뭐든 사서 고생을 하려고 하는군."

"고생 안 하는 방법을 알기는 하고요?"

"글렌과 파킨스가 집을 비운 시각과 홀리가 제 이모 방에 들어가 이모 시신을 발견한 시각 사이에 이 집에 들어와 알렉산드리아 잉글하트를 살해할 수 있었던 사람을 찾으면 되지 않겠습니까. 그리고 그중에 살인 동기가 있는 사람만 골라내면 되고."

"사서 고생하는 쪽은 내가 아닌 것 같은데." 헬렌이 말했다.

듣고 있던 말론이 말했다. "그만 입들 다물고 파킨스에게 가 봅시다."

파킨스는 식기실에서 은 식기류를 바지런히 닦는 중이었다. 파리하고 핼쑥한 몰골이었다. 그늘진 눈 밑은 퀭했다. 제이크는 그가 딱하게 느껴지기까지 했다.

“대화 좀 합시다.” 말론이 말을 건넸다.

파킨스는 덤덤하게 고개를 끄덕였다. “그러시죠, 선생님. 뭐 실은 예상했어요.” 그는 수건으로 야무지게 손을 닦고는 주방으로 나갔다. “괜찮다면 여기서…….”

“물론이죠.” 헬렌이 대답했다. “이 집에서 유일하게 활기가 도는 곳이잖아요.”

“자, 그럼.” 말론이 운을 뗐다. “어젯밤 저스투스 씨와 마주친 후에 어디로 갔습니까?”

“가다니요?”

“별장으로 돌아갔나요?”

“아뇨. 저스투스 선생님을 만나고 나서는 왠지 그러면 안 될 것 같아서요.”

“그럼 어제저녁 내내 집 안에 있었습니까?”

“아뇨. 9시 조금 전에 외출했지요.”

9시라, 제이크는 기억을 곱씹었다. 말쑥한 남자가 별장에 돌아온 걸 목격한 때가 9시 언저리였는데.

“어디로?”

“옆집의 조가 와서는 석유 난로를 손봐달라는 게 아니겠어요? 고장 난 것 같다면서요. 그래서 제가 가서 고쳐 주었죠. 아주 까다로운 작업이었어요. 10시 30분까지 거기 있다가 그 친구와 함께 여기로 돌아왔어요…….” 왜소한 파킨스 씨가 눈치를 보며 헛기침을 했다. “같이 맥주나 한잔하려고요.”

"그 후로 다시 외출했고요?"

"아이고, 아뇨. 글렌 도련님이 데려온 손님이 오래 머물다 가셨어요. 그래서 저도 덩달아 늦게까지 깨어 있었지요."

"손님이 누구였습니까?"

"멘델 씨요. 하임 멘델 씨."

말론은 예상했다는 표정이었다.

"글렌을 조사하러 왔답니까?"

"아뇨. 그냥 들른 거였어요. 글렌 도련님이 멘델 씨에게 전화해서 수사가 어떻게 돌아가는지 의논할 겸 집에 와 달라고 초대했거든요. 두 분이 술도 몇 잔 걸치셨고요. 대충 어떤 분위기인지 아시겠지요."

"멘델 씨가 떠난 시각은?"

"3시가 다 되어서 떠나셨어요."

"그때까지 이야기만 나눴다고요?"

"아뇨. 두 분은, 에, 그러니까, 주사위 노름을 조금 하셨지요. 안 그래도 아까 아침에 글렌 도련님이 돈을 꽤 잃었다고 불평하시더라고요."

그 말에 헬렌이 낄낄거렸다.

"어젯밤 파킨스 부인은 어디 있었죠?" 말론이 물었다.

"글렌 도련님이 휴가를 주셨어요. 그래서 7시쯤 오크 파크에 사는 여동생을 보러 집을 비웠지요."

하긴 그 여자가 집에 있었으면 옆집 조가 술을 마시러 오지도 못했을 테지, 하고 제이크는 생각했다.

"어젯밤 멘델 씨가 여기 도착한 시각은요?"

"정확히 기억이 나질 않네요. 글렌 도련님 말로는

9시쯤이었는데. 제가 그분을 직접 맞이한 게 아니라서요. 그 시간에 저는 옆집에 있었으니까."

"옆집 난로를 평소에도 자주 손봐줍니까?"

파킨스가 수줍게 고개를 끄덕였다. "이 동네 난로야 제가 다 봐주고는 하지요. 뭐랄까, 석유 난로에 관해서라면 뭘 좀 안달까요."

"옆집 난로는 뭐가 문제였는데요?"

파킨스의 두 눈이 돌연 이글거렸다. "어떤 작자가 몹쓸 장난을 쳐 놨지 뭡니까."

"누군가 의도적으로 고장을 냈다?"

"예. 하마터면 큰 사고가 날 뻔했어요. 그렇게 정교한 기계를 일부러 망가트리다니. 그거 순 기물파손죄 아닙니까. 고치느라 꽤 애를 먹었다니까요. 조더러 앞으로는 지하실 창문에 자물쇠를 채워 놓으라고 당부해 뒀어요. 지금까지는 아무나 드나들 수 있었거든요."

"그 짓을 했을 법한 사람을 압니까?"

"전혀요, 말론 선생님." 파킨스의 선량한 회색빛 눈에 갑자기 당황한 기색이 드리워졌다. "그런데 이런 질문을 해도 될지 모르겠지만……."

말론이 그의 말을 끊고는 벌컥 다그쳤다. "어젯밤 저스투스 씨와 마주쳤을 때 별장으로 가는 길이었죠?"

"맞습니다. 하지만 그 후로……." 파킨스가 갑자기 말끝을 흐렸다.

"괜찮아요, 파킨스 씨." 말론의 목소리가 한층 부드러워졌다. "어차피 다 시인한 거나 다름없으니까." 그가

파킨스를 똑바로 보고 다시 다그쳤다. “사실대로 말해요. 그 사람 대체 누굽니까?”

우물쭈물하던 파킨스 씨가 거친 숨을 몰아쉬며 걷잡을 수 없이 당황스러워했다. “홀리 아가씨와 글렌 도련님의 아버지랍니다. 예, 정말이에요. 홀리 아가씨와 글렌 도련님의 친아버지요.”

27장

"이름은 루이스 밀러." 파킨스가 말했다. "출신은 모르겠지만 배우라던데요. 딱히 실력 있어 보이진 않지만요."

"그 사람이 글렌과 홀리의 친아버지라고요?"

"예, 맞아요."

"그걸 어떻게 압니까?"

"그분 입으로 그랬으니까요."

"거짓말일 수도 있잖습니까." 말론이 말했다.

"그야 그렇죠, 말론 선생님. 저도 그 생각은 했어요. 하지만 거짓말이 아니더라고요. 쌍둥이가 태어났던 때 미스 잉글하트께서 보낸 편지를 그분이 갖고 있던걸요."

제이크는 머리가 핑핑 돌았다. 이 해괴망측한 사건에 홀리와 글렌의 친부까지 엮여 있다니?

"그 사람이 별장에 머문 지는 얼마나 됐습니까?"

"며칠 안 됐어요." 파킨스는 길게 숨을 내쉰 뒤 자초지종을 줄줄 읊었다. "살인 사건이 벌어진 다음 날이었지요. 말론

선생님, 저는 그때 무척 화가 나 있었어요. 이런 말을 해도 될는지 모르겠지만, 우리 홀리 아가씨를 감옥에 처넣은 건 끔찍한 실수이지 않습니까. 하지만 선생님도 아시다시피 잡아들일 사람은 홀리 아가씨 아니면 글렌 도련님밖에 없기는 해요."

"글렌은 어째서?" 말론이 대수롭지 않게 되물었다.

파킨스는 돌연 시무룩해져 입을 다물었다.

"괜찮아요." 말론이 그를 달랬다. "글렌과 당신 딸 메이벨의 관계는 이미 알고 있으니까."

파킨스는 코를 훌쩍였다. "글렌 도련님은 아무 잘못 없어요. 미스 잉글하트께서 싸고도는 게 문제였지. 그리고 저희 메이벨은, 제 딸이긴 합니다만, 아주 고집불통에 다루기 힘든 녀석이지요."

제이크는 메이벨을 딸로, 넬리를 아내로 둔 파킨스가 몹시 불쌍하게 느껴졌다.

"저는 홀리 아가씨와 글렌 도련님이 범인이 아니라는 걸 알아요. 다른 사람의 짓이 분명해요. 그렇지만, 진짜 범인을 밝혀내지 못하는 한 홀리 아가씨의 결백을 아무도 믿어 주지 않겠지요." 말을 멈춘 파킨스 씨는 부끄러운지 약간 머뭇거렸다. "늘 하는 생각이지만, 어릴 적 첫 단추만 잘 끼웠어도 저는 꽤 괜찮은 탐정이 되었을 겁니다. 이래 봬도 탐정소설 애독자거든요."

가여운 자 같으니라고. 저기 영혼 없이 그를 달래고 있는 변호사는 자기가 훌륭은 고사하고 괜찮은 탐정이 되리라곤 상상해 본 적도 없을 텐데! 하고 제이크는 생각했다.

"잘 알겠습니다, 파킨스 씨. 계속 말해 봐요."

"그러니까 말이지요, 경찰이 미스 잉글하트의 시신을 모셔

간 후 저는 직접 집 안을 샅샅이 살폈습니다. 딱히 특별한 걸 찾지는 못했어요. 외투 단추 같은 게 하나라도 나왔다면 그걸 단서로 파 보는 건데. 살인이 일어난 방문 앞 카펫에서 넥타이핀을 하나 줍기는 했습니다만, 알아보니 어히언 씨 물건이지 뭡니까."

제이크는 저 왜소한 남자가 그 사실에 얼마나 실망했을지 눈에 선했다.

"그러다가 집 바깥을 조사해 보자 결론을 내린 겁니다. 어디 수상한 발자국이 없나 꼼꼼히 살폈지요. 하지만, 아시다시피 그날 종일 눈이 내렸고 집에 워낙 사람이 많이 들락거려서 아무 소용이 없었습니다. 그렇게 호숫가를 걷던 중에 우연히 별장을 들여다보게 된 겁니다."

제이크는 앰브로스 파킨스가 코를 훌쩍이며 호숫가를 거닐다 별장 앞에 다다라 창문을 기웃거리는 모습을 상상했다.

"제가 얼마나 놀랐을지는 말 안 해도 아시겠지요."

"알 것 같네요." 헬렌이 진심을 담아 대답했다.

"경찰에는 왜 신고하지 않았습니까?" 제이크가 물었다.

앰브로스 파킨스는 얼굴을 붉혔다. "혼자 해 보고 싶었거든요. 물론 경찰에 숨김없이 얘기할 작정이었지만 그 전에 미스 잉글하트를 살해한 진범을 제 손으로 찾아내고 싶었어요."

"알겠습니다. 그렇다면 왜 나와 저스투스에게까지 숨긴 겁니까?"

"비웃음을 살까 봐서요. 일단은 혼자 별장을 감시하면서 누가 그 안에 들어가는지 확인해야겠다 싶었죠. 그런데 아무렇지 않은 척하면서 몰래 별장을 감시하기가 여간 쉽지 않았어요. 안사람이 원체 의심이 많거든요. 용케 감시는 했지만 별장에 누가

드나드는 걸 통 보지 못했어요. 그러다 바로 어젯밤 희미하게 창문 안에서 불빛이 보였고, 누가 왔구나, 직감했죠."

"그래서 어떻게 했습니까?"

"예, 그래서 외투랑 머플러를 챙겨서 곧장 나가 보았습죠. 뭘 해야 하나 막막했지만 일단 그자와 맞닥뜨리는 게 가장 낫겠다고 결론을 내린 거예요. 그리고, 정말 그렇게 했지요."

"혹시 총을 가져갔습니까?"

"아뇨, 선생님. 저는 그런 걸 손에 쥐고만 있어도 몸이 벌벌 떨리던데요."

"계속 말해 봐요." 말론이 쉰 목소리로 재촉했다.

별장에 사는 남자가 살인자일지도 모르는데 맨몸으로 만나러 가다니! 제이크는 속으로 경악했다.

"그분은 저를 보고 퍽 놀라기는 했지만 모든 걸 설명하겠다고 했어요. 그러면서 미스 잉글하트께서 과거에 보냈던 편지를 꺼내는 게 아니겠어요? 쌍둥이가 태어났을 때 받은 편지라나요. 자기가 쌍둥이의 친아버지라고요. 또 진짜 살인범이 누군지 알고는 있지만 그건 아직 증명할 수 없다고 했어요. 저더러 홀리 아가씨를 위해서라도 자기를 도와 달라고 했고요."

"뭘 어떻게 도왔는데요?"

"별장에 숨어든 걸 눈감아 주었고 아무한테도 말하지 않았어요. 글렌 도련님한테도요. 그분이 원할 때는 불을 때 주었지요. 그분은 자기가 부탁하기 전에는 먼저 별장에 찾아오지 말라고 단단히 경고했어요. 그래서 별장에 얼씬도 하지 않았죠."

자연스럽다고, 제이크는 생각했다. 파킨스가 별장으로 내려갔다면 분명 딕을 발견했을 테고, 그러면 그대로 죽게 내버려 두었거나 말쑥한 그 남자가 서둘러 딕을 처리하고 말았을 것이다.

"그런데 어젯밤에는 왜 별장에 간 겁니까?"

"그야 어쩔 수 없었어요. 홀리 아가씨는 달아났지, 아가씨와 만나던 총각도 행방이 묘연하지, 우리 딱한 글렌 도련님은 불안해서 실성 직전이니 저까지 미칠 것 같더라니까요. 참말이에요. 무슨 일인지 알아야겠는데 누구에게 물어봐야 할지를 몰라서."

말론이 파킨스의 어깨에 손을 얹었다. "걱정하지 말아요, 파킨스 씨. 내가 장담하는데 홀리 양은 아주 말짱해요. 홀리 양 신랑도 무사하고."

"세상에나, 정말 고맙습니다." 파킨스가 희미하게 미소 지었다.

말론이 자리에서 일어났다. "그럼, 대화는 이쯤 끝내도 되겠군요. 다만 하나 부탁할 게 있습니다."

"저한테요?"

"예, 파킨스 씨. 이제 우리는 브랜드네 창고로 건너갈 겁니다. 우리 모두가 창고에서 차를 타고 떠나는 걸 보거든, 신고를 부탁합니다. 경찰서에 전화를 걸어서 잉글하트 여름 별장에 죽은 사람이 있다고 말해 주십시오."

제이크는 이러다 파킨스가 까무러치는 게 아닐까 잠시 걱정했다. 그러나 파킨스는 용케 정신을 붙들어 맸다.

"죽은 사람이라고요?" 파킨스가 아주 약간 놀란 듯한 목소리로 물었다.

"예, 그렇습니다. 죽은 사람이요. 거기 머물던 사람이 맞을 겁니다. 어젯밤 별장에서 불빛이 새어 나오는 걸 봤고 오늘 별장에

가 보니 시체가 있더라고 얘기하면 됩니다."

"알겠습니다. 더 말할 게 있을까요?"

말론은 빙긋 미소를 지었다. "아뇨, 파킨스 씨. 아무 말 마십시오. 제발, 아무 말도."

"아주 잘 알겠습니다, 선생님." 파킨스는 홀란다이즈 소스를 곁들인 아티초크 요리를 주문받는 종업원처럼 대답했다.

세 사람은 브랜드네 창고로 걸음을 옮겼다.

"그 사람 몇 시쯤 죽은 걸까?" 제이크가 물었다.

"내가 의사는 아니다만 대충 자정 전일 거라고 봐."

"9시 전은 아냐." 제이크가 말했다. "왜냐면 그전에는 별장에 오지 않았거든. 그렇다면 범행 시각은 9시부터 자정 사이."

"그럼 글렌과 파킨스 부부는 범인 후보에서 제외네요. 넬리 아줌마가 오크 파크에 사는 동생네에 있었던 게 사실이라면 말이죠." 헬렌이 말했다.

"홀리도 마찬가지." 제이크가 덧붙였다. "홀리가 어딨는지는 우리 모두 알잖습니까."

"제발 그랬으면 좋겠군." 말론이 대꾸했다.

"홀리는 이 일과 관련이 없어. 그리고 그 여자는 망할 네 놈의 고객님이라고." 제이크는 이렇게 말하다 잠시 딴생각에 잠겼다. "계속 눈이 와서 다행이군. 아니었으면 블레이크 카운티 경찰 놈들이 별장 주변 발걸음을 발견해서 날뛰었을 텐데."

창고 문가에서 버치가 세 사람을 맞이했다. 그런데 버치의 얼굴이 잔뜩 울상이었다.

"저, 그 사람이 사라졌어요."

"설마 딕은 아니겠죠?"

"그럼 누구겠어요. 잠깐 혼자 둔 사이에 달아나 버렸다니까요!"

28장

"거기 술이나 줘 봐요." 제이크가 갈라진 목소리로 말했다.

헬렌이 술병을 집어 그에게 건넸다.

"어쩌면," 버치가 주눅 든 목소리로 말했다. "어쩌면 홀리 아가씨가 프레이저 부인네에 있다고 말해 버린 게 실수였나 봐요."

"아하." 말론이 말했다. "거기다 숨겨 두었구먼."

제이크와 헬렌은 뜨끔하여 그를 보았다.

"못 들은 척 해줘요." 헬렌이 말했다.

"이젠 상관없지." 말론은 얼굴을 북북 문질렀다. "이젠 다 상관없어졌어."

"그 자식 거기로 가고 있나 보군." 제이크가 한숨을 쉬었다.

"말리기에는 너무 늦었어요." 헬렌이 위로하듯 대꾸했다. "경찰한테 걸리지 않기만을 바라야죠."

* 기독교여성 금주연맹 WCTU(Woman's Christian Temperance Union). 1873년 기독교 여성들이 만든 사회 개혁 단체.

"신문에 얼굴도 팔리고 머리에는 붕대까지 칭칭 감아 놨으니 당신이 기독교 여성 금주연맹* 야유회에 끼는 것만큼이나 수상쩍어 보일 텐데." 제이크가 대답했다. "하지만 이미 늦어 버렸어."

"가서 혼쭐을 내줍시다." 헬렌이 작심한 목소리로 말했다.

제이크는 또 한숨을 푹 쉬었다. "그 녀석이 그렇게 의협심 넘치는 구석이 있다니까요. 음악 한다는 놈 중에 그런 놈은 또 처음이거든. 아이오와주 그로브 폴스에서 홀로 멋지게 사는 고모 밑에서 길러지면 그렇게 되는 건가. 생긴 것도 금발의 천사 같은 게 하는 꼴도 꼭 그렇잖아."

"그것참 감동적이다만," 말론이 마뜩잖다는 목소리로 끼어들었다. "사건 해결에는 전혀 도움이 안 되는 천사군." 그러더니 주머니에서 종이 한 뭉텅이를 꺼냈다. 사망한 루이스 밀러의 주머니에서 슬쩍해 온 물건이었다. 제이크와 헬렌이 호기심 어린 눈으로 그걸 살폈다.

미납 청구서들과 교외 열차 운행표, 보라색 잉크로 쓰인 편지 몇 통, 피츠버그에서 파리로 분장해 연극 무대에 올랐던 루이스 밀러의 사진이 실린 색 바랜 신문 기사 쪼가리, 반으로 접힌 문서 한 통 그리고 빈 봉투였다. 말론은 그것들을 쭉 훑어본 뒤 반으로 접힌 문서와 빈 봉투를 나란히 놓았다.

"이거 재밌네." 그리고 반으로 접힌 문서를 가리켰다. "그자가 알렉산드리아 잉글하트에게 서명해 보낸 문서 원본인데, 1만5,000달러를 받는 대가로 쌍둥이에 대한 양육권을 평생 포기한다고 적혀 있어."

"그 사람이 이걸 어떻게 손에 넣은 거지?" 제이크가 물었다.

"그럴싸한 가설이 있지. 헬렌, 이 문서가 어디에 있었을 것 같습니까?"

"알렉스 이모 방 금고." 헬렌이 기다렸다는 듯 대답했다.

말론이 고개를 끄덕였다. "그자는 이것 때문에 살인이 일어난 날 밤에 그 방에 간 거야. 빈집을 털려고."

세 사람은 각자 생각에 잠겼다. 그러다 갑자기 제이크가 잊고 있던 무언가를 떠올렸다.

"말론! 그 사람이 그랬어. '창문이 왜 열려 있나 의아했겠지? 바로 내가 그런 거야.'라고. 그래서 창문이 열려 있었던 거로군!"

말론이 고개를 또 끄덕였다. "홀리는 그 방에 들어갔을 때 금고가 살짝 열려 있었다고 했어. 그자 짓이었던 거야. 그런데," 말론의 얼굴이 구겨졌다. "넬리 파킨스와 글렌은 금고가 닫혀 있었다고 했단 말이지."

"금고를 연 게 밀러라면," 헬렌이 중얼거렸다. "닫은 사람은 누굴까요?"

"혹시 말이야." 제이크가 질문을 던졌다. "이 사건에 또 다른 인물이 개입된 거 아닐까? 아직 우리 눈에 띄진 않았지만 노부인을 살해하고, 금고문을 닫고, 시계들을 고장 내고, 침대를 정리하고, 또 홀리를……," 제이크의 목소리가 점점 높아졌다. "제길, 돌아 버리겠네!"

"하지만," 말론이 설명을 시작했다. "밀러가 창문을 통해 방 안에 들어갔을 때 노부인은 이미 죽어있었어. 밀러가 노부인을 살해한 범인이 아닌 경우라면 말이지. 범인이 굳이 되돌아와서 밀러가 열어 놓고 나간 금고문을 다시 닫아둔 이유가 뭘까?"

"먼저 질문한 건 나야." 제이크가 대꾸했다. "나한테 되물으면 안 되지."

"거기 빈 봉투는 뭐죠?" 헬렌이 물었다.

말론이 그녀에게 봉투를 건넸다.

"편지는요?"

"잃어버렸거나 없앴겠죠. 상관없습니다. 중요한 건 그 봉투니까."

세 사람은 봉투를 이리저리 살폈다. 루이스 밀러의 뉴욕 집 주소로 온 편지였다. 뒷면에는 보낸 이의 이름과 반송용 주소가 적혀 있었다. 반송용 주소는 메이벨 파킨스의 집 주소였다. 그런데 보낸 이는 넬리 파킨스였다.

"글씨체도 넬리 아줌마 건데." 헬렌이 찬찬히 말했다. "눈에 익어요."

"그런데 여기 찍힌 소인을 보면……." 제이크가 대뜸 소인을 가리켰다.

말론이 고개를 끄덕였다. "미스 잉글하트가 살해되기 약 1주일 전에 발송됐어. 그러니까, 편지 내용은 몰라도 넬리 파킨스가 별장에 살던 남자와 아는 사이일 거란 짐작은 해 볼 수 있지."

말론이 말을 멈춘 새 헬렌이 잔에 술을 채웠다.

"술이나 마셔야겠다." 헬렌이 말했다. "머리를 굴리려면 술로 정신을 먼저 깨워야 하거든요."

그새 말론은 외투 단추를 채웠다.

"내가 태워다 줄게요." 헬렌이 제안했다.

"아오, 그 차엔, 저놈이나 태우고 다니쇼." 말론이 제이크 쪽을 손짓했다. "둘이 같이 술이나 마시러 가든가. 어쨌든 나는

됐습니다. 차를 가져오기도 했고."

"또 어딜 가려고?" 제이크가 물었다.

"세인트 루이스 병원." 말론은 덤덤하게 대답하며 장갑을 찾아 뒤적거리다 서류 가방에서 그걸 발견했다.

"잠깐만. 거기 가서 뭐 하려고? 병원에 가면 뭘 알 수 있는데?"

그러자 말론이 씩 웃었다. "알렉산드리아 잉글하트를 살해한 범-인." 그가 문가로 향하다 갑자기 걸음을 멈췄다. "아, 깜빡할 뻔했군. 헬렌, 잉글하트 저택에서 전화가 울릴 때 위층에서도 소리가 들립니까?"

헬렌은 고개를 저었다. "아뇨. 그래서 더럽게 불편하죠. 알렉스 이모는 전화벨 소리를 질색했어요. 음량을 어찌나 작게 낮췄는지 방문을 닫으면 거의 들리지도 않는다니까요."

"고마워요. 그게 궁금했는데."

말론은 두 사람이 무얼 묻기도 전에 휑 떠나 버렸다.

제이크와 헬렌은 울적하게 술병을 비웠다.

"세인트 루이스 병원이라. 왜 가는 걸까. 혹시……." 헬렌이 말을 멈췄다.

"왜요? 세인트 루이스 병원이 어떻길래?"

"글렌과 홀리가 태어난 곳이거든요. 계약서가 서명된 장소이기도 하고. 치사한 인간. 우리한테까지 비밀로 할 건 뭐래요?"

제이크는 대답 대신 한숨을 푹 쉬었다.

갑자기 계단을 올라오는 발소리가 들려 왔다.

"딕이 돌아왔나 보군." 제이크가 반색했다.

그러나 열린 문으로 들어온 사람은 하임 멘델이었다.

헬렌이 명랑하게 그를 맞이했다. "술이 다 떨어졌는데 어쩌죠."

"생각 없어요." 멘델이 퉁명스레 대꾸했다.

제이크는 호기심 어린 표정으로 그를 살폈다. 별장 시체를 발견한 걸까? 아냐, 그럴 리 없어. 그런 거라면 벌써 경찰차 소리로 시끄러워야 한다고. 게다가 파킨스는 브랜드네 창고에서 우리 셋이 모두 나갔을 때 경찰에 신고하기로 했는데.

순간 제이크 눈에 하얗게 질린 헬렌의 얼굴이 들어왔다.

"브랜드 양." 멘델이 입을 열었다. "거짓말을 하셨더군요." 상처받은 사람의 목소리였다. "그날 밤 잉글하트 저택을 방문한 시각이 우리에게 말한 것보다 늦던데요. 방금 당신을 봤다는 이웃 부인과 이야기 나누고 오는 길입니다."

헬렌은 묵묵부답이었다.

하임 멘델의 목소리는 침통했다. "그 시각이라면 당신이 살인을 저질렀을 수도 있겠더군요."

제이크가 그를 노려보았다. "뭐 하는 짓입니까?"

"브랜드 양을 체포하는 거요." 멘델이 길게 숨을 내쉬었다. "살인 용의자가 아니라 중요 참고인으로. 이 여자는 증거를 은폐했어."

"괜히 쇼하지·말아요." 제이크가 발끈했다. "홀리 데이턴을 코앞에서 놓쳤다고 언론이 들들 볶으니까 새 용의자를 잡아들여서 뭐라도 하는 척하려는 거잖습니까."

"입 닥쳐." 하임 멘델이 싸늘히 반응했다. "안 그러면 당신까지 처넣을 테니까."

"일단 설명할 기회라도 줘요." 제이크가 꾸짖듯 그를 다그쳤다.

"세상 당연한 걸 굳이 설명하진 않을래요." 헬렌이 장난스레 거들었다.

"브랜드 양……." 하임 멘델이 입을 열었다.

"당신은 날 체포할 수 없고 감방에 처넣을 수도 없어요." 헬렌이 돌연 또박또박 큰 소리로 말했다. "그 덜 떨어진 머리로 이해할 수나 있으려나. 그냥 원래 하던 세탁소 배달 일이나 하지 그래요? 언젠가는 당신이 세탁소에 맡겨질 날이 올 텐데. 어쨌거나 날 감방에 집어넣을 수 있다고 생각하는 거라면, 꿈 깨요."

분노한 하임 멘델의 얼굴에서 핏기가 가셨다.

"지금 바로 당신을 체포하겠습니다, 브랜드 양."

"지옥에나 떨어지라지." 제이크가 낮게 욕했다.

바깥에서 헬렌의 차가 부릉대는 소리가 들렸다.

"당신은 빠져." 하임 멘델이 제이크에게 경고했다.

"이 여자는 내가 데리고 가지." 그리고 헬렌의 팔에 손을 얹었다. 그와 동시에 헬렌이 날렵하게 멘델의 뺨을 후려쳤다.

하임 멘델은 그만 이성의 끈을 놓고 말았다. 그는 으르렁거리다시피 하며 헬렌의 팔목을 낚아챘다. 그러자 이번에는 제이크가 주먹을 불끈 쥐고 그에게 필사의 한 방을 날렸다.

블레이크 카운티의 지방 검사 하임 멘델이, 그들 발 앞에 쓰러졌다.

헬렌이 제이크의 팔을 잡아끌고 나가 계단을 내려갔다. 크고 매끈한 차가 문을 반쯤 열어 놓은 채 부릉대며 두 사람을 기다리고 있었다.

"요란한 소리가 나길래 혹시 몰라서." 운전석에 들어가 앉는 헬렌을 향해 버치가 신이 나 말했다.

제이크가 숨을 고를 새도 없이 차는 메이플 파크를 빠져나갔다.

"역시 탈출하는 데 버치만 한 사람이 없다니까." 헬렌이 말했다. "한 번쯤 나도 도피 생활을 해 보고 싶었는데."

"제이크 저스투스로부터?" 제이크가 물었다.

헬렌이 웃음을 터트렸다. "한번 맞혀보지 보지 그래요?"

"경찰에 잡히거든 내가 사식은 후하게 넣어줄게요." 그가 약속했다.

두 사람은 에반스턴 골목길에 차를 버려두었다. 헬렌은 나중에 버치가 차를 가지러 올 것이라며 그 길로 택시를 잡아 이전에 맥주잔 실험을 벌였던 아담한 술집으로 향했다. 그곳에 도착한 두 사람은 칸막이 자리에 앉아 호밀 위스키를 주문했다.

제이크가 그녀를 유심히 살폈다.

"헬렌, 당신은 범인이 아닙니다." 그가 진지하게 말을 꺼냈다. "당신은 누군가를 보호하고 있는 거죠. 보나 마나 글렌이겠지. 궁금한 건, 첫째, 왜 그 사람 짓이라고 생각하는 겁니까? 그리고 둘째, 당신이 왜 그걸 신경 쓰는 거죠?"

29장

지난번 호텔에서 보았던 눈빛이 그녀 눈에 다시 드리워졌다. 상처 입은 듯한 표정.

"어서." 제이크의 목소리가 갈라졌다. "말해 봐요."

"정말 모르겠어요?" 헬렌이 힘없이 입을 뗐다.

"떠보지 말고 어서 말하라니까!"

"범인은 글렌 아니면 홀리예요. 둘 중 하나인 건 분명해. 누군지는 지금도 모르겠지만. 그치만, 정말 모르겠어요?" 헬렌이 했던 말을 되풀이했다. "둘 중 누구건 간에……."

제이크는 침착한 표정을 잃지 않으려 노력했다. "그날 밤 잉글하트 저택에 다시 갔었습니까?"

헬렌이 느리게 고개를 끄덕였다. "네. 그랬어요."

"대체 왜 숨긴 겁니까?"

"왜냐면……," 그녀가 잠시 망설였다. "홀리가 불리해질까 봐."

"그게 무슨 말입니까? 당신 뭘 알고 있는 거야?"

“내가 그 집에 다시 갔던 건,” 헬렌이 천천히 설명을 시작했다. “홀리가 걱정돼서였어요. 처음 방문했을 때 홀리는, 뭐랄까. 어딘가 이상했거든요. 말했다시피.”

“그래요. 그런데 다시 갔다는 얘기는 어째서…….”

“그 뒤로 밖에서 술을 몇 잔 마시고 메이플 파크 주변을 드라이브하는데, 문득 홀리가 괜찮은지 다시 봐야겠다 싶더라고요. 옆집 잔디밭을 차로 박은 게 그때고요. 집 안이 온통 깜깜했는데 예전에 넬리 아줌마가 준 열쇠가 있어서 문을 따고 들어갔어요. 그리고 홀리 방에 올라갔죠.” 헬렌이 말을 멈췄다.

“그랬는데?”

“*홀리가 없더라*고요. 침대에 누운 흔적도 없이.”

제이크는 앉아서 헬렌을 물끄러미 바라보았다. “그때가 언제였는데요?” 그가 끝내 꺼낸 말은 이것이었다.

“11시 정도 됐으려나. 정확히는 몰라요.”

“그다음은?”

“뭘 해야 하나 잠시 고민했어요. 그러다 홀리가 딕 데이턴 이야기를 했던 게 떠올랐고, 설마 그 남자랑 벌써 달아났나 싶더라고요. 하지만 침대가 말끔한 건 아무래도 이상했어요. 그래서 글렌을 깨우기로 했죠. 그런데 복도에서 마침 글렌을 마주쳤어요.”

“그럼 글렌은 당신이 그 집에 다시 온 걸 알았다는 거네요?”

헬렌이 고개를 끄덕였다. “홀리 얘기를 막 꺼내려는데 글렌이 갑자기 전화 얘기를 하는 게 아니겠어요. 연락이 와 나가봐야 한다면서. 내가 병원까지 태워다 주겠다고 했는데 이미 파킨스 아저씨가 차를 꺼내 놨다고 했고, 나 보고는 가 봤자 아무

도움이 안 될 거라고 했어요. 그래서 나는 그대로 집을 나왔죠. 나중에 생각해 보니까 웃긴 거예요. 내가 처음 그 집에 갔을 때만 해도 분명 홀리는 막 침대에 들어가서 자려고 했거든요. 대체 언제 세인트 루크스 병원 근처까지 가서 사고를 당했다는 건지. 하지만 말했다시피, 그때 나도 조금 정신이 없었던지라."

제이크는 인상을 찌푸렸다. "11시 조금 넘은 시각에 홀리는 방에 없었고 침대에 누운 흔적도 없었다, 이거군요. 당신이랑 파킨스, 글렌 모두 그걸 확인했고. 그런데 3시, 아니지, 젠장, 몇 시였는진 몰라도 아무튼 이후에 홀리는 외출한 기억 없이 자기 침대에서 일어났다고 했잖습니까. 또 넬리 파킨스가 집에 돌아왔을 때는 홀리 침대에 아무도 누운 흔적이 없었고. 누군가는 확실히 제정신이 아니란 건데."

"내가 왜 이제껏 입을 다물고 있었는지 알겠죠?" 헬렌이 풀죽은 목소리로 말했다. "말해 봤자 홀리에게 불리하기만 하니까." 말하던 헬렌의 눈빛이 날카로워졌다. "아니면 글렌에게. 문제는, 글렌이 외출 후 집에 돌아와서 살인을 저지르는 건 불가능하단 거예요. 왜냐면 줄곧 넬리 아줌마랑 파킨스 아저씨와 함께였으니까. 그치만, 어쩌면……." 헬렌이 말끝을 흐렸다.

"제이크. 세 사람이 병원에서 돌아오고 넬리 아줌마랑 파킨스 아저씨가 이모네 방에 들어가기 전에 글렌이 먼저 살인을 저지른 거라면요? 참, 홀리가 있었지. 시신을 제일 먼저 발견한 건 홀리니까. 홀리가 본 게 미치광이 꿈이 아니라면."

"일단 술이나 마십시다." 제이크가 헬렌에게 술을 권했다.

"지금껏 당신이 한 말 중에 제일 마음에 드네요."

"그런데," 제이크가 내용을 정리했다. "방에 먼저

들어간 건 넬리였어요. 글렌이 아니라. 그런데도 당신은 글렌을 의심하는군요?"

"네."

"하지만 용의자 가운데 동기가 제일 부족한 건 글렌인데요. 글렌이 정말로 메이벨 파킨스와 결혼하려 했을 리 없잖습니까. 설마 그렇게 믿는 건 아니죠?" 제이크가 잠시 생각했다. "글렌이 메이벨과 결혼하려는 걸 알렉스 이모에게 들켰고 결국 홀리가 아니라 글렌이 상속권을 빼앗길 뻔했다는 건, 아무리 봐도 말이 안 돼요. 유언장에 자기 이름이 빠질지도 모르는데 글렌이 그 여자와 굳이 결혼하려 했다는 건 헛소리라고."

"글렌이 결혼하려던 사람은 메이벨이 아네요." 헬렌의 목소리가 어딘가 낯설었다. "나였어요."

제이크는 귀를 의심하며 저도 모르게 상욕을 벌컥 내뱉었다.

"그가 내게 청혼했었어요. 나도 받아들였고. 이유는, 글쎄. 글렌이랑은 어려서부터 함께 자랐고, 내가 글렌을 이 세상 누구보다 아끼는 것도 사실이니까. 딱히 결혼하고 싶은 사람도 없었고. 돈 보고 다른 사람과 결혼해 그냥저냥 늙어 가는 사교계 여자가 되고 싶진 않았어요. 내가 글렌이랑 노는 걸 좋아하니까 결혼해도 둘이 잘살지 않을까, 그래서 결혼하겠다고 한 거예요. 글렌도 마찬가지 이유로 내게 청혼한 거고. 나, 홀리, 글렌은 가족처럼 가까운 사이거든요. 그런데 그게 다였어요. 결혼이 어려워지고 난 다음부터는 글렌도 더는 소란을 피우지 않았죠."

"어려워진 이유는?" 제이크가 최대한 아무렇지 않은 척 물었다.

"알렉스 이모의 반대. 잉글하트 가문 자체가 아무나하고

결혼하면 안 된다고 난리를 피웠거든요. 사실, 내가 예전에 성질을 못 죽이고 꽤 큰 사고를 친 적이 한 번 있어요. 다행히 아빠 돈 덕에 시끌벅적한 스캔들이 터지는 건 피했죠. 그런데 그 일을 알게 된 알렉스 이모가 용케도 그때 오갔던 편지를 모두 모아 뒀던 거예요. 언젠가 그걸 써먹을 날이 오리란 걸 알았던 거죠. 글렌이 결혼 얘기를 꺼냈을 때 이모는 날 불러다 글렌을 포기하라고 경고했어요. 금고에서 그 편지 뭉치를 꺼내더니만 자기 조카와 결혼하려는 수작을 계속 부린다면 곧장 그걸 폭로하겠다면서."

제이크는 꽤 큰 사고란 게 무얼지 약간 궁금해졌다. "글렌은 어떻게 반응했습니까?"

"글렌은 아무것도 몰라요. 그냥 내가 마음이 바뀌었다고만 했거든요. 글렌이 진짜 이유를 알았을 리는 없어요."

"그 이유를 알았다면, 제 이모를 살해할 수도 있었을까요?"

헬렌이 말없이 고개를 끄덕였다.

"그 편지 지금 어딨어요?"

"페더스톤 씨가 살인이 있던 다음 날 금고에서 그걸 발견했어요. 그리고 읽어서 미안하다는 사과 편지와 함께 내게 보내 주었죠. 그분이 사과할 일은 아니긴 한데."

"어째서?"

"어차피 봐도 이해 못 했을 테니까. 어쨌거나 지금은 다 태워서 없어요."

"글렌이 편지를 발견하고 소꿉친구인 당신을 구하려 제 이모를 살해했다라. 가능성은 희박해요. 정말 그랬다면 기회가 생겼을 때 자기 손으로 편지를 없앴겠지. 혹은 편지의 존재를 모른 채 그저 이모의 반대를 무릅쓰고라도 당신과 결혼하려고 이모를 제거했다라. 역시 가능성은 희박해요. 어차피 이모가 얼마 있지 않아 돌아가실 거란 사실을 알았으니. 또는 글렌이 미적 안목이 형편없는 메이벨 파킨스와 결혼하려고 이모를 살해했다라. 마찬가지로 가능성이 희박하죠. 이유도 이하 동문." 제이크가 헬렌의 눈을 똑바로 보았다. "그런데도 여전히 글렌이 범인이란 겁니까?"

"뭘 믿어야 할지 모르겠어요."

제이크가 손을 써 가며 열변을 토했다. "자, 첫째로 범인은 동기가 있어야 해요. 그렇지 않고서야 어차피 몇 달 후면 죽을 노인네를 굳이 살해하지는 않거든요. 노부인이 특정 날에 반드시 죽어야만 하는 이유가 있었을 겁니다. 이번 사건의 경우에는 그 이유가 확실하죠. 다음 날 노부인이 유언장 내용을 바꾸기로 했으니까. 노부인이 다음 날 상속권을 박탈하려고 한 대상이 누군지만 알면 범인을 알 수 있을 겁니다. 아마도."

"그러니까, 그게 글렌 아니면 홀리란 거죠."

"그렇죠. 하지만 둘 다 아니지 않습니까. 글렌이 집을 나설 때만 해도 노부인은 살아 있었다고요. 그 후 글렌의 행적은 우리가 모두 알고 있고. 그리고 홀리는, 장담하건대 진실을 말하고 있어요. 어쩌면, 그날 밤 노부인이 죽어야만 했던 다른 이유가 있었던 건지도 모르겠군요. 뭔가를 알아챈 노부인이 어떤 계략을 꾸몄다던가."

"무슨 소리를 하려는 거예요?"

제이크가 헬렌을 가까이서 들여다보았다.

"이제 생각난 건데, 그때 왜 그리 간절하게 홀리를 블레이크 카운티 감방에서 꺼내오자고 했습니까?"

"이유는 그때 말했잖아요."

"그랬던가요, 헬렌? 혹시 당신 소꿉친구가 누명을 쓰기를 바랐던 건 아니죠?"

어둠에 반쯤 묻힌 헬렌의 얼굴이 순간 하얗게 질리면서 싸늘해졌다. 커다란 두 눈에 경계심과 교활함이 동시에 스쳤다.

"당신이라면 그 집에 들어가는 것쯤이야 식은 죽 먹기지. 그 이유도 당신 입으로 말했고. 당신은 글렌을 보호하려는 게 아니라 당신 스스로를 보호하고 있는 겁니다. 당신이라면 충분히 홀리 목소리를 흉내낼 수도 있고."

"진짜 맘에 안 드네." 헬렌이 말했다.

"나도 진짜 맘에 안 드는데." 제이크도 맞받아쳤다.

헬렌이 그를 똑바로 봤다. "그럼 가서 다 말하지 그래요? 말론한테 말해요. 하임 멘델한테도 이르면 아주 좋아하겠네요. 아예 신고하시든가. 아니면 내가 직접 할까요?"

"집어치워요. 내가 못 그런다는 거 알잖습니까."

"메이플 파크 살인 사건, 충격 전개!" 헬렌이 목청을 높여 웅변하듯 말했다. "북부 상속녀 자백하다. 헬렌 브랜드의 살인 고백은 3쪽에."

"그만둬요, 헬렌, 그만하라고. 나도 더는 참지 않을 겁니다."

"뭘 어떻게 하려고요?"

"뭘 어떻게 하다니?" 제이크가 그녀와 눈을 맞췄다. "맙소사, 난 아무것도 못 해요. 할 수 있는 게 없다고. 뭐, 죽을 때까지 후회나 하려나. 이제 홀리는 나랑 당신 빼고 온 세상 사람한테 살인범이라 손가락질받으며 평생을 살겠지. 헬렌, 그런데도 난 정말 아무것도 할 수가 없어요."

"날 배신하지 않는다고요?"

"아무리 홀리를 위한다 해도, 그럴 순 없지."

갑자기 헬렌의 얼굴에 미소가 번졌다. "그런데 말이에요, 세인트 루이스 병원과 루이스 밀러에 대해서도 좀 생각해 봐요. 그럼 내가 메이플 파크 살인범이란 확신이 흔들릴 텐데."

제이크가 움찔했다.

"왜 말론이 세인트 루이스 병원에 갔으며 별장에서 죽은 루이스 밀러가 어째서 넬리 파킨스의 편지를 받았는지, 그자는 왜 죽었으며 어째서 모든 시계가 3시에 멈춘 건지."

"헬렌……."

"답은 나도 몰라요. 아마 말론이 알아내겠죠."

"맙소사." 제이크가 말했다. "헬렌, 내 생각이 짧았어요."

헬렌이 갑자기 그의 품에 안겼다. 그 바람에 헬렌의 위스키 잔이 엎질러졌다.

"내가 한 잔 더 살게요." 제이크가 말했다.

"두 잔은 안 될까요?"

"물론. 그럼 두 잔."

"그럼 당신을 용서해 줄게."

바텐더가 와서 뾰로통한 표정으로 테이블을 치웠다.

"제이크. 홀리네 아빠는 빈털터리였어요.
무일푼이었다고요. 그런데 자기 자식들은 풍족하게 잘살고 있으니 짜증 났겠죠. 자기한테는 돈이 필요한데 말이에요. 무슨 소린지 알겠어요?"

"아직 긴가민가한데."

"어쨌든, 그래서 여기로 온 거예요. 알렉스 이모가 순순히

돈을 주지 않을 것 같으니까. 이모를 제거한 다음 오래전 자기가 서명한 계약서를 찾아 없애 버리고 이모가 무사히 땅에 묻힐 때까지 기다렸다가 생이별했던 아비라며 떡하니 나타나면, 사랑스러운 자식들이 자기 노후를 책임져 줄 줄 알았던 거죠."

"그거 꽤 말 되는군." 제이크가 맞장구쳤다. "흥미도 가고."

"아마 사실일 거예요."

제이크가 걱정스레 덧붙였다. "하지만 그동안 홀리의 행방은?"

"홀리는 쭉 집에 있었고 누가 살인을 저질렀는지도 다 알았던 거예요. 그래 놓고 말도 안 되는 이야기로 진실을 감추려 하는 거죠. 왜냐면 범인이 자기 아빠니까."

"시계를 멈춘 사람은?" 제이크가 또 물었다. "그리고 왜 하필 전부 3시에? 침대를 정리한 이유는 또 뭐고?"

"그 문제는 말이죠." 헬렌의 목소리는 당당했다. "내 담당이 아니랍니다."

"그리고 당신 말이 모두 사실이라면," 제이크가 말을 이었다. "말론은 뭐 하러 세인트 루이스 병원까지 갔으며 당신한테 전화 얘기는 왜 물은 겁니까?"

"뭐, 그 사람이라도 헛다리는 짚을 테니까."

"말론은 그럴 놈이 아닙니다."

헬렌이 한숨을 푹 쉬었다.

"마지막으로," 제이크가 말했다. "오래전 자식들과 생이별했던 남자가 나타나 알렉산드리아 잉글하트를 살해했다는 건 그렇다 쳐도, 그 남자를 죽인 건 누굴까요?"

"양심의 가책을 느껴서 자살한 걸 수도 있죠." 헬렌이 희망에 가까운 투로 가능성을 제시했다.

"제 몸을 부엌칼로 3번이나 찔러서!" 제이크가 뜨악하게 반응했다. "그럼 마지막 2방은 죽어 가면서 찌른 게 되는데."

헬렌이 말했다. "뭐 어쨌거나, 어느 정도는 말이 되잖아요."

제이크가 대꾸했다. "그 '정도'가 얼마 못 된다는 게 유일한 오점이로군요."

신문팔이 소년이 술집에 알짱거리며 들어왔다. 제이크가 소년에게서 신문을 한 부 샀다.

"부지런하기도 해라." 신문을 펼친 제이크는 감탄했다.

잉글하트 별장에서 신원 미상의 시체가 발견됐다는 소식이 벌써 헤드라인을 화려하게 장식했다.

메이플 파크 뒤흔든 연쇄 시계 살인 사건

새로운 살인 사건에 홀리와 딕 추적 박차

"세 지역 경찰이 메이플 파크 살인범 홀리 잉글하트 데이턴과 유명 밴드 리더인 그녀 남편 딕 데이턴을 합동 수색하던 어젯밤, 잉글하트 가문 소유의 오래된 별장에서 신원 미상의 남자가 숨진 채 발견됐다. 경찰은 도주 중인 살인범이 정체를 숨기고 돌아와……."

"맙소사." 헬렌이 탄식했다. "경찰은 이번 사건도 홀리 짓인 줄 아나 봐요."

"그야 당연하지 않습니까." 제이크가 대답했다. "홀리가 블레이크 카운티 감방에 얌전히 있기만 했어도 이번 살인은 홀리와 무관하단 걸 경찰이 알았을 텐데. 그러다 보면 홀리가

첫 번째 살인을 저지른 게 맞나 다시 생각해 봤을 수도. 하지만 결국에는 이렇게…….”

“닥쳐요.” 헬렌이 발끈했다. “처음엔 당신도 좋은 생각이라 그랬으면서.”

“그땐 그랬지.” 제이크가 말했다.

“그래도,” 헬렌이 말했다. “홀리는 프레이저 부인네에 있으니 알리바이는 확실하잖아요. 홀리가 거기에만 있었단 걸 우리 다 알고 있고, 어쩌면 증거로 댈 수도 있고.”

“그러길 바라는 수밖에.” 제이크가 진지한 목소리로 대답했다. 그리고 헬렌에게 격정적으로 입을 맞췄다. “진짜 하고 싶은 일은 따로 있지만, 일단은 차를 타고 프레이저 부인네로 가는 게 좋겠어요.” 제이크는 하임 멘델의 놀란 얼굴을 떠올리며 씩 웃었다. “게다가 지금 몸을 숨겨야 하는 사람은 또 있으니까!”

30장

제이크와 헬렌은 길모퉁이에서 택시를 잡은 뒤 기사에게 프레이저네 집에서 한 블록 떨어진 곳 주소를 댔다.

"딕이 무사히 가 있어야 할 텐데." 제이크가 중얼거렸다.

목적지로 가던 도중 그들은 잠시 차를 세우고 신문을 한 부 더 샀다. 헬렌의 인상착의를 무미건조하게 설명해 놓은 기사가 떡하니 1면에 올라 있었다.

브랜드 가문 상속녀 쫓는 경찰

메이플 파크 살인 사건 연루 혐의

"유명해져 좋겠군." 제이크가 낮은 목소리로 말했다.

그 말을 엿들은 운전사가 뒤를 힐끔 돌아보았다. "그 여자, 생긴 건 반반하던데요."

"글쎄요, 난 잘 모르겠는데." 제이크가 괜히 실눈을 뜨며 사진 보는 시늉을 했다.

운전사가 낄낄댔다. "뭐, 나라면 마다 안 하겠어요."

"내가 볼 때는," 헬렌이 끼어들었다. "미모가 쩔던데요."

"범인은 누구일 것 같수?" 운전사가 넉살 좋게 물었다.

"우리끼리 얘기지만," 제이크가 말했다. "암흑가 갱단의 짓 같던데요."

그때 또 다른 기사 제목이 그의 눈에 띄었다.

블레이크 카운티 지방 검사 폭행당하다

"폭행범도 되고, 아주 좋겠군." 헬렌이 아주 작게 중얼거렸다. "솔직히 진짜 갈길 줄은 몰랐어요."

"알고 싶어요?" 제이크가 유쾌하게 대꾸했다.

신문에는 메이플 파크의 범죄율 증가를 우려하는 재스퍼 플렉의 인터뷰도 실렸다. 잉글하트 별장에서 두 번째 살인 사건이 일어난 후 홀리 잉글하트 데이턴에 대한 수색 작업은 한층 더 강화되었다. 신문을 넘기자 홀리, 딕, 글렌, 그리고 별장 사진들이 큼지막하게 등장했다. 기사에 따르면, 하임 멘델은 자신이 잉글하트 저택 서재에서 글렌과 '대화'하던 중에 살인이 벌어진 것에 깊은 분노를 느낀다고 했다.

칼럼란은 리더를 잃은 딕 데이턴 밴드의 근황을 알리는 데 지면 대부분을 할애했다. 연예면 1면에는 유명 기자가 '홀리와 딕은 어디로'라는 제목의 기사를 실었고, 그 옆에는 작고 외딴 마을에 은신한 남녀가 평생 양심의 가책에 시달리며 비참한 꼴로 늙어가는 음울한 삽화가 딸려 있었다.

별장에서 죽은 채 발견된 남자의 신원은 아직 미상이었다.

프레이저 부인네에 가 보니 딕과 홀리가 애틋하게 손을 붙잡은 채 부인과 담소를 나누고 있었다. 주변에는 사진들 천지였다.

"이거는 우리 애가 15살이었을 때." 프레이저 부인이 수다스럽게 딸 자랑을 늘어놓았다. "이때 반에서 우등상을 받았었지요." 고개를 든 부인의 얼굴에 미소가 번졌다. "어서 와요, 브랜드 양, 저스투스. 우리 제인 사진을 자랑하고 있었답니다."

부인은 이후로 한참 수다를 떨다 사진들을 모아 쥐고는 방을 떠났다.

제이크는 부인과의 대화에 말려 딕에게 하려던 말을 까먹고 말았다. 딕은 이미 홀리에게 자신의 모험담과 별장에서 벌어진 살인 사건을 죄다 털어놓은 후였다.

"누구인지는 아직 모른다면서요." 홀리가 생각에 잠긴 목소리로 말했다.

"경찰은 모르죠." 제이크가 말했다. "하지만 우리는 알아요. 말론도."

"누구인데요?"

"네 아빠." 헬렌이 재빨리 덧붙였다.

제이크가 나머지 이야기를 전하는 동안 홀리와 딕은 그를 뚫어지게 보았다.

"말론이 전화기에 관해 물은 이유는 뭐예요?" 홀리가 물었다

"모릅니다." 제이크가 대답했다. "그걸 몰라서 나도 답답해요. 혼자 세인트 루이스 병원에 간 것도 걸리고. 이유는 모르겠지만 하여간 찝찝하단 말이죠."

"나도 찝찝해." 헬렌도 고백했다.

"왠지 당신과 관련 있는 것 같은데." 제이크가 홀리를 보며 말했다. "뭔지는 모르겠다만 관련이 있는 건 분명해요. 일단, 세인트 루이스 병원은 당신이 태어난 곳이죠. 당신 아버지 주머니에서 나온 계약서도 거기서 만들어졌고. 그래, 분명 당신과 관련이 있어요. 근데 자세한 내막을 모르겠으니 답답할 수밖에."

"나도 좀 알고 싶네요." 홀리가 한숨을 쉬었다.

"조금 불안하긴 하지만 말론이 돌아오면 다 알게 되겠지." 헬렌이 말했다.

"불안하다니?" 홀리가 헬렌의 말을 되풀이했다.

"홀리, 잘 생각해 봐." 헬렌의 목소리가 간절해졌다.

"네 아빠가 왜 계약서를 되찾으려 했을까?"

"나도 몰라."

"아빠에 대해 아는 거 없어?"

"전혀. 죽은 줄 알았는걸. 평생 본 적도 없어."

"홀리, 기억을 잘 더듬어 봐."

"헬렌, 너무 다그치지 말아요." 제이크가 말했다.

"난 내 친구를 도우려는 거예요. 지금 얘는 위험에 처했다고요. 홀리, 일단 술이나 마셔. 독한 걸로다가. 프레이저 부인이 뭐라 해도 상관없어."

"그래. 고마워."

"홀리, 잘 들어. 그리고 곰곰이 생각해 봐. 요 며칠 일어난 일이 아주 많아. 너도 무척 지쳤을 거고 예민하고 불안하겠지. 걱정할 일투성이니까."

"점점 말투가 존 J. 말론스러워지는데." 듣고 있던 제이크가 꿍얼댔다.

"지금 홀리가 제정신이 아니었다고 주장하려는 겁니까?" 딕이 퉁명스레 물었다.

"아니요. 전혀. 하지만 다들 뭔가를 깜빡할 때가 있잖아요. 홀리, 너도 그런 건지 몰라. 기억 못 하는 뭔가가 있지 않을까. 예를 들면 네 아빠가—"

"본 적도 없는 아빠와 만나서 말까지 섞었는데 그게 너무 사소한 기억이라 내가 깜빡 잊기라도 했다는 거야?" 홀리가 억울한 듯 되물었다.

"그런 뜻이 아니야. 네가 기억이 안 난다고 하는 바로 그 시간에 네 아빠와 네가 한집에 있었어. 그건 확실해. 네가 그때 기억을 정확히 못 하는 것도 확실하고. 그때 네가 어디 있었는지조차 우리는 모르잖아."

"어쩌면 말이야." 홀리가 주춤거리며 입을 열었다.

"헬렌, 뭘 어쩌려고 이러는 겁니까?" 딕의 목소리가 애처로워졌다.

"홀리." 헬렌은 가뿐히 딕을 무시했다. "홀리, 그날 밤 나랑 만났을 때, 너는 막 자려고 했어. 그런데 어딘가 이상했어. 이유는 모르겠는데 아무튼 확실히 이상했어. 평소랑 달랐다고."

"알아." 빨간 머리의 홀리가 대답했다. "그건 나도 기억이 나. 네가 우리 집에 들렀던 기억이 아주 흐릿해. 그냥 모든 게 다 뿌옇고……, 아, 전부 뒤죽박죽이야."

"봐. 진짜 이상하지 않아? 네가 알고 있는 건, 그 시간에 자고 있었다는 것, 아니, 자고 있었다고 생각한다는 것, 그게 다야. 하지만 너는 침대에 없었어. 대체 어디 있었던 거야?"

"나도 몰라. 진짜야. 정말 모르겠어."

"헬렌, 그만 좀 해요." 딕이 말했다.

"당신은 좀 빠져요. 난 홀리를 돕는 중이니까. 홀리, 넌 다른 곳에 있었어. 어디였을까? 어디 있었던 거야? 어쩌면 그때 아빠와 만나서 이야기를 나눈 게 아니었을까. 사람들은 그런 기억을 지우기도 해. 넌 어쩌면 다른 곳에서 다른 짓을—"

"어쩌면," 홀리가 아주 느릿느릿 입을 뗐다. "내가 정말 글렌과 파킨스 아저씨를 집 밖으로 유인해 알렉스 이모를 죽인 건 아닐까."

"아니." 제이크 저스투스가 말했다.

"그런 일은 없었습니다."

"말론은 그렇게 생각하고 있단 말야!" 헬렌이 버럭 외쳤다.

방 안의 모두가 화들짝 놀라 그녀를 보았다.

"바보 같은 소리 하긴." 하지만 제이크도 못내 미심쩍은 말투였다.

"봐. 당신도 그렇게 생각하잖아요. 아닌 척할 뿐이지."

"대체 왜 나라고 생각하는데?" 홀리가 하얗게 질린 얼굴로 물었다.

"틀림없이 널 의심하고 있어. 그 사람은 이번 사건이 홀리 너와 어떤 식으로든 관련 있다고 믿어. 지금 그걸 알아보는 중이고. 너와 네 아빠가 이번 사건과 관련 있으니 세인트 루이스 병원에 간 거지. 홀리, 너도 들어서 알고 있겠지만, 네 아빠는 *자기가 살인 동기*라고 했어."

"그럼 글렌도 관련 있는 것 아닌가?" 제이크가 지적했다.

"그렇다고 할 수도 있죠. 하지만 이번 사건과 관련 있는 건 홀리예요.” 헬렌이 눈을 반짝이며 제이크를 돌아보았다. “물론 이 사건에는 파킨스 아저씨도 얽혀 있어요. 별장에 은신한 남자의 정체를 알고 있었으니까. 넬리 아줌마도 마찬가지죠. 홀리 아빠가 시카고로 오기 전 편지를 보낸 발신인이 넬리 아줌마였잖아요. 이유는 모르겠지만. 또 어쩌면 이번 사건은 홀리 못지않게 글렌과도 관련 있을지 몰라요.”

“근데 어째서 홀리만 의심받는 겁니까?” 딕이 물었다.

“왜 글렌은 내버려 두는 건데?”

“왜냐면,” 헬렌이 한 자씩 또박또박 설명했다. “알렉스 이모가 살해당했을 때 글렌과 넬리 아줌마, 파킨스 아저씨는 루프도로 위였으니까요. 세 사람과 메이벨 파킨스, 그리고 세인트 루크스 병원 직원 모두가 입을 모아 거짓말하는 게 아니라면 말이에요. 그럼 남는 건 홀리와 홀리 아빠뿐이에요. 말론도 이 점을 간파한 거고.”

“그치만……, 말론은 내 편이어야 하잖아.” 홀리가 말했다.

제이크도 무겁게 고개를 끄덕였다. “맞습니다. 그런데 우리가 당신을 빼내는 바람에 그 친구가 난처해졌지 뭡니까. 말론도 이런 상황을 바랐던 건 아닙니다. 하지만 어쩌겠어요. 당신이 됐든 누가 됐든 살인범을 찾아내 블레이크 카운티에 바치지 못하면 자기가 곤경에 처하게 생겼으니.”

“홀리, 잘 들어.” 헬렌이 간청하듯 말했다. “설마 네가…….”

바로 그때 프레이저 부인의 등장으로 대화가 끊겼다.

“여기 호밀 위스키 가져왔어요.” 부인이 무뚝뚝하게 말했다. “소다도 있고. 그런데 나도 한마디 해야겠네요. 당신들 모두 머릿속이 복잡한 건 이해해요. 여기 딱한 아가씨가 힘든 상황인

것도 알겠고. 하지만," 부인이 쟁반을 쾅 내려놓았다. "제이크 저스투스, 부탁인데 이 아가씨한테 밤에 싸돌아다니지 말라고 단단히 경고 좀 해야겠어. 누가 알아보면 어쩌려고 그런담. 이 동네는 가뜩이나 여자 혼자 걷기 위험한 곳인데."

제이크가 굳은 얼굴로 홀리를 보았다. "설마 밖에 나갔습니까?"

홀리가 멋쩍어하며 고개를 끄덕였다. "딱 한 번이요. 어젯밤에. 그러면 안 된다는 거 아는데 방 안에만 있으니까 너무 답답해서 바람을 쐬고 싶었어요. 산책도 좀 하고. 베일을 쓰고 사람들도 피해 다녔으니까 아무도 못 알아봤을 거예요."

제이크가 한숨을 쉬었다. "다시는 그러지 말아요. 어딜 다녀왔는데요?"

"링컨 파크."

프레이저 부인이 홀리를 보며 미소 지었다. "아가씨가 다시 감옥에 가는 꼴을 보고 싶지 않아서 그래요. 요 며칠 꽤 정이 들었거든." 부인은 미소 띤 얼굴로 모두와 눈을 마주친 뒤 물러났다.

헬렌이 알쏭달쏭한 표정으로 홀리를 보았다. "홀리, 얼마나 오래 나갔다 온 거야? 정확히 몇 시에?"

"음, 정확히는 모르겠는데. 10시쯤 나가서 2시간 정도 돌아다니다 들어왔어."

"세상에, 홀리!"

"왜?"

제이크가 대신 대답했다. "어젯밤 살인이 일어난 시각이 대략 9시부터 12시 사이거든요."

홀리의 얼굴이 하얗게 질렸다. "설마 날 의심하는……."

"적어도 블레이크 카운티 경찰은 그렇게 생각할 겁니다." 제이크가 심각하게 대답했다. "사실, 이미 그렇게 생각하고 있죠."

헬렌이 말했다. "여기서 나가야 해."

"갑자기 무슨 소리야? 왜?"

"이러고 있다가는 큰일 날 거야. 말론이 뭔가를 알아내면 어떡해. 이미 알아냈을지도 모르지. 홀리, 일단 머리를 자르고 염색하자. 그다음에 화장도 좀 바꾸고. 버치한테 연락해서 차를 준비해 달라고 할게. 그다음에 그걸 타고 멕시코로—"

"뭔 미친 소립니까." 딕이 헬렌의 말을 끊었다.

"미친 소리라뇨. 이 방법밖에는 없어요. 얘가 평생 감옥에서 썩었으면 좋겠어요?"

"어차피 못 달아날 텐데." 홀리가 힘없이 말했다.

"그래도 시도는 해 봐야지. 가능성은 있잖아."

"그래, 헬렌 당신 말이 맞아요." 한참 만에 딕이 맞장구쳤다. "홀리를 위해서라면, 뭐라도 해 봐야지."

"그렇지만 홀리더러 평생 탈주범으로 살라고 할 순 없잖습니까." 제이크가 조심스레 말을 얹었다. "차라리 정면 돌파해서 무죄를 받아내는 편이 낫지."

"무죄 받을 일이 없으니 이러는 거잖아요." 헬렌이 다급히 받아쳤다.

이미 딕은 탈출 계획을 궁리하기 시작했다. "일단 돈이 필요한데. 은행은 문을 닫았고. 이 시간에 어디서 돈을 구한다?"

헬렌이 대답했다. "아까 아침에 홀리 아빠에게 건네려 했던 돈 1,000달러가 아직 나한테 있어요."

"그럼 해결됐군." 딕이 말했다.

제이크가 그를 노려봤다. "과연 그럴까? 넌 이제 어떡하려고? 멕시코는 감옥보다도 먼 곳이라고."

"여기가 좀 잠잠해지면 조용히 달아나 홀리와 재회해야지."

"밴드는 어쩌고!" 제이크가 버럭 성을 냈다.

"다 집어치울 거야. 나한테 홀리보다 중요한 게 어디 있어?"

네 사람은 식사 후 밤이 무르익도록 이 문제를 놓고 옥신각신했다. 수차례 '안 된다'고 고래고래 소리 지르던 제이크가 '그래도 안 되는데' 하고 힘없는 혼잣말을 뱉는 것으로 언쟁은 끝이 났다.

헬렌은 붕대를 감은 딕의 머리에 모자를 씌우고 눈썹연필을 꺼내 모자 아래로 드러난 그의 눈썹과 머리칼을 어둡게 칠했다.

"됐다. 이러니까 감쪽같네. 자, 이제 길모퉁이에 있는 잡화점에 가서 버치에게 전화를 걸어요. 그리고 약속을 잡아요. 만나면 이걸 전해 주고." 헬렌이 딕에게 돈 봉투를 쥐여 주었다. "또, 차 한 대를 구해서 몰고 오라고 해요. 오는 김에 염색약도 한 통 사 오라고 하고. 빨간색만 아니면 돼요."

"또?" 딕이 물었다.

"그런 다음에는 글렌에게 연락해요. 글렌은 믿어도 돼요. 하임 멘델과 블레이크 카운티 경찰이 메이플 파크만 뒤지고 있어야 홀리가 무사히 빠져나갈 가능성이 좀 더 커지니까, 당신과 글렌이 힘 좀 써야겠어요."

"한번 해 보죠." 딕이 약속했다.

"오, 딕." 홀리가 훌쩍이기 시작했다. "언제 또 보게 될까!"

"오래 걸리지 않을 거야." 딕이 연인을 달랬다. "금방 갈게.

다시 만나면 영원히 함께야."

두 사람은 애틋하게 작별했다.

"헬렌, 나 못 하겠어." 딕이 떠난 후, 홀리가 불쑥 말했다.

"마음 약한 소리 하지 마. 평생 면회 날에만 딕을 보면서 살래? 데님 멜빵바지 단추나 꿰매면서 살 거냐고. 모범수로 살면 형량 절반 정도 감형받기야 하겠지만 그래 봤자 20년 후에나 가석방될 텐데—"

"헬렌, 제발 그만!"

"그럴 바에야 이렇게 딕이랑 잠시 헤어지는 게 낫지. 전기의자에 앉기 바로 전날에 작별 인사하는 것보다 낫지 않겠느냐고—"

"맙소사, 그만 좀, 작작 나불대요!" 제이크가 외쳤다.

"알았어요." 홀리가 뚱하게 대답했다. "하면 되잖아."

"옳지."

세 사람은 홀리의 결심을 축하하는 의미에서 호밀 위스키병을 끝까지 비웠다. 프레이저 부인에게서 가위를 빌려 온 헬렌이 홀리의 어깨에 수건을 두르고 탐스럽게 빛나는 빨간 머리에다 가위를 가져갔다.

그때 문 두드리는 소리가 났다.

"염색약 가져왔나 보다." 헬렌이 문밖에다 외쳤다. "들어와요!"

그런데 도착한 것은 염색약이 아니었다. 무척 창백하고 피곤해 보이는, 몹시도 단정치 못한 존 J. 말론이었다.

세 사람은 굳은 채 그를 멀뚱히 보았다. 헬렌은 그만 가위를 떨어트리고 말았다.

"왜 이렇게, 빨리 왔어?" 할 말을 고민하던 제이크가 아둔한 말투로 물었다.

"날아왔지." 말론이 막힘없이 대꾸했다. "알고 싶던 걸 알아냈거든. 실은 알아내려고 노력할 필요가 전혀 없더군. 홀리 목소리의 비밀을 깨달았으니까."

"홀리 목소리가 뭐요?" 헬렌이 물었다."

"누군가 전화로 홀리 목소리를 흉내 냈다고 했잖습니까. 한참을 고민해 봤는데, 홀리 목소리를 흉내 낼 사람은 단 한 명밖에 없다는 걸 깨달았습니다."

"그게 누군데요?"

"홀리요." 말론의 목소리는 차분했다.

"어이, 잠깐." 제이크가 버럭 덤벼들었다.

하지만 말론은 아랑곳하지 않았다. 그리고 홀리를 빤히 살폈다. "뭘 하려는 건지 대략 알겠다만, 포기하시지."

"무슨 소리예요?" 이번엔 헬렌이 물었다.

말론은 계속 아랑곳하지 않았다. "홀리 데이턴, 난 지금으로부터 약 1시간 안에 당신을 당신 집으로 데려가 하임 멘델에게 넘기기로 약속했습니다. 그러니 당장 갑시다. 메이플 파크까지 가는 길이 꽤 막힐 테니까."

31장

"이봐." 제이크가 벌떡 일어났다. "나 좀 보라고. 이건 아니지, 말론."

말론은 말없이 차가운 눈빛을 쏘아붙였다.

헬렌은 파란 눈을 이글댔다. "난 그래도 당신을 믿었는데."

"그랬다면 날 오해했군." 말론의 목소리에서 짙은 피로가 묻어났다.

"절대 못 데리고 가." 제이크가 말했다. "아무 데도 못 데려간다고."

말론이 수상쩍게 한쪽 손을 외투 주머니로 가져갔다. "막을 생각 말아, 제이크. 자네랑 싸우고 싶지 않아."

"홀리를 데리고 가는 순간 우린 끝이야. 이럴 순 없다고. 제기랄." 제이크가 침통하게 덧붙였다. "내 변호사가 나한테 총을 겨눌 줄이야."

말론이 홀리 쪽으로 몸을 돌렸다.

"준비됐습니까?"

홀리는 무표정한 눈빛에 새하얀 낯빛으로 한참 그를 쳐다보았다.

"네. 하라는 대로 할게요."

"좋습니다." 말론이 제이크와 헬렌을 돌아보며 말했다. "당신들은 할 만큼 했어."

"무슨 소리죠?" 헬렌이 반박했다. "이래 놓고 할 만큼 했다니?"

말론은 대답 대신 어깨를 으쓱했다. "자, 그럼 데이턴 부인, 출발합시다."

"준비됐어요."

제이크는 며칠 전 아침 잉글하트 저택 서재에서 홀리가 같은 말을 했던 장면이 떠올랐다.

"홀리!" 헬렌이 친구를 뜯어말렸다.

"괜찮아, 헬렌."

그 말도 했었지. 모든 게 무서우리만치 똑같이 반복되고 있었다. 그날의 앤디 어히언 역할을 오늘 말론이 하고 있다는 점만 빼면.

"홀리, 이렇게 포기하지 마." 헬렌이 간곡히 부탁했다.

"어쩔 수 없잖아." 홀리는 이렇게 대답한 뒤 옷장에 걸린 외투를 꺼내 입었다.

일행은 프레이저 부인에게 작별을 고한 뒤 뒤뜰로 나갔다. 골목 어귀에 진흙과 녹은 눈이 뭉친 웅덩이가 군데군데 패여 있었다. 그걸 본 제이크는 헬렌을 번쩍 들어 차에 태웠고 뒤이어 홀리를 번쩍 들었다. 그러자마자 홀리가 앓는 소리를 냈다.

"왜 그래요?"

"아래팔에 멍이 생겨서……" 말이 뚝 끊겼다. "그래, 멍. 말론!"

"왜요?"

"내가 기억해내려던 게 이거였어요. 도무지 떠오르지 않았었는데."

"대체 뭔 소리를 하는 거예요?"

"내 꿈 말이에요. 기억하죠? 목을 매달았는데 밧줄이 아래팔까지 자꾸만 내려왔다던. 기억나요?"

"기억납니다만." 말론이 대답했다.

"일어났을 때 너무 아프고 이상하다는 느낌이 들었거든요. 통증이 이렇게나 생생하다니. 꿈이 이토록 현실적이라는 게 이상하다고 생각했어요."

"그런데 몸에 멍 자국이 남았다?"

말론이 홀리를 물끄러미 보다 외쳤다. "맙소사, 그거였어!"

"그거…… 라뇨?"

"바로 그겁니다. 내가 궁금했던 마지막 한 가지. 일단은 차에 타 봐요."

네 사람은 침묵 속에서 메이플 파크로 향했다.

차 안에서 제이크는 헬렌을 보며 다시 고민에 빠졌다. 헬렌. 헬렌만은. 젠장, 왜 이렇게까지 해야 하는 건데?

어쨌거나 헬렌이 두 번째 살인을 저질렀을 리는 없다. 그때 헬렌은 창고에서 자고 있었고 제이크가 줄곧 그녀를 지켜보았으니까. 아니지, 제기랄, 줄곧 지켜본 것은 아니었다. 그 남자가 별장에 들어가는 걸 본 다음 제이크도 깜빡 잠들었으니까. 그때는 버치도 졸고 있었고. 그렇다면, 헬렌이 몰래 빠져나갔다가

슬그머니 되돌아온 건지도 모른다.

최후의 순간이 오면, 헬렌이 진실을 털어놓아 말론의 실수를 막으려 할까?

그게 아니라면, 제이크는 뭘 어떻게 해야 하지? 경찰이 홀리를 감옥에 도로 처넣는 꼴을 묵묵히 지켜봐야 하나?

그 죄책감을 평생 떨쳐낼 수 있을까?

잉글하트 저택은 대낮처럼 훤했다. 위층과 아래층 모두 불이 켜져 있었고 흉한 베란다 조명도 밝게 빛났다. 진입로에는 차가 달랑 한 대였다.

"하임 멘델이 사람들을 끌고 오지 않겠다고 약속했거든."

말론이 설명했다.

모든 게 기묘하고 꿈결 같았다.

현관에서 그들을 맞이한 건 글렌이었다. 창백한 글렌의 얼굴은 굳어 있었다. "헬렌, 어쩔 수 없었어. 노력은 했지만……."

헬렌은 건성으로 대답했다. "괜찮아."

붕대 감은 머리 아래 얼굴이 새하얗게 질린 딕도 현관에 나와 있었다.

"나도 최선을 다했지만." 그는 잔뜩 풀이 죽어 있었다.

"너무 마음 쓰지 마요." 제이크가 위로를 건넸다.

하임 멘델, 재스퍼 플렉, 그리고 앤디 어히언이 서재에서 그들을 기다리고 있었다.

"체포하겠다고 이렇게 다들 행차하신 건가?" 말론이 실소를 터트렸다.

제이크는 진저리를 쳤다.

하임 멘델이 눈을 부라렸다. "말론, 지금 이건 완전히 불법이라고.” 턱에 생긴 피멍은 분홍색 파우더로 어설프게 덧칠해 놓아도 눈에 확 띄었다. 이 모든 소란 중에 그나마 유쾌한 구석이 있다면 바로 그것이었다.

제이크는 방 안을 둘러보았다. 홀리, 딕, 헬렌, 글렌, 파킨스 부부, 메이벨까지, 드디어 모두가 모였다. 말 없는 무리 한가운데 말론이 앉더니 여유롭게 담배에 불을 붙였다.

말론이 제법 법정에 선 변호사다운 목소리를 내기 시작했다. “나흘 전 이 집에서 미스 알렉산드리아 잉글하트를 살해하고 어젯밤 잉글하트 별장에서 루이스 밀러를 살해한 범인이 누구인지 한번 밝혀 보죠. 여기 계신 높으신 분들과 고집불통 제이크 저스투스 모두 합리적 의심조차 품지 못할 이야기를 이제부터 시작하겠습니다.” 그는 잠시 말을 멈추고 목을 가다듬었다.

“그날 밤, 미스 알렉산드리아 잉글하트는 칼에 찔려 숨졌습니다. 추정 시각이 대략 11시에서 4시 사이.”

하임 멘델이 화들짝 놀란 표정을 지었다.

말론이 멈춘 시계들에 관해 설명해 주었다.

“그 생각을 왜 못 했을까.” 재스퍼 플렉이 감탄한 듯 중얼거렸다.

멘델이 그를 못마땅하게 노려봤다.

“데이턴 부인, 대략 10시쯤 침대에 누웠다고 했죠?”

“네.” 홀리가 망설임 없이 대답했다.

“브랜드 양 당신이 그걸 목격했고?”

“네.” 헬렌도 막힘이 없었다.

말론이 고개를 끄덕였다. “데이턴 부인, 자는 동안에 무슨

일이 있었는지 전혀 기억나지 않는다고 했죠? 그냥 한밤중에 침대에서 일어난 게 다라고요?"

"아무것도 기억이 안 나요. 꿈을 꾼 것 말고는." 홀리는 딕의 손을 아주 꽉 붙잡았다.

"꿈 얘기는 나중에 하기로 하고." 말론은 글렌 쪽으로 몸을 돌렸다. "홀리에게서 전화가 걸려 왔을 때 침대에 누워 있었다고요?"

"맞습니다."

"파킨스 씨, 당신도 그랬고요?"

"예, 선생님." 파킨스가 대답했다.

말론이 다시 고개를 끄덕였다. "그렇다면 침대에는 누운 흔적이 남았겠군요. 데이턴 부인의 침대도 마찬가지일 테고. 그런데 글렌과 파킨스 부부가 나갔다 돌아왔을 때 침대는 모두 말끔히 정리되어 있었습니다. 마치 아무도 눕지 않았던 것처럼."

제이크는 하임 멘델이 나지막이 한숨 쉬는 소리를 들었다.

"침대 얘기도 이따 다시 하기로 하죠. 먼저 집으로 걸려 왔다는 전화 얘기를 해 봅시다." 그가 홀리를 흘끗 보았다. "그날 밤 누구에게 전화를 건 적 있습니까?"

"아뇨."

"확실해요?"

"네."

"좋습니다." 말론은 잠시 고민하는 듯 보였다. "글렌, 전화를 걸어 온 사람이 홀리 같았다고요?"

"네, 그랬어요. 목소리가 평소와 달랐던 것 같기도 한데 사고를 당했으니 경황이 없어 그런가 보다, 싶었죠."

"그렇군요."

"게다가," 글렌이 말을 이었다. "그때 나는 막 잠에서 깬 상태였거든요. 목소리가 어떤지 주의 깊게 듣지 않았던 것 같기도 해요. 비몽사몽이어서."

"아하, 그렇군요. 전화가 걸려 왔을 때 침대에 누워 있었다라." 말론이 곰곰이 생각하며 중얼거렸다. "침대에 누워 잠을 자고 있었다."

"파킨스 씨." 말론이 대수롭지 않게 물었다. "전화를 처음 받은 건 당신이 아니라 글렌이었죠?"

"네, 그렇습니다."

"그래요." 말론이 다시 글렌을 바라보았다. "침대에 누워 잠을 자고 있었다." 별안간 말론의 목소리가 화통을 삶아 먹은 것처럼 커졌다. "그럼 대체 무슨 수로 전화 소리를 듣고 잠에서 깬 겁니까? 침대에 누워 잠을 자고 있었다면서, 위층에서는 들리지도 않는 전화 소리를, 무슨 수로?"

침묵이 흘렀다.

잠시 후, 모두가 한꺼번에 입을 열어 떠들어 대기 시작했다.

"다들 침착해요." 말론이 사람들을 진정시켰다. "파킨스 씨, 글렌에게서 전화 얘기를 듣고 뭘 했습니까?"

"서둘러 옷을 챙겨 입었지요. 그리고 홀리 아가씨 방을 잠깐 들렀어요. 그다음에 밖으로 나가 차를 가지고 왔습니다. 시동을 거느라 애를 좀 먹었지만요. 여하튼 곧장 집 앞으로 차를 가져가 글렌 도련님을 태웠습니다."

"지금껏 우리가 추리한 바에 따르면," 말론이 천천히 입을 열었다. "3시에 살해된 줄로만 알았던 알렉산드리아 잉글하트는,

정확히는 글렌과 파킨스 씨가 집을 비운 사이 살해되었어요." 말론이 잠시 말을 멈춘 뒤 구겨지고 얼룩진 손수건으로 얼굴을 벅벅 문질렀다. "파킨스 씨, 차를 타고 집에서 출발할 때 알렉산드리아 잉글하트가 살아 있었습니까?"

"예."

"어떻게 확신하죠? 방 안에 직접 들어가 봤나요?"

"그건 아니지만 창문 앞에 똑바로 앉아 계신 걸 봤는걸요……." 파킨스의 목소리가 갈라지더니 이내 잦아들었다.

"바로 그겁니다." 말론이 말했다. "4시간 후 당신이 돌아왔을 때도 그분은 창문 앞에 똑같은 자세로 앉아 있었어요."

또다시, 모두가 한꺼번에 입을 열어 떠들어 대기 시작했다. 말론이 손을 들어 소란을 잠재웠다.

"하지만요, 선생님." 파킨스 씨가 말했다. "저희가 집을 나설 때만 해도 닫혀 있던 창문이 홀리 아가씨가 방 안에 들어갔을 때는 열려 있었잖습니까."

"그야 그렇죠." 말론이 대답했다. "홀리가 창문을 열지 않았다는 증언도 확보했고. 분명한 건, 알렉산드리아 잉글하트의 시신이 활짝 열린 창문 옆에 한동안 방치됐었다는 겁니다."

앤디 어히언이 고개를 끄덕이며 목을 가다듬었다. "시신이 나무토막보다도 딱딱하게 굳어 있었다고."

"창문이 열린 이유는?" 하임 멘델이 질문했다.

말론이 대답했다. "어젯밤 잉글하트 별장에서 시신으로 발견된 루이스 밀러가 열어 놓은 겁니다. 루이스 밀러는 홀리의 친아버지이기도 하죠."

하임 멘델은 경악해 할 말을 잃은 눈치였다.

"글렌의 친아버지이기도 해요." 홀리가 덧붙였다.

"아니." 말론이 고개를 저었다. "아닙니다. 글렌의 친아버지는 아니에요."

"하지만 우린 남매인걸요. 쌍둥이 남매."

"아뇨." 말론이 또 말했다. "*글렌은 당신의 형제가 아닙니다. 당신들은 쌍둥이가 아니었어요.*"

아무도 말이 없었다.

꼿꼿이 앉은 넬리 파킨스의 창백한 얼굴이 갑자기 잿빛에 가까워졌다. 그러더니 몸속 뼈가 몽땅 젤리로 변하기라도 한 듯이, 그녀가 풀썩 바닥에 주저앉았다.

말론이 딱한 눈길로 그녀를 내려다보았다. "누가 부축을 해야겠군. 파킨스 양, 어머니를 모셔 가도록 해요."

앤디 어히언이 관절 마디마디가 꺾인 인형처럼 흐느적거리는 넬리 파킨스를 부축해 옆방으로 데려갔고 메이벨이 그 뒤를 따랐다. 순간 제이크는 중요한 증거를 발견하기라도 한 듯이 메이벨의 구두 뒤축을 유심히 관찰했다.

"내 생각에는," 끔찍하게 고요한 정적을 깨트린 건 말론이었다. "글렌이 파킨스 씨를 깨워 *걸려 온 적 없는 전화* 얘기를 했을 때 이미 알렉산드리아 잉글하트는 죽어 있었습니다. 파킨스 씨가 깨어나기도 전에 이미 집 안 시계들은 모조리 3시에 멈춰져 있었고요. 파킨스 부부 방의 시계는 파킨스 씨가 차를 가지러 나간 사이 멈춰졌을 겁니다. 또 그사이에 글렌과 파킨스 씨의 침대가 정리되었고 홀리 잉글하트 데이턴은 침대에 도로 눕혀졌—"

그때, 모든 게 눈 깜짝할 사이에 벌어졌다. 갑자기

방 반대편에서 무언가 빠르게 움직이더니 방 조명이 훽 꺼졌다. 어둠 속에서 누군가 달아나는 발걸음 소리, 테이블이 뒤집히고 문이 쾅 닫힌 후 잠기는 소리가 연달아 이어졌다.

고민할 새도 없이 제이크는 테라스를 향해 나 있는 길쭉한 프랑스풍 창문 밖으로 몸을 던져 눈밭을 내달렸다. 저 멀리 검은 형체가 호숫가로 달아나는 게 보였다.

자기가 뭘 하고 있는지도 모른 채, 제이크는 본능적으로 그 형체를 뒤쫓았다.

32장

제이크는 대낮처럼 훤한 집을 뒤로 한 채 달렸다. 시끄럽게 외치는 목소리들이 점점 멀어졌다. 앞에는 호숫가와 낭떠러지였다. 갑자기 길이 끊기는 낭떠러지라 지뢰밭처럼 위험천만했고 낭떠러지 아래는 뾰족한 바위 천지였다. 검은 형체는 낭떠러지를 향해 계속 달아났다.

'내가 뭐 하러 이러는 거지?' 눈밭을 헤쳐 달리며 제이크는 자문했다.

거리가 좁혀질수록 형체는 점점 또렷해졌다. 제이크는 이를 악물고 속도를 높였다.

낭떠러지 끝에 도착하기 전에 붙잡아야 했다.

저 자식 대체 어쩌려는 거야? 도망치려고? 아니면 자살이라도 하려는 건가?

이제 낭떠러지는 코앞이었다. 철썩대며 바위에 부딪히는 물소리와 부서진 얼음덩어리 소리가 들려 왔다.

설마 절벽 아래로 몸을 던지려는 건 아니겠지. 절벽으로

달리는 척하다가 숲으로 방향을 꺾으려는 거야. 거기다 차를 숨겨 놨나 보군. 뻔하지.

그냥 달아나게 내버려 둘까? 잘하면 무사히 빠져나갈 수도 있을 텐데. 그러면 모든 게 미제로 남을 거고, 헬렌이 범인으로 몰려 재판에 부쳐질 일도 없어.

제이크는 계속 달리고 또 달렸다.

그냥 달아나게 내버려 두지, 뭐. 헬렌이 정말로 저 자식한테 마음이 있는 걸 수도 있잖아. 헬렌의 진심은 아무도 모르지만. 그냥 달아나게 두자. 그러면 언젠가 헬렌이 저 자식과 재회해 결혼에 성공할 수 있을지도 몰라.

달아나는 형체가 손에 잡힐 듯 가까워졌다.

제이크는 마지막 남은 힘을 다해 훌쩍 뛰어올라 눈앞의 형체를 덮쳤다.

영원 같은 찰나의 순간 동안 두 사람은 눈밭을 뒹굴었다. 글렌은 빠져나가려고 미친 듯이 몸부림쳤다. 제이크는 초인적인 힘을 발휘해 두 팔로 글렌을 제압했다.

몸이 뒤엉킨 채로, 두 남자는 점점 낭떠러지 끝에 가까워졌다.

왜 다들 따라 나오지 않는 거야? 애초에 왜 아무도 이 자식을 의심하지 않은 거지? 헬렌은 알지 않았을까? 알면서 일부러 입을 다문 건가?

얼굴과 두 눈이 눈 범벅이 되어서 제이크는 앞을 볼 수도 숨을 제대로 쉴 수도 없었다.

그냥 놓아 줘야 하는데! 어차피 멀리 가지도 못할걸.

아, 드디어 사람들이 오고 있군. 웅성거리는 목소리들이 이쪽으로 가까워지고 있었다. 조금만 더 버티면 돼! 하지만 글렌도 그 소리에 더욱 격렬히 버둥댔다. 제이크는 글렌의 무릎에 느닷없이 가격당해 숨이 턱 막혔다.

그러나 계속 버텼다. 어느새 낭떠러지 맨 끝이었다. 글렌은 이미 낭떠러지 아래로 몸이 반쯤 내려간 채 몸부림을 쳐댔고 제이크는 죽을힘을 다해 그런 글렌을 붙들었다. 날카로운 바위에 팔이 짓이겨졌고, 저 아래 철썩이는 검은 물과 회색빛 바위들이 눈앞에 빙글빙글 펼쳐졌다. 이대로라면 둘 다 추락해.

그냥 놔 줘! 차라리 그게 낫다고! 아냐…… 헬렌이 슬퍼할 거야. 헬렌이 이 자식을 사랑하는 거라면. 헬렌의 마음이 어떤지는 정말 모르지만, 일단 붙들자. 헬렌을 위해서라도 살려야 해. 말론이 무죄를 받아내 줄지도 모르잖아.

곧 사람들이 도착할 것이다. 뭐라 외치며 다가오는 사람들의 발걸음 소리가 정말 가까이 들렸다.

바로 그때 글렌이 또 한 번 무모한 몸부림을 쳤다. 땅이 두 사람의 무게를 이기지 못하고 부서지기 시작했다. 생존의 위협을 느낀 제이크가 저도 모르게 손에 힘을 풀었고, 글렌이 최후의 발악으로 제이크의 손아귀에서 자기 손을 비틀어 빼내고야 말았다.

제이크는 외마디 비명과 함께 팔다리를 휘저으며 어두운 물로 추락하는 글렌을 보았다. 글렌의 몸이 호수 아래 튀어나온 바위에 한 번 튕겨 나와 얼음과 부서진 바위 위로 떨어졌다. 뒤틀린 검은 형체 밑으로 흘러나온 피가 눈밭과 바위를 적시고 물들였다. 공포와 고통에 사로잡혀 내지르는 글렌의 마지막 절규가 제이크의 귓전에 울려 퍼졌다.

부서지는 낭떠러지 끝에서 누군가의 손길이 제이크를

부드럽게 끌어당겼다. 고개를 들자 헬렌의 하얀 얼굴이 보였다. 제이크는 입을 뗐으나 목소리가 나오지 않았고 몸을 일으키려고 하자마자 찌릿한 통증이 느껴졌다. 그리고 모든 게, 아득히 흐려졌다.

눈을 떴을 때, 제이크는 잉글하트 저택의 서재에 있었다. 말론이 걱정 가득 담긴 눈길로 그를 살피고 있었다. 제이크는 소파에 누워 이불을 덮고 있었다. 어깻죽지에 느껴지는 통증이 가시질 않고 여전했다.

얼굴이 하얗게 질린 홀리도 곁에서 그를 지켜보았다. 헬렌은 방 저편에서 창밖을 내다보고 있었다.

"가만히 있어." 말론이 말했다. "어깨가 탈구됐대. 다른 데는 무사해."

제이크는 잠시 말이 없었다.

"술 좀 줘." 목소리가 갈라져 평소 같지 않았다.

"그래."

말론이 제이크의 입에다 브랜디를 부어주었다.

근심으로 잔뜩 구겨진 딕의 얼굴이 창백했다.

"좀 나아?"

"훨씬."

"이제 듣는 데도 문제없겠지?" 옆에 있던 앤디 애히언이 불쑥 물었다. "말론이 설명할 게 있다고 하더군. 자네가 깨어나기만 기다렸어."

"그것참 고맙군요."

느닷없이 홀리가 입을 열었다. "왜 그랬을까요? 대체 왜?"

헬렌은 계속 창밖만 내다보고 있었다.

“왜냐면,” 말론이 차분히 설명했다. “게임이 끝났단 걸 알았으니까. 말했다시피 글렌은 당신 형제가 아닙니다. 알렉산드리아 잉글하트의 조카도 아니고.”

“그건 알겠어요. 하지만…….”

“당신이 쌍둥이로 태어난 건 맞습니다.” 말론이 말했다. “당신한텐 쌍둥이 형제가 있었어요. 당신 모친이 쌍둥이를 낳다가 세상을 떠났고 당신 이모가 밀러에게 쌍둥이 자식들에 대한 권리를 양도한다는 계약에 서명하게 한 다음 두둑이 돈을 챙겨 준 것도 맞아요. 사실 당신 이모가 관심 있던 건 당신의 남자 형제였지만, 당신까지 거두기로 한 거죠. 그런데, 계약이 성사되기 직전에 당신의 쌍둥이 형제가 죽어 버린 겁니다.”

“어머.” 홀리가 연신 탄식을 내뱉었다. “어머나.”

“당신 부친은 계약을 무사히 성사시키길 원했고, 자신의 쌍둥이 자식들과 한날한시에 태어난 사생아를 용케도 구했어요. 아기 엄마는 아들이 부잣집에 들어가게 되어 기뻐했죠. 그 아기가, 바로 글렌 잉글하트입니다.”

말론은 말을 멈춘 뒤 얼굴을 문질렀다.

“그럼 파킨스 부인이,” 제이크가 힘없이 입을 열었다.

“글렌의 친모야.” 말론이 조용히 대답했다.

긴 침묵이 흘렀다.

“이제 알 것 같네요.” 홀리가 느릿느릿 말을 했다. “넬리는 우리의 유모로 이 집에 들어왔어요. 쭉 우리를 돌보다 파킨스 아저씨랑 결혼해 아예 눌러앉았고요. 글렌이 자기 아들인 걸 알아서 그런 거였군요.”

말론이 고개를 끄덕였다.

"계속 말해 보게." 앤디 어히언이 재촉했다.

"얼마 전," 말론이 말을 이었다. "밀러는 빈털터리가 됐습니다. 그래서 이곳에 와 글렌에게 증거를 내밀며 진실을 알렸죠. 한동안은 글렌을 협박해 쏠쏠한 재미를 봤을 겁니다. 그러다 알렉산드리아 잉글하트가 살날이 얼마 안 남았다는 걸 알게 됐고, 이왕 이렇게 된 김에 쌍둥이가 태어났을 때 맺었던 계약서를 훔쳐 오자고 마음먹었습니다. 그것만 없애면 노부인이 사망한 후에 자기가 상속권을 주장할 수 있으니까요. 알렉산드리아 잉글하트에게 진실을 폭로하겠다고 협박할 수 있으면 더 좋다고 생각했을 테고요. 미스 잉글하트는 워낙 자존심이 세고 체면을 차리는 양반이었으니 글렌이 유모 아들이라는 소문이 돌게 할 바에야 밀러의 요구를 뭐든 들어주려고 했을 테죠. 그러니 글렌 입장에서는 알렉산드리아 잉글하트를 제거해야만 했던 겁니다."

"왜 알렉스 이모였죠? 아빠가 아니라?" 홀리가 물었다.

"왜냐면," 말론이 설명했다. "당신 아버지가 알렉산드리아 잉글하트에게 한발 먼저 접근해 진실을 알렸으니까. 글렌과 넬리 파킨스는 나중에 그걸 알게 된 겁니다. 그리고 넬리는 노부인이 유언장 내용을 바꾸려 변호사를 불렀다는 것도 알았죠. 노부인은 글렌의 상속권을 박탈하려 했던 겁니다. 그걸 넬리가 글렌에게 귀띔해 준 거고."

홀리는 할 말을 잃었다.

"그런데 정말이지 우연의 일치로, 루이스 밀러가 계약서를 훔치려던 날이 하필 노부인이 살해당한 날이었던 겁니다. 밀러는 창문을 통해 노부인 방에 들어갔죠. 우리는 딱 거기까지만 추측했지만 그게 끝이 아니었어요. 그날 집은 온통 깜깜했을 겁니다. 밀러는 노부인 방 창문 아래 지붕에 올라가 안을 들여다봤고 죽은 노부인을 목격했어요. 밖에서 창문을 여는 건 쉬웠을 겁니다. 밀러는 그렇게 안에 들어가 금고를 뒤져 자기가 찾는 물건을 찾은 다음 빠져나갔겠죠. 그런데 창문을 건물 바깥에서 열 수는 있어도 닫을 수는 없더군요. 내가 해 봐서 알아요. 그래서 그대로 열린 채 둔 겁니다."

"금고는," 제이크가 불쑥 끼어들었다. "그자가 열어 둔 건가, 아니면—"

"열려 있는 걸 내가 봤는데." 홀리가 말했다.

말론이 고개를 끄덕였다. "맞아요. 밀러가 급하게 나가느라 열어 둔 게 확실합니다. 내 추측으로는, 방에 먼저 들어간 넬리가 금고문이 열린 걸 알아차리고는 무슨 일이 벌어진 건지 눈치채서 닫아 둔 것 같습니다만. 넬리가 기운을 차리면 진실을 말해 주겠죠."

"밀러는 계속 글렌을 협박한 거고?" 제이크가 물었다. 제이크는 여태 입을 다문 채 창밖만 보고 있는 헬렌이 제발 자신을 바라봐 주기를, 어떤 말이라도 해 주기를 마음속으로 빌었다.

"아마도. 그런데 밀러는 갑자기 부성애를 느꼈던 것 같더군. 자신이 확보한 증거가 자기 딸의 혐의를 벗겨 주리라 생각한 거지. 하지만 경찰과 얽히려 하진 않았어. 또 자기가 아는 정보를 팔면 돈이 되리라 판단했을 거고. 기회주의자였으니까. 그래서 딕 데이턴에게 접근했고 정보를 팔겠다는 제안을 한 거야. 그런데 그걸 우연히 알게 된 글렌이 밀러와 데이턴이 만나기 전부터 별장에 숨어 있다가 데이턴을 때려눕힌 거지. 그때 밀러를 바로

죽이진 않은 건, 자기한테 알리바이가 없었기 때문이야. 그날 밤 멘델과의 알리바이를 만들어 놓은 다음에야 별장으로 가서 밀러를 살해했지."

"지금 내 주장은 엉성한 근거에서 출발했어요. 범행 수법에 초점을 맞춰 따져 보면 범인은 글렌일 수밖에 없죠. 하지만 글렌에게는 동기가 딱히 없어 보였거든. 그걸 찾아내는 게 숙제였습니다. 그런데 밀러가 제이크 저스투스와 헬렌 브랜드에게 했다던 말이 걸리더군요. '바로 내가 살인 동기거든.' 왜 그런 말을 했을까 싶었죠. 그러다 밀러의 정체를 알게 되고 그자가 서명했다는 계약서를 보고 난 후에야, 그자가 말한 동기가 글렌, 홀리, 그리고 밀러 자신과 관련 있다는 걸 깨달았습니다. 홀리와 글렌은 세인트 루이스 병원에서 태어났습니다. 그래서 직접 거기에 가서 옛 기록을 확인했어요. 범행 동기를 확신하는 순간이었습니다. 홀리와 글렌이 외모부터 성격까지 모든 게 딴판인 점을 처음부터 의심했어야 했는데."

"이제야 앞뒤가 맞아떨어지는군." 하임 멘델이 천천히 말을 꺼냈다. "하지만 말이야, 살해 수법은 여전히 의문인데."

"시계도." 제이크가 끼어들었다. "침대. 그리고 홀리의 행방도."

"맞아요." 홀리가 맞장구쳤다. "*나는 어디 있었던 건데요?*"

말론이 그녀를 보며 미소 지었다.

"침대에."

"정말로요?"

"예. 당신은 잠들 때 평소와 달랐고 일어났을 때도 몸이 아팠다고 했잖습니까. 약물에 취했던 겁니다. 사실 처음부터 의심은 했어요. 제이크도 그랬을 것 같은데."

제이크가 고개를 끄덕였다. "맞아. 하지만 그럴 만한 이유가 없어 보여서."

"글렌이 홀리를 침대 밖으로 끌어내 옷장에 가둔 다음 옷걸이 기둥에 매달아 놓고 방을 나가는 동안 홀리가 저항하지 않도록, 미리 약을 탄 거야. 그게 이유였어."

"그거, 내가 꾼 꿈이잖아요." 헬렌이 말을 더듬었다. "수직으로 세워진 관. 사방이 어둡고, 밧줄이 자꾸만 미끄러지고. 아래팔에 생긴 멍도 그것 때문이구나. 그런데 왜? 이유가 뭐죠?"

"파킨스 씨가 당신 방을 들여다볼 걸 대비했겠죠. 당신 방에서 떠난 파킨스가 차를 가지고 나오는 새에 글렌이 당신을 도로 침대에 눕힌 거고."

"난 처음부터 홀리의 꿈이 열쇠란 걸 알았어." 제이크가 말했다. "다만 그게 뭘 여는 열쇠인지 몰랐던 거야."

"자네는 그 열쇠로 엉뚱한 문을 열려고 했지."

"그런데 시계는?"

"파킨스 방에 있는 시계 빼고는 전부 글렌이 파킨스 씨를 깨우기 전에 미리 멈춰 놓았을 거야. 글렌 침대와 홀리 침대가 정리된 것도 그때고. 글렌이 파킨스 부부와 함께 집에 돌아왔을 때 홀리 방에 몰래 들어가 헝클어진 침대를 다시 정리하는 것쯤이야 어렵지 않았겠지. 그러니까 순서대로 말하자면 이래. 글렌이 시계들을 멈추게 한 다음 자기 침대와 홀리 침대를 정리하고 홀리를 옷장 속에 숨긴다. 그다음 파킨스를 깨워 전화가 왔다고 거짓말한다. 파킨스가 옷을 챙겨 입고 홀리 방에 잠시 들른 뒤 차고로 나간다. 글렌이 이모 방에 올라간다. 자신이 이미

살해한 이모의 시신을 창가에 앉아 있는 것처럼 보이게 꾸민다. 마지막으로 홀리를 도로 침대에 눕히고 파킨스 방에 있는 시계를 멈추게 한다."

"그리고 나갔다 돌아왔을 때 내 방에 들어와서 침대를 다시 정리했다는 거예요?" 홀리가 물었다.

"바로 그겁니다."

"대체 왜요?"

"글렌은 당신이 어떻게 반응할지 알았으니까."

"그러니까 대체 왜?"

"그래야 당신이 알렉산드리아 잉글하트를 살해한 용의자로 몰릴 테니까."

"어머!"

"그런데 말이죠," 말론이 덧붙였다. "글렌이 당신의 친형제는 아니어도 형제에 가까운 사람이잖습니까. 어찌 되었건 어려서부터 남매인 줄 알고 함께 자랐으니까. 글렌은 당신이 범인으로 몰리기를 바라면서도 그걸로 고통을 겪는 건 싫었나 봅니다. 그래서 정신착란 방어가 가능하도록 일을 꾸민 거죠." 말론이 앤디 어히언을 돌아보며 물었다. "처음 홀리의 진술을 들었을 때 어땠습니까?"

"정신 나간 줄 알았지." 앤디 어히언이 대꾸했다.

재스퍼 플렉이 한쪽 귀를 긁적이며 덧붙였다. "난 틀림없이 이 여자 짓이라고 믿었어. 미쳐서 살인을 저지른 게 분명하다고 말이야."

"나도 그랬습니다." 말론이 말했다. "하마터면 배심원단까지 그렇게 생각할 뻔했죠. 자, 홀리, 당신이 깨어난 건 대략 3시쯤이었을 겁니다. 글렌은 그쯤 약발이 다하리란 걸 예상했고 자기 방에다 자명종 시계를 감춰 뒀어요. 당신이 잠에서 깼을 때 집 안에는 죽은 이모뿐이었겠죠. 글렌은 당신이 직접 이모 방까지 올라가기를 바랐던 거예요. 시계들을 모두 고장 낸 건 그래서입니다."

"한밤중에 일어났는데 시계가 멈춰 있다면, 상식적으로 어떻게 행동할까요? 몇 시인지 무척 궁금해지겠죠. 글렌은 당신이 시간을 확인하리란 걸 알았고, 자명종이 울리면 침대 밖으로 나와 자신의 방을 들여다보리란 것도 알았어요. 자신이 침대에 누운 흔적도 없이 방을 비웠다는 걸 당신이 알게 되리란 것 역시. 당신은 당황하고 걱정했겠죠. 그러던 중에 파킨스 부부 방에서 자명종 소리를 들었을 거고. 그래서 파킨스 부부 방에도 가 보았지만 둘 다 침대에 누운 흔적도 없이 방을 비웠을 겁니다. 집 안 시계를 찾아 확인할 때마다 시간은 3시. 그러다 마지막으로 알렉스 이모 방에서 자명종 소리가 울렸겠죠. 당신을 그 방까지 유인하기가 쉽지 않으리란 걸 글렌은 짐작했지만 결국은 그 방법이 통하리란 것도 예상했어요. 그리고 정말 그렇게 됐고요."

"당신이 약 기운 때문에 정신이 혼미한 상태일 거라는 점, 방에 들어가 이모가 죽은 걸 발견하면 까무러치리란 점을 글렌은 잘 알았어요. 그리고 당신은 정확히 글렌의 예상대로 움직였죠. 이 모든 게 정신 나간 자의 소행인 것처럼 보이도록 글렌이 전부 꾸민 겁니다. 칼을 1번이 아니라 3번씩 찔러 3시와 연관 있는 것처럼 보이게 만든 것도 마찬가지. 아주 철두철미한 계획으로 홀리 당신마저 그날 밤 있었던 일을 스스로 의심하도록 만들었어요. 당신 정말 그랬잖습니까. 모두가 당신의 정신 상태를 의심하도록

글렌이 계획한 겁니다. 우리 모두 그 꾀에 넘어갔어요."

"난 아닌데." 제이크 저스투스가 말했다.

홀리가 고맙다는 표정으로 제이크를 향해 미소 지었다.

"그런데 글렌은 충격을 받았을 겁니다." 말론이 또 설명했다. "집에 돌아와 보니 창문이 열려 있었으니까요. 그건 자기 계획에 없던 일이거든요. 넬리가 금고 얘기를 해 줬을 때도 충격을 받았겠죠. 그래도 일단 계획한 대로 경찰이 출동하기 전 홀리 침대를 정리하고 숨겨둔 자명종 시계들을 치워 없애 버렸을 겁니다. 아마 호수에 던져 버렸겠지. 그런데 가장 큰 충격은, 홀리 당신이 도주해 행방이 묘연해졌을 때였을 겁니다."

하임 멘델이 민망해 얼굴을 붉혔다.

앤디 어히언이 물었다. "이걸 다 어떻게 알아낸 거야?"

말론이 씩 웃었다. "아는 게 아닙니다. 그냥 꾸며낸 얘기입니다만."

"뭔 개소리야?"

말론이 고개를 끄덕였다. "확실한 사실을 토대로 가설을 꾸며본 거잖습니까. 사실에 비추어봤을 때 이 가설은 옳을 수밖에 없어요. 넬리가 기운을 차리면 이 점을 확인 시켜 줄 겁니다."

"처음에 했던 생각은 용의자가 몇 안 된다는 거였어요. 홀리, 글렌, 파킨스 부부, 브랜드 양 정도였으니. 그중에 동기가 확실한 건 홀리뿐. 글렌은 제 이모가 없어지기보다는 계속 살아 있기를 바라는 인물이었죠. 처음엔 우리 모두 노부인이 홀리의 상속권을 박탈하려 했다고만 생각했으니까."

"이번 사건은 모든 게 숫자 3과 얽혀 있었습니다. 3시에 멈춘 시계들. 시신에 난 3개의 자상. 3명의 사망자. 게다가, 뭐 이건 순 우연 같긴 하지만, 진실의 문을 연 열쇠도 3개."

"첫 번째는 홀리의 꿈이었습니다. 의미심장한 꿈이라고 생각하긴 했지만 한참을 고민했어요. 목이 매달린 채 서 있는 관에 갇힌 꿈이라. 홀리 방에 있는 비좁은 옷장과 그 안의 옷걸이 기둥을 보고 어쩌면, 홀리가 기억을 잃은 시간 동안 거기 갇혔던 게 아닐까 짐작은 했죠. 여기 오는 길에 홀리가 꿈속에서 밧줄로 묶였던 팔에 실제 멍 자국이 남아있더라고 말했을 때, 내 가설이 옳다는 걸 확신했습니다."

"두 번째 열쇠는 전화 통화였습니다. 처음엔 전화벨 소리를 글렌과 파킨스 둘 다 들었겠거니 했죠. 아랫사람인 파킨스 씨가 전화를 먼저 받았겠거니 단정했고요. 보통 이런 저택에서는 그런 법이니까요. 다들 말하진 않아도 그렇게 생각했을걸요. 그런 단정이야말로 사실보다 훨씬 더 설득력 있는 법이죠. 멘델 씨도 법조인이니 잘 아실 테지요. 이와 같은 이치로, 우리는 파킨스 씨가 집을 떠날 때 노부인이 살아 있는 걸 두 눈으로 봤다고 단정하고 말았습니다. 당연히 그때까지 노부인이 살아 있었다고 믿었고요. 나중에야 찝찝했던 부분, 그러니까 전화벨 소리가 위층에서 들릴 리 없다는 사실이 밝혀졌지만, 글렌은 계속해서 자기가 전화벨 소리를 듣고 깼다고 주장하더군요. 이제 다들 아시겠습니까?"

"그런데 자네," 제이크가 말을 끊고 물었다. "홀리 목소리를 꾸며낼 사람은 홀리밖에 없다고 했잖아. 그건 어째서……."

"내 말의 속뜻은," 말론이 설명했다. "홀리 목소리를 꾸며내려고 한 사람 따위는 없었다는 거였어. 그러니까, 애초에 전화가 걸려 온 적이 없었다는 거지." 말론이 말을 이어갔다.

"처음부터 나는 글렌과 파킨스 씨가 집을 나서기 전에

알렉산드리아 잉글하트가 죽었을 거라 예상했어. 그 가설이 유효하려면 범인은 글렌일 수밖에 없는데, 말했다시피 그러기에는 살인 동기가 마땅찮았지. 그런데 여기서 세 번째 열쇠가 등장했고 마침내 모든 퍼즐이 맞춰진 거야. 루이스 밀러, 이 범죄의 동기이자 그로 인해 목숨을 잃은 피해자."

꽤 오래 침묵이 흘렀다.

"그렇지만," 하임 멘델이 못 미더운 목소리로 딴지를 걸었다. "두 번째 살인이 일어났을 때 말일세. 그때 글렌은 나와 함께 이 집에 있었는걸. 밀러를 9시 전에 죽였을 리는 없어. 9시 15분 전에 그자를 메이플 파크 잡화점에서 목격한 사람도 있다고. 글렌 잉글하트가 그자까지 죽이진 않았을 걸세. 9시부터 새벽 3시까지 줄곧 나와 함께 있었으니까. 알리바이대로라면 자네 가설은 몽땅 무효야."

"정말 여기 있었다고요?"

"그야 당연하지. 글렌은 방 바깥을 나간 적도 없어."

"이 집에 도착했을 때 몇 시인지는 어떻게 알았습니까?"

"그야 시계를 확인했으니까. 방 안에만 시계가 3개였다고."

"*손목시계가 아니라 방 안 시계를 봤단 말이지요?*"

"당연하잖은가. 방 안에 시계가 3개나 있는데 뭐 하러 손목시계를 들여다봐?"

"그렇죠." 말론이 대답했다. "글렌도 그걸 알았던 겁니다. 방 안의 시계, 정확히는 3개의 시계가 전부 9시를 가리키고 있으면 당신이 굳이 손목시계로 시간을 다시 확인할 리 없다는 걸. 멘델 씨를 초대한 건 글렌이었으니 당연히 글렌은 멘델 씨가 언제쯤 오리란 걸 예상했겠지요. 그 사이에 별장에 갔다올 수 있었던 건,

파킨스 씨가 이웃집 석유 난로를 손보러 집을 비웠기 때문이고요. 글렌은 그렇게 무사히 별장에 갔다 온 후 방 안 시곗바늘을 돌려놓은 겁니다."

제이크가 하임 멘델을 힐끔 보았다. 그의 얼굴이 벌겋게 달아올라 있었다.

그때 제이크가 잊고 있던 무언가를 떠올렸다. "그런데 말론. 다음날 우리가 이 집에 왔을 때 방 안 시계들이 모조리 멈춰 있었잖아. 정확히 3시에."

말론이 다 안다는 듯 고개를 또 끄덕였다. "멘델 씨가 떠난 후 글렌이 저번처럼 시계를 3시에 맞춰 놓고 멈춘 거야. 그래야 시계들이 의도적으로 고장 났다는 걸 사람들이 믿을 테니까. 그리고 그래야, 두 번째 살인도 홀리 짓이라고 의심받을 테니까."

"굳이 홀리가 시계를 망가트렸다고 몰아갈 이유가 뭐지? 그럴 이유가 전혀 없는데." 하임 멘델이 멍청한 목소리로 물었다. "아니, 그냥 다 말이 안 되잖나."

"말이 안 된다, 바로 그겁니다." 말론이 상냥한 목소리로 설명했다. "그러니까," 그가 할 말을 고르느라 잠시 머뭇거렸다. "만약 당신들이 지금껏 확보한 증거로 홀리를 법정에 세울지라도, 나 말론이 정신착란 방어라는 명목으로 변호하면 첫 평결에 무죄를 받아낼 수 있을 거라고—"

말론이 말을 끝마치기도 전에 맹렬한 토론이 시작되었다.

제이크의 귀에는 이제 그런 말들이 하나도 들어오지 않았다. 그는 힘겹게 몸을 고쳐 누우며 창가를 바라봤다.

헬렌은 떠나고 없었다.

33장

"그나저나 아쉬워서 어째." 제이크가 유리잔에 호밀 위스키를 찬찬히 따르며 말을 건넸다. "신혼여행이 며칠 늦춰졌으니."

"고작 며칠 사이 일이던가!" 홀리가 중얼거렸다.

"한평생은 지난 것 같은데." 딕도 뻔한 말을 덧붙였다.

"블레이크 카운티 감방과 프레이저 부인 댁에서 평생을 살았던 것 같아."

"말론이 일을 서둘러 해결해 다행이군." 제이크가 말했다. "수임료를 얼마나 청구할지 무섭긴 하다만."

"값어치는 충분했어요." 홀리가 말했다. "무조건 달라는 대로 줘야죠. 그런데 말론은 어디 간 거죠? 어젯밤 이후로 못 봤는데."

"나가서 자축하고 있을 겁니다." 제이크가 대꾸했다. "며칠은 코빼기도 안 보일걸요."

"헬렌은?" 딕이 눈치 없이 물었다.

"글쎄. 찾다가 포기한 지 한참인데."

어색한 침묵이 감돌았다.

제이크는 한숨을 옅게 쉬며 잔에 다시 술을 채웠다.

"이제 다 끝났어. 홀리는 풀려났고, 딕도 건강해졌고. 사건도 잘 마무리됐잖아. 머리에 붕대를 감은 영웅 딕. 아리따운 상속녀 홀리. 신혼여행을 떠나는 밴드 리더와 새신부. 아메리카 스윗하-트의 행복을 빕니다. 맙소사, 벼락스타가 됐군. 그럼도 끝내주고 말이지! 휴!"

"하여간 방정맞기는." 딕이 말했다.

"사진을 어찌나 많이 찍혔는지, 할리우드 스타라도 된 줄 알았다니까요." 홀리가 말했다. "아니면 갓 태어난 새끼 판다랄지."

"그나저나 어디로 떠날 계획입니까?"

딕과 홀리가 서로를 마주 보며 웃었다.

"원래는 버뮤다를 생각했었는데." 홀리가 말했다.

"그냥 아이오와주 그로브 폴스로 가려고." 딕이 말했다. "내 고향으로. 고모가 이번 소식을 듣고 나를 용서해 줬어."

"용서하다니?" 제이크가 되물었다. "몰랐던 얘긴데?"

"고모는 음악 교사셔." 딕이 설명했다. "내가 하는 음악은 너무 요란하다고 생각하시지." 딕은 말하다 말고 한숨을 쉬었다. "딱 2주야. 고향 마을에서 2주만 있다 올 거라고. 그동안은 스티브가 밴드를 이끌 거고. 네가 모든 걸 관리해 줘야겠어." 갑자기 딕의 목소리가 사무적으로 변했다. "스티브가 망할 대마초에 너무 빠지지 않게 신경 좀 써 줘. 지루하기 짝이 없는 〈밀짚 속 칠면조〉 연주는 금지야. 넬 브라운이 라디오나 영화 쪽에서

더 좋은 제안을 받더라도 놔주면 안 돼. 그 정도 되는 보컬이 잘 없거든. 내가 돌아오기 전까지는 새 보컬을 뽑지도 말아. 내가 직접 실력을 봐야 하니까. 왠지 너라면 오디션을 침대에서 볼까 봐 걱정이야."

심기가 거슬린 제이크가 방정맞게 입방귀를 꼈다.

"이제 2주 동안은 자유야!" 딕이 행복에 겨운 얼굴로 홀리에게 입을 맞췄다.

"눈앞에서 썩 꺼져들." 제이크가 진절머리를 냈다. "속이 느글거리네."

갑자기 홀리가 딱한 눈빛으로 제이크를 보았다. "그런데 좀 미안하네요. 실은 제이크 공이 제일 큰데. 매번 위험을 감수한 것도 당신이고. 모든 걸 해결해 줬는데 이렇게 혼자 남겨두는 게 좀."

"뭘요. 말론에게나 고마워해요." 제이크가 대꾸했다. "물론 신혼여행에 딕 대신 날 데려간다면 언제나 환영입니다. 얼굴에는 자신 없어도 유머 감각으로는 뒤지지 않거든요."

제이크가 다시 술잔을 채웠다.

"두 사람의 행복과 앞날을 위해 건배."

그리고 또 술을 따랐다.

"존 조셉 말론을 위해."

이어지는 3번째 건배.

"프레이저 부인을 위해."

"참," 홀리가 말했다. "부인이 결혼 선물로 접시닦이 수건을 20장 넘게 줬는데 어쩐담? 가장자리에 자수까지 직접 놓으셨다나. 나는 떠돌이 밴드 리더와 호텔 방을 전전하며 살아갈 팔자인데."

"걱정마." 딕이 대답했다. "언젠가 닦을 접시를 선물할게.

그나저나 나는 밴드 애들한테 새끼 양을 선물로 받았는데 어쩐다? 지배인 말로는 호텔 창고에 계속 둘 수도 없다는데."

"나한테 맡겨." 제이크가 약속했다. "말론에게 수임료로 새끼 양을 주면 되겠군."

홀리가 4번째 잔을 채웠다.

"제이크를 위해."

"고마워라."

홀리와 딕은 제이크에게 작별을 고하고 떠났다. 제이크는 깊은 한숨을 쉬며 호텔 방을 둘러보았다. 갑자기 방 안이 휑뎅그렁해 보였다. 아무것도 할 게 없군. 이제 정말 끝이었다. 붕대를 칭칭 감은 살인 용의자를 뒷좌석에 태우고 시카고 일대를 폭주하던 모험도 끝. 얼토당토않은 망상도 끝. 낭떠러지 끝에서 벌인 사투도 끝. 이제는 밴드를 잘 관리하면서 스티브가 감방에 가지 않고 넬 브라운이 다른 데로 떠나지 않도록 감시할 일만 남았다. 그리고 술에 취할 일밖에는.

그가 새 위스키병을 땄다.

그때 밖에서 조심스레 문을 두드리는 소리가 났다.

"들어와요!"

천천히 문이 열렸다. 헬렌이 처음 보았던 모습 그대로, 그러니까 털 코트에 새파란 새틴 파자마, 덧신 차림을 하고 문가에서 있었다. 그리고 술에 진탕 취해 있었다.

제이크가 간신히 그녀를 부축해 의자에 앉혔다.

"대체 어디 갔던 겁니까?"

헬렌은 한숨을 쉬며 고개를 저을 뿐이었다. "술이나 줘요, 제이크."

제이크는 술병을 건네며 질문을 반복했다.

그녀는 시선을 회피했다. "그냥 좀 혼자 있고 싶었어요. 무슨 말인지 알죠."

"대충은."

"평생 알고 지냈고 결혼까지 생각했던 남자가 뜬금없이 살인자로 밝혀지고 절벽 아래로 떨어져 죽어 버리다니, 좀 놀랐달까."

"당연히 그랬겠지." 제이크가 안쓰러운 눈빛으로 의자 옆 바닥에 무릎을 꿇고 두 팔로 가만히 헬렌을 감쌌다.

"그래서 일단 집에 가서 파자마로 갈아입고 생각을 정리하려고 했어요. 그런데 가만히 있을 수가 없어서 차를 끌고 나가 돌아다닌 거예요."

"여태껏 그랬다고?"

"여태껏."

"용케도 살아남았군!" 제이크가 애정이 담긴 눈빛으로 그윽하게 그녀를 보았다.

"말론은요? 그 사람을 봐야겠는데."

"어디서 흥청망청 술이나 퍼마시고 있겠죠." 제이크가 말했다. "복잡한 사건 하나를 끝냈으니까. 그런데 말론은 어쩐 일로?"

"딱지가 잔뜩 쌓였을 거예요. 과속, 난폭 운전 등등. 평생 감방에서 썩게 생겼어."

"하, 변호사가 꼭 있어야겠군." 제이크가 말했다. "종신 계약으로다가 말이지. 내 생각엔 매니저도 필요하겠는데." 그리고는 그녀를 빤히 살폈다.

두 사람은 말없이 술잔을 2번 비웠다.

"저기," 제이크가 불쑥 입을 열었다. "난 그 사람을 살리고 싶었습니다."

긴 침묵이 흘렀다.

"알아요." 헬렌이 말했다. "그러지 못해 다행이죠. 이렇게 된 게 더 나아요. 더 빠르고, 깔끔하게 끝났으니까."

더 길어진 침묵.

제이크가 헬렌이 앉은 의자 팔걸이에 걸터앉았다.

그리고 조심스레 말을 꺼냈다. "자, 지금 상황은 이렇습니다. 살인범을 찾았고 사건은 해결됐어요. 홀리는 무사히 풀려나 딕과 신혼여행을 떠났죠. 밴드도 그럭저럭 잘 굴러가고 있고. 우리 둘도 드디어 오붓하게 밤을 즐길 수 있을 듯한데. 혹시, 안 되는 이유라도?"

헬렌이 고개를 저었다.

제이크는 헬렌 손에 들린 술잔을 들어 서랍장 위에 내려놓고 자신이 피우던 담배를 비벼 껐다.

"그럼……." 제이크 저스투스가 입을 열었다.

제이크는 또다시, 파란색 새틴 파자마가 자신의 손길에 서서히 달아오르는 걸 느꼈다. 헬렌이 고개를 들어 제이크와 눈을 맞췄다.

바로 그때, 별안간 요란하게 문을 두드리는 소리가 났다.

헬렌을 바라보던 제이크가 일어나 문을 열었다. 넥타이를 어깨 뒤로 아무렇게나 넘긴 존 J. 말론이 양팔 아래 술병을 하나씩 낀 채로 등장했다.

"하, 타이밍 한번 끝내준다니까." 제이크가 헬렌을 돌아보며

말했다. "아무래도 이게 우리의 결말인 건가!"

잊힌 보석의 이름이 기억될 수 있도록

크레이그 라이스Craig Rice는 하드보일드 문체와 기법을 제대로 쓸 줄 알았던 작가이다. 고작 데뷔 7년 만에 추리 작가로서는 최초로 세계 최대 시사 주간지 ‹타임 Time› 표지 모델로 선정된 일이나 "영국식의 고상한 후던잇과 미국식의 터프한 하드보일드 사이 고리 역할을 하는 유일무이한 여성 작가"라 평가 받은 일은 결코 우연이나 과장이 아니다. 라이스가 설계하는, 좀처럼 믿기 힘들 정도로 초현실적이고 몽환적인 범죄 사건들은 간결한 문장과 건조한 묘사에 힘입어 오히려 더 생생한 이미지로 다가와 읽힌다.

더불어 그녀만이 가진 독창미를 하나 더 짚는다면 유머이겠다. 미스터리 장르임에도 라이스의 작품에는 순발력과 재치, 위트와 유머가 흐른다. 비평가 J. 랜돌프 콕스의 말마따나 그녀는 "탐정 소설의 최우선 목적은 오락이라는 사실을 몸소 증명해 보이는" 작가이다. 눈에 보이는 듯 선명하게 그려지는 슬랩스틱코미디와 일그러진 성별-계급 간 격차가 은근하게 드러나는 스크루볼 코미디, 그리고 허를 찌르는 서스펜스 스릴러의 합작. 아무리 보아도 이질적이기만 한 이들 요소가 어우러지도록 절묘히 조화하는 균형감은 작가로서 라이스가 가진 탁월한 능력이며 그녀의 작품 전체를 관통하는 격조이다. 작가 특유의 유머 감각과 작풍이 비정한 세상에서 벌어지는 아찔하고 광기 어린 범죄 사건들과 결합해 축조한 작품 세계는 꽤 중독적이다.

『3시에 멈춘 8개의 시계』는 크레이그 라이스의 작품 세계를 가장 잘 들여다볼 수 있는 대표 소설이자 그녀를 단박에 베스트셀러로 만든 데뷔작이다. 라이스 소설의 히어로, 주정뱅이 변호사 탐정 '존 J. 말론' 시리즈의 물꼬를 튼 역작이기도 하다. 두둑한 살집이 도드라진 몸과 짧은 다리, 땀을 뻘뻘 흘리는 붉은 얼굴, 정돈되지 않은 옷차림까지. 존 J. 말론은 변호사라든가 혹은 탐정을 떠올릴 때 으레 그려지는 예리한 상과는 영 딴판인 데다 매일 곤드레만드레 취해 있는 주정뱅이지만, 유능함에 있어서만큼은 타의 추종을 불허하는 시카고 법정의 전설이다. 철저히 자신의 이해관계에 따라 사건을 해결하는 이 냉소적이고 현실적인 괴짜 변호사는 『3시에 멈춘 8개의 시계』에 처음 등장해 눈도장을 찍은 뒤 10권의 소설을 이끌었다. 말론 시리즈를 바탕으로 한 영화가 3편 개봉되었고, TV 시리즈 <The Amazing Mr. Malone>은 시즌 2까지 방영되었을 만큼 큰 인기를 구가했다.

주인공 말론과 함께 연속해서 등장하는 시리즈 주요 인물들의 캐릭터 설정도 독특하다. 몸을 사리지 않는 의리파 기자 제이크

저스투스와 진취적인 상류층 여성 헬렌 브랜드는 말론과 붙어 다니며 주정뱅이 탐정 3인방이 되기를 자처한다. 이들 3인방은 시카고 거리와 온 술집을 제집처럼 쏘다니며 술을 진탕 마시고 말싸움인지 농담인지 모를 대사들을 속사포처럼 쏟아내다가 건배를 외치며 다시 범인을 추적한다.

그중에서도 헬렌 브랜드는 확실히, 보통의 하드보일드 문학에서 찾아보기 어려운 유형의 여성이다. 그녀는 내로라하는 명문가의 상속자이지만 남들의 시선 따위 신경 쓰지 않는다. 경찰서장과 검사에게도 지지 않고 응수할 정도로 대찬 성격에 농담 따먹기로는 누구에게도 지지 않으며 말론과 제이크보다도 술이 세고 화통하다. 다소 엉뚱한 면도 있으나 대담한 계략을 세우는 데 능하고 직접 행동에 옮길 줄도 안다. 1930년대 소설임을 감안하고 본다면, 남성 중심의 하드보일드 스타일 문학이 여성 캐릭터를 설정할 때 범하기 쉬운 성녀/창녀의 이분법적 프레임이라든가 여성 캐릭터를 활용하고 소비하는 방식의 아쉬움으로부터 한 발짝 벗어나 있는, 반가운 인물이다. 살짝 덜떨어진 모습으로 묘사되는 남성 캐릭터들과 대비되는 영민하고 당찬 헬렌의 모습은 소설에 활력을 불어넣고 또 다른 재미를 선사하는 요소가 된다.

20세기 중반 가장 촉망받는 추리 소설가로 꼽혔던 라이스와 그녀의 탐정 말론. 그러나 오늘날 그들의 이름은 거의 잊히고 말았다. 한때 최정상의 인기를 누렸던 26편의 소설은 이제 미국의 일반 독자뿐 아니라 추리소설 마니아들의 기억에서조차 희미하다. 한국에 소개된 그녀의 소설이라고는 20여 년 전 출간된 단행본 『스위트홈 살인 사건』이 전부이고, 이마저도 말론 시리즈는 아니다. 라이스와 같은 해 데뷔한 레이먼드 챈들러를 비롯해 비슷한 시기에 활동했던 영미 추리소설가의 작품들이 재번역과 재출간을 거듭하며 여전한 인기를 누리는 것을 보면 영 아쉬운 일이다.

우리는 이대로 잊히기엔 너무 아쉬운 이름, 크레이그 라이스를 재조명한다. 한때 영미 미스터리 소설계가 열광한, 그러나 이제는 잊힌 보석의 잃어버린 수작 『3시에 멈춘 8개의 시계』를 통해서. 우리말 번역은 송예슬 번역가가 맡았다. 라이스 특유의 문체와 말맛이 고스란히 전달될 수 있도록 여러 차례 꼼꼼한 번역을 거쳐 원문의 단어 하나, 문장 부호 하나까지 섬세하게 옮겼다. 표지는 소설 속에서 중요한 키워드 '3'과 시계에 중점을 둔 일러스트를 적용했다.

긴장감 넘치는 미스터리 스릴러와 유쾌한 유머가 교차하는 이 책 속을 뛰어다니며 독자들이 말론 3인방과 함께 많이 놀라고 크게 웃고 몹시 취하기를 바란다. 그러는 동안, 크레이그 라이스와 존 J. 말론의 이름도 서서히 되살아나리라 믿는다.

2022년 4월
린틴틴 편집부

3시에 멈춘 8개의 시계
크레이그 라이스 지음. 송예슬 번역

1판 1쇄 발행일 2022년 4월 18일

Printed in Korea.
ISBN 979-11-973604-5-9

기획 박진홍
편집 정다솜, 박진홍
표지 그림 황은영
디자인 양민영
마케팅 박진홍, 정다솜
인쇄 (주)중앙문화인쇄사

펴낸 곳 린틴틴
출판 등록 번호 제2020-000038호
주소 서울시 은평구 진관1로 21-10
은평뉴타운박석고개 116동상가 210호
전화 070-8095-9977

www.lintintin.com
instagram @lintintin.pub
blog.naver.com/lintintin
lintintin.pub@gmail.com